修订版

Xiao Ju Deng

"小橘灯"青春励志故事

（科学求真卷）

刘素梅◎主编

不用说教，念故事书就好。

中国華僑出版社

图书在版编目(CIP)数据

"小橘灯"青春励志故事·科学求真卷 / 刘素梅主编.—北京:中国华侨出版社,2012.9（2021.2重印）

ISBN 978-7-5113-2773-4

Ⅰ.①小… Ⅱ.①刘… Ⅲ.①故事-作品集-中国-当代 Ⅳ.①I247.8

中国版本图书馆 CIP 数据核字(2012)第183144号

"小橘灯"青春励志故事·科学求真卷

主　　编 / 刘素梅
责任编辑 / 筱　雁
责任校对 / 吕　宏
经　　销 / 新华书店
开　　本 / 787×1092 毫米　1/16 开　印张/16　字数/250 千字
印　　刷 / 三河市嵩川印刷有限公司
版　　次 / 2012年10月第1版　2021年2月第2次印刷
书　　号 / ISBN 978-7-5113-2773-4
定　　价 / 45.00 元

中国华侨出版社　北京市朝阳区静安里 26 号通成达大厦 3 层　邮编:100028

法律顾问:陈鹰律师事务所

编辑部:(010)64443056　64443979

发行部:(010)64443051　传真:(010)64439708

网址:www.oveaschin.com

E-mail:oveaschin@sina.com

Preface 前言

什么是青春?青春是那悠扬的歌,青春是那醇香的酒,青春是那南飞的雁,青春是那根永不褪色的青藤……有人说“所谓青春,并不是人生的某个阶段,而是一种心态。卓越的创造力、坚强的意志、艳阳般的热情、毫不退缩的进取心以及舍弃安逸的冒险心”。

青年人在懵懂中成长,他们拥有风一般的灵动,拥有火一般的热情。青年人崇拜英雄,追逐偶像,学习一切自己感兴趣的知识,而阅读无疑是最好的途径,那些拥有感人事迹的英雄模范无疑是青年人最好的励志目标和学习榜样。

于是《“小橘灯”青春励志故事》系列图书应运而生。

本书选取了古往今来最有励志价值的人物,为他们做传,书写他们那或催人奋进,或感人至深的故事,力求将中国民族最传统的美德,最精粹的文化呈现在青年人的面前。要知道,一个国家、一个民族的领袖人物和英雄人物,是这个国家的历史标本和精神典范。这些青春励志人物,无不有着坚定的理想信念,有着高尚的道德情操,有着伟大的国际情怀。我们传承历史,弘扬民族精神,发生在这些人身上的真人真事才是最有说服力的励志经典。

他们中,既有中国伟人、革命英烈,也有国际友人、平民英雄。由于人物众多,我们将其分为爱国求是、科学求真、人文求善、艺术求美、创业求实五卷,分别讲述这些励志人物的经典故事。这些英雄模范人物、先进人物的事迹是引导青年人树立正确的核心价值观，树立健康向上的生活态度和积极进取的人生观的最好素材。

爱国求是卷选取的是那些不畏强权，捍卫正义的英雄人物。方志敏、叶挺、李大钊、秋瑾、文天祥……他们为了实现自己心中的正义，与各种各样的反动势力做殊死的搏斗，他们中的很多人甚至不惜牺牲自己的生命。

科学求真卷选取的是那些为了国家和民族的发展而奋斗在科研战线上的科学家们。钱学森、茅以升、李四光、华罗庚、陈景润……他们为了追求科学与真理，造福国家与人民而努力拼搏，他们中的很多人放弃的是外国更好的待遇和科研环境甚至是自己的健康，他们虽不是烈士，却也同样伟大。

人文求善卷选取的是那些著书立说泽及后世的文化名人，以及一心为民乐于助人的道德模范。白芳礼、陈逢干、钱钟书、鲁迅、蔡元培……他们为了创造文化、启迪智慧，为了心中的善意，为了能让其他人过得更好而不惜牺牲自己，不惜奋斗终生，他们中的每一个，都是值得我们尊敬和学习的人。

艺术求美卷选取的是那些在艺术上取得卓越成就，为人民带来美的享受的艺术大师。常香玉、梁思成、郭沫若、梅兰芳、徐悲鸿……艺术是他们所从事的职业，美是他们毕生的追求，他们最大的成就，就是把美带到了世界的每一个角落，也带进了我们的心里。

创业求实卷选取的是那些立志为人类为国家创造财富的成功企业家和杰出的劳动者。袁隆平、王进喜、张謇……他们用自己的双手建设了这个国家，让人民过上幸福美满的生活，他们虽不是英雄，但却是不折不扣的伟人。

最后，希望那些热爱读书的青年人能够形成知荣辱、讲正气、守诚信、作奉献、促和谐的良好风尚，成为对国家和社会有益的人，这是本书编者最大的愿望。

CONTENTS 目 录

鲁班

木匠行业的开山鼻祖

——创造无止境,创造无国界

姓　　名	鲁班,别名“公输般、公输子”
籍　　贯	山东曲阜
生卒时间	公元前507年~公元前444年
人物评价	我国木匠行业的开山鼻祖,著名的发明家,他所发明的机关器械至今仍然广为使用。

鲁班生活于中国春秋、战国交替的动荡时代。他生长于手木工家庭,受到家庭的影响,鲁班从小就参加了很多土木建筑工程,在生产实践之中,逐步得到锻炼,并掌握了很多机械科技。当时,周王朝政权开始衰落,诸侯战争越发激烈,掌握机械工艺的鲁班成为各诸侯国争相拉拢的人才。鲁班曾帮助楚惠王制造云梯,进攻宋国。但因受到墨子“兼爱、非攻”思想的熏陶,他放弃了战争,潜心进行科技上的研究、发明,传说鲁班还做成过会飞的木鸟。

效力楚国

中国很多行业纷纷推出自己的“祖师爷”，如卖茶的都将“茶神”陆羽当做祖师爷；走门串巷的郎中都将孙思邈当成祖师爷。毫无疑问，鲁班是木匠行业上的祖师爷。中国也常用“班门弄斧”一类的谚语，来指责一个人不自量力的行为。也可从中看出，中国人对开创了“操斧行业”的祖师爷鲁班的敬重。

关于鲁班的出生地，长久以来，史学界众说纷纭，一种说法认为，鲁班出生于是现在的山东曲阜，还有一种说法认为他是滕州人。他出生于木匠世家，从小就跟随家里面的人去参加土木建设工程。在长期的实践劳作之中，鲁班逐渐掌握了很多实践能力，积累了大量的生产劳动技能。

当时的华夏民族，正处于春秋到战国交替的时代。春秋时，争霸战争逐渐接近尾声，迎来了战国时代。这一时期的华夏大地，烽火四起，年年都离不开一个“战”字，各个国家的诸侯国君们带着自己的子民，从一个战场奔赴到另一个战场，生命如同草芥。

在战争频发的年代，为了能够取得战争胜利，同时尽可能的歼灭敌军、减轻自己方面的损失，发现军事科技就显得十分的必要。而掌握了大量的机械、木匠技术的鲁班，就成为诸侯国拉拢的对象。

公元前450年，鲁班离开了鲁国，到了当时国土面积广阔、人口众多、军事实力空前强大的楚国。当时的楚国，有意吞并齐、楚之间面积不算小的宋国，以扩张自己的领土。楚王便命令鲁班，让他为楚军创制攻城所用的云梯。提倡“兼爱，非攻”思想的墨子先生，他得知楚国有想灭掉自己国家的举动，他日夜兼程，到了楚国都城，拜谒楚王，凭借着自己出色的口才，他和鲁班进行了一场著名的“输攻墨守”的论战，终于使得楚国打消了攻打宋国的意图。自此，这个故事中国世代相传。

楚军为了能够向外扩张，特别是应对死对头越国，鲁班便致力于楚军的水军机械发展，他为楚军舰船分别发明了“钩”和“拒”。当时的越国经历了越王勾践“卧薪尝胆”思想教育后，国力空前膨胀，灭了吴国后，越国迅速成为楚国最大的威胁。当时越国的水军力量特别强大，在灭吴国战事中，曾一举击败吴国水师，战斗力极为强大。针对楚国水师不敌越国水师的情况，鲁班便积极的改善楚国装备，发明出“钩”和“拒”。战事若取得胜利，“钩”能将敌军的舰船钩住，不让敌人逃跑，为聚歼敌军创造一个良好的机会。而“拒”则在战败后，抵挡住敌军乘势攻击的军舰。

“钩”和“拒”的发明，使得楚军在后来的水战中无往不利，鲁班当之无愧地成为楚国的军事专家。为此，鲁班颇为自得，故意向墨子炫耀说：“我有对付舟船用的‘钩’和‘拒’，你的仁义，也有‘钩’和‘拒’吗?”墨子不屑地说道：“我用爱来钩，我用恭来拒，你用钩来钩人，别人也用钩来钩你。你用拒来拒人，别人也会用拒来拒你。你说说，世人是更看重你的钩和拒，还是看重我的钩和拒?”鲁班无言以对，同墨子的第二次交手，再一次败下阵来。

伟大的发明家

鲁班是中国历史上伟大的发明家，据春秋战国时遗留下来的书籍记载，鲁班一生中先后发明过墨斗、锯子、刨子、尺子、钻等工具。这些工具的发明，使得木匠工人们从繁重的工作中解脱出来，大大地加快了生产效率。

据说，锯子的发明，还颇有些意外。鲁班留在鲁国期间，鲁王好大喜功，大兴土木修建宫殿。鲁班便被鲁王命令三年之内修建好王宫。鲁班是一个平民百姓，他自然不敢违抗大王的命令。但是，三年工期建造一个豪华、大型的宫殿，时间过于短促。眼瞅着国王规定的时间要到了，要是完不成工程，掉脑袋的可就不是他鲁班一个人啊，甚至全家、九族都要没命，鲁班那是一个着急呀。为了加快工程，鲁班每日天不亮就抄小道上山，开采工程所需要的木料。有一次，天色仍是灰蒙蒙的，鲁班早早便迎着晨曦上山了。由于山路坡陡，路面碎石障路。一不小心，鲁班从山上滑了下去，好在抓到一把草苗，缓住了下滑之势，落到山底时，掌心已经是鲜血淋漓。

为何一把草苗能够划破了掌心呢？鲁班十分惊奇，他仔细地观察着划破他掌心的草苗，发现那些茅草绿叶边缘都生有锋利的细齿，只要人的手握住它拉一下，便会被划破。就在此时，鲁班发现周围的蝗虫，它张开的大板牙上列着许多细齿，很快将草叶咬尽。鲁班由此受到启发：若是仿照蝗虫和茅草叶，做一件边缘带有细齿的工具，那用来伐竹砍木，岂不是更加的方便？

有了这一突发奇想，再加上“磨刀不误砍柴工”思想的支配，鲁班也不急着上山去砍伐木材了，他顾不得摔下山来的疼痛，急急忙忙赶到附近城镇，按照自己的想法，打造了一把边缘带有细齿的贴条，然后拿去锯树，果然大有奇效。

有了铁锯子的帮助，修建宫殿的工程进展很快，终于在国王规定的三年期限内完成。就这样，锯子被发明出来了。

鲁班一生中最伟大的发明，是一只相传能够飞翔三天不落的大木鸟。《墨子》一书中，它对鲁班的这一木鸟有过这样的记述：“公输子削竹木以为鹊，成而飞之，三日不下。”意思是鲁班造的木鸟御风而飞，三天都不降落。要知道，美国人也是在二十世纪初，莱克兄弟才发明出能够载人飞行的飞机。从《墨子》记载来看，似乎鲁班更早接触航天技术！

鲁班制造了能够一飞冲天的木鸟，他颇为自得。在两次口水战都败给墨子后，便请墨子来参观自己的木鸟。望着在天空中像真实的鸟儿一样翱翔九天的木鸟，鲁班心中别提多自豪了。不想，墨子仍是不屑一顾。等木鸟落地后，墨子跟他说道："你这个木鸟，还不一个普通工匠须臾而成的一个车辖，一个车辖可以装在一个车轴上，帮助一个普通的老百姓搬运五十斤重的东西，你的这只大木鸟能干什么用呢？木匠做的东西，能给老百姓带来实惠那才是巧，否则，也只能是拙！"

他的这一番话，鲁班听了大为惭愧，并从这话话中理解到墨子对人生的认识。从此以后，鲁班一心制造可以造福于民的实用木制品，被后世人称之为"木匠之父。"

除了木鸟外，鲁班改进过车辆的构造，造出了可以自行的木车马。有木头人驾驭，车马内装有机关，外表不留痕迹，只要触发机关，便可以自行行走。

三国时，诸葛亮用自己制作的木牛流马，为征讨曹魏的蜀汉军队供粮，在崎岖的山道上，日夜供粮不绝，使得蜀汉军队不至于因缺粮而战败。诸葛亮是否受到鲁班木车马的影响呢？除了诸葛亮之外，三国时期的马钧、晋朝时期的区纯、南北朝时期北齐的灵昭、唐朝的马待封等等，他们都受到鲁班木车马的影响，先后将木车马进行研究和改装，应用到军事中。

据《世本》记载，石磨也同样是鲁班所发明。相传，鲁班选择两块较为坚硬的原石，在石头上分别凿出密布的浅槽，将米面放在其中，然后和在一起，以人力或者畜力推动，使石磨转动起来，面粉就磨成了。在石磨问世之前，人们加工粮食，是直接将谷物放在石臼里，用杵来舂捣，而石磨的发明，减轻了劳动强度，大大地提升了生产劳动效率，是我国古代加工粮食用具上的一大进步。鲁班发明石磨的真实情况虽然已经无法考证，但据考古学家的考古发现，在距今四千左右的龙文山文化时期，人类已经在用杵臼，因此社会生产能力发展到鲁班时代，发明出石磨，是极有可能的。

在农业工具的发展上，鲁班也发明创作了很多用于农耕的生产工具。要知道，中国自古以来，经济模式都是以农业为主体，因此，发明先进的农业生产工具是中国古代农业生产向前发展的根本。据《物原·器原》记载，鲁班除了石磨之外，还分别制作了砻、碾子等等。这些农业生产工具，在当时的社会条件下是十分先进的。另外，据《古史卷》记载，铲子也是鲁班所发明。这些利用农耕的工具大大地减轻了农民的繁重劳作，提高了生产产量和效率，深受当时老百姓们的喜爱。同时，这些工具促进了中国农业向前发展的历程，对中国封建阶级农业经济的产生和进步造成了重大的影响。鲁班发明的这些工具，足以使他称得上"伟大"两个字。

木工工具是鲁班一生中最为重要的发明创造。因为，古代中国在金属制品兴起之前，大部分都是木制品。金属品大多为富贵人家所有，精良实用的工匠工具对当时的手工劳者来说，是十分重要的。《物原·器原》中记载，鲁班发明制作了钻。《鲁班经》中则称，木工用来测量时的尺子，特别是曲尺，也是鲁班发明的。尺子的尺寸也是鲁班标定的。不过，这种说法并不是真正的事实，有资料称，在鲁班之前，曲尺就已经被世人广泛的使用了。

在建筑和雕塑方面，鲁班也有很大的成就。据《述异记》记载，鲁班曾经刻制过立体的石质九州地图，是中国最早的石刻地图。此外，还刻制过精巧绝伦的石头凤凰。

鲁班还是机械制造方面的专家。锁的作用大家有目共睹，它是用来防盗的最佳工具。在周朝周穆王当政时期，中国已经有了最简单的锁，形状同游鱼相似。鲁班对锁进行了改装发明，他发明制作的锁独具匠心，锁的机关放在里面，外表不漏痕迹，必须要借助配好的钥匙，才能将锁打开。

都是发明惹的祸

鲁班能够取得一系列的成就中，他的家人有一定的功劳。

墨斗的发明，跟鲁班母亲有很大的关系。鲁班做木匠活的时候，母亲帮助他拉住墨线头，后来他母亲觉得这样太浪费人力，便在线头拴住了一个小钩，钩在木块上，这样便可以固定住丝弦，就可以一个人操作了。为了纪念鲁班的母亲，后人就将这个小钩命名为“班母”。

在鲁班刨木头时，他的妻子扶住木料，所以后来人们将在前面顶住木材的卡扣，叫做“班妻”。鲁班的妻子也是一位很出色的工匠。根据《玉屑》的记述，人类今天在下雨天用来挡雨用的雨伞，就是这位秀外慧中的夫人发明的，时至今日，雨伞仍然是人类生活中不可缺少的工具。

还有文献记载，因为鲁班才干高，造成了父母双亡。在《论衡·儒增篇》的记载，“巧工为母作木马车，木人御者，机关俱具，载母其上，一驱不还，遂失其母。”鲁班造好了木马车，让木人操控驾驭车辆，然后让母亲坐上去，结果一去不复返，连自己的老妈都弄没了。

而他的父亲，结局更悲惨，唐朝有一本《酉阳杂俎》中记载说，因为鲁班离开家做木匠活时，因为离家太久、太远，思念家中的妻子，于是便悄悄做了一只大木鸢，他只要骑上去，敲那么几下。木鸢就可以离地飞起。于是，鲁班就驾驶着木鸢，回到家中去和妻子相会。时间久了，鲁班的妻子竟然怀孕了。鲁班的父亲就很奇怪，儿子整天不在家，这儿媳怎么就会怀孕呢？老头就误以为儿媳妇不干净，做出了什么败坏门风的龌龊事情。儿媳妇见公公想歪了，没办法，只好将丈夫做了只木鸢飞回来跟自己相会的事情一五一十地跟公公说了。

这老头人老心不老，一听他有这么好玩的东西，就在鲁班乘木鸢飞回来的时候，偷偷地上了儿子的木鸢，照样敲了几下，还真飞了起来，可惜鲁班的父亲不会操作，一口气飞到了苏州城。当地人见天上降下个人来，还当他是个老妖怪，便不问青红皂白，上去一阵饱揍，把鲁班的父亲给打死了。

当然，这两个故事只是为了夸大鲁班的技艺，不能取信，不过这也从侧面说明了鲁班在人们心目中的地位和世人对他的憧憬。

鲁班的生活年代,距今有两千多年了,不过世人对鲁班并未因为时代的久远而稍减。现在的木艺工会,将每年的六月十三日当做鲁班师傅的诞辰。这个日子是我国木匠工艺人最重视的日子。此外,为了表彰那些有突出贡献的建筑工人,国家还设有“鲁班奖”。

祖冲之

乱世中诞生的杰出数学家

——数理耀千古，历法传万代

姓名	祖冲之，字文远
籍贯	范阳郡道县（今河北涞水县）
生卒时间	公元429年4月20日~公元500年
人物评价	祖冲之我国著名数学家、科学家、天文学家、机械专家，他所编著的《大明历》《释论语》、《释孝经》、《易义》、《老子义》，对后世影响颇深。

祖冲之在天文历法、数学、科技方面成就斐然，他是世界上第一个推算出圆周率小数点后七位数的数学家，比欧洲科学家早一千一百多年。他编著的《大明历》，一年回归日的误差只有50多秒，此历法在中国沿用了数百年，直到元朝天文学家郭守敬编制出新的历法才停用。在机械上，他先后研制出早已失传的指南车、千里船、水碓磨等等。

战乱年代

罗贯中在《三国演义》的开头，曾经这样形容中国的历史形式："合久必分，分久必合。”

中国东汉末年天下三分，到隋朝才一统华夏，这三百多年的历史，除了西晋王朝安定过一段时间外，其余基本上处于动荡、纷争的年代。西晋“八王之乱”后，中国北方进入了“五胡乱华”的局面，先后出现过少数民族建立的十六个国度。而中国的南方，则由西晋贵族建立了偏安一隅的东晋小朝廷。公元420年，东晋大将刘裕废除晋安帝，建立了刘宋王朝，从此，中国进入了南北朝对立的时代，而祖冲之就出生在这个时代内。

在这朝代更迭频繁的时代，华夏大地烽火四起。但客观的来讲，动荡的时局对中国科技、文化的发展有一定的刺激性。纵观中国历史，每一次文化的进步都同历史的形势有关：春秋战国的纷乱局面，造成各家思想的激烈交碰，形成了“百家争鸣”的思想潮流；唐、宋国力、经济的鼎盛，使得唐宋时期，中国封建文化达到了巅峰；南北朝的战乱促进了中国民族文化的交融。

当时，由于中国南方社会较为稳定，手工业、封建农业经济的迅速发展，吸引了大量的北方人到南方定居，造成了中国经济重心南移的局面，同时也促进了南方科技文化的兴起、繁盛，涌现出无数的科学名家，祖冲之无疑是这一批科学家中的代表人物。

祖冲之祖籍在范阳郡遒县（今河南涞水县）。在西晋末年的“八王之乱”中，祖冲之老家遭到战火的破坏，祖家被迫南迁到江南定居。祖冲之出生的时候已经是刘宋元嘉六年。他的祖父祖昌，在刘宋朝廷中担任大匠卿的职位，主司全国土木工程建设，在生产实当中，逐渐掌握了很多的科学技术。祖冲之的祖辈对天文历法也颇有研究。在这样的家庭背景下，祖冲之很小的时候就接触到数学、天文方面的知识。少年时期的祖冲之博才多学，曾经先后研读过哲学、文学、数学、自然科学、机械制造方面的科学书籍，拼命地涉猎广泛的知识。

在学习和学术的研究上，祖冲之的态度很严谨，他十分重视古人在科学技术上的研究成果，但对古人的成就也不会过分的迷信。他自己曾经说过："决不盲目崇拜古人"，提倡"吸收古今著作的精华"，也就是"取其精华，去其糟粕"。这种严谨的求知、实践精神与祖冲之后期取得的成就是分不开的。

乱世出名著

祖冲之一生并没有当过太大的官，在他所有的成就中，最受世人重视的是他在科学之上的成就。随着年岁的增长，祖冲之博学多闻的名声越来越大，并受到统治阶层的重视。最初的时候，刘宋政权任命祖冲之到当时的华林学省从事研究工作。没过多久，朝堂命令祖冲之担任地方官职。公元 461 年，祖冲之又被调任南徐州，在刺史府工作，三年后又升调娄县县令。

在这当中，由于职务的原因，祖冲之生活很不稳定，经常四处调动，但他仍然坚持进行学术研究，并且在奔波之中取得了很大的成就。祖冲之很好学，他对古代科学家刘歆、张衡等人的科学著作都有过深入的研究，在充分吸收科学知识的同时，祖冲之还大胆的指出书中的一些漏洞、失误之处，他提出自己的疑问，并且通过实际的观察和研究，用论据进行论证，然后在自己编著的著作中加以修正补充。在这期间，他完成了一生中最重要的两大贡献——《大明历》和圆周率的计算。

刘宋政权末年，祖冲之受命回到建康(今天的江苏南京)担任官职。在职期间，祖冲之花了极大的心思，进行机械方面的研究制作。为了惠利民生，祖冲之完成了指南车、千里船等机械工具，为人类的生产、生活，带来了极大的方便。在这期间，南朝政局发动了重大变故。因为南朝刘宋皇室兄弟之间争夺皇位，于是发动战乱，使得兖州刺史萧道成得利，最终灭宋建齐。

齐朝政治腐败，统治者沉迷酒色，只顾压榨百姓，内部争权夺利，南朝人民生活在水深火热之中。公元 494 年，北魏见南齐政局腐败，民不聊生，认为有机可乘，便趁机发兵南侵。虽然南侵失败，但却加剧了南朝政局的动荡。

面对齐朝内外交困的局面，祖冲之忧心忡忡，但也无力改变局面。从494年起的，之后的四年里，祖冲之担任水长校尉的下级官职，在积极考察了社会现实之后，祖冲之完成了一篇名为《安边论》的奏表。他上书皇帝陈述民生疾苦，向统治者建议开垦荒芜田地，鼓励农耕，发展农业，以求增强国力，巩固国家基业。

当时的齐明帝对祖冲之的言论十分重视，打算让祖冲之巡行四方，兴办一些利于国计民生的科学事业。但受到战乱的影响，他的《安边论》直到他去世也没能真正实行。

推算圆周率

祖冲之在数学、天文历法、机械学等许多领域有辉煌的成就。在数学上，祖冲之最大的成就，自然是对圆周率的计算。

所谓圆周率，就是指圆的周长同圆的直径之间的比例，国际上用希腊字母“π”来表示。中国古代对圆周率的研究由来已久，我国古代数学巨献《周髀算经》和《九章算术》中，就曾提出“径一周三”的说法，即圆的周长是直径的三倍多。为此，我国民间一直流传着“三尺圆一尺径”的说法。

西汉末年，我国数学家刘歆在设计制作圆形铜斛时，觉得径一周三的规律过于粗略，已经无法满足生产设计的要求，他便对圆周率进行了进一步的研究推算，并得出圆周率的数值为3.1547。从此之后，我国历代数学家前仆后继的投入到圆周率的研究中。东汉著名科学家张衡，在刘歆的研究基础上，进一步推算出圆周的数值，数值为3.162。三国时期，我国数学家王蕃经过推算，得出圆周率的值为3.155。刘徽在为《九章算术》进行注解时，他提出了新的圆周率推算方法——割圆术。

所谓的割圆术，是指设定圆的半径为一，将圆周划为六等分，在圆内作正接六边形，依次通过辅助线，利用勾股定理求出这个内接六边形的周长；然后在以此方法，作正接十二边形、二十四边形。以此类推，一直到接到圆形内一百二十九边行时，得出总边长。它的边长十分的接近圆的边长，然后再除以二，得出圆周率的近似值为3.14。虽然刘徽的结论值要比实际的圆周率值要小上一些，但是，他发明的割圆术，是人类探求圆周率道路上的一个重大突破，为了纪念刘徽的功绩，后人将他求得的圆周率值命名为"徽率"或者"徽术"。在刘徽之后，后人没有停止对圆周率进行研究，与祖冲之同一时代的何承天，皮延宗等著名数学家，他们对圆周率也有研究，并且颇有成就。

这些人同祖冲之的研究成果相比，都要逊色很多。祖冲之在圆周率的计算上，一直精确到小数点后的第七位。这一纪录，一直到一千一百年之后，才被阿拉伯数学家卡西和法国数学家维叶特打破。

那么，祖冲之是怎么取得这样伟大的成就的呢？

有人推论，祖冲之当时是沿用了刘徽的割圆法。祖冲之在担任南徐州刺史时，他才开始研究圆周率。祖冲之为研究圆周率，他看了很多的书籍，其中最为看重的便是刘徽的研究成果。刘徽的内接正边形是在接到一百九十二边时才得到了徽率。祖冲之接着往下演算，进行了内接三百八十四边形、七百六十八边形，一直内接到二万四千五百七十六边形才停下计算。

值得一提的是，当时的计算条件十分的落后，算盘在祖冲之那个时代还没有出现，祖冲之进行验算时，只能靠人们普遍使用的计算工具——算筹。算筹是由一根根的小木棍、竹片、铁片等材料而成，它通过不同的摆放来表示不同的数目，依次进行运算。如果推算的数字过大，那么算筹摆放的面积也要足够的大。在用算筹进行推算的时候，如果不小心算错，或者不小心碰偏了算筹，那么就要重新开始推算。他整日的摆放、挪移算筹，时间久了，手掌都磨出了茧子，甚至都磨出了血疱。

在那一段时间当中，祖冲之每天都在摆弄着数以万计的算筹，进行各种繁琐、费力的计算，想想看，如果没有恒久的毅力和耐心，那样如何能推算的下去呢？

经过长期的推算，祖冲之终于有了重大成果，他得出圆周率小数点后的七位数字，为人类的生产发展提供了便利，时至今日，他的圆周率也仍有重大意义。为了纪念祖冲之在圆周率上的成就，国际数学界将他的演算结果命名为“祖率”。

编修历法

祖冲之在天文历法上也有巨大的成就，他编著的《大明历》让现代的天文学家们连连称奇。

在中国数千年的演变中，勤劳智慧的中国人民总结出一套有效的天文历法，这对中国人类生活、发展都产生了重大作用。在祖冲之之前，人们所采取的天文历法是天文学家何承天编著的《元嘉历》。祖冲之经过多年的研究和推算，发现人们使用的《元嘉历》存在着很大的误差。于是，他便准备着手制定一部新历法。

《元嘉历》采取的是古代沿袭的十九年润七年的历法。祖冲之认为，十九年闰七年的闰数过多，十分的不周密，通过研究推算，他提出了三百九十一年内一百四十四闰的新闰法。相比旧式历法，《大明历》最大的突破是引入了岁差的概念。岁差的引入是中国古代历法编制和研究上的最大进步。祖冲之还测出交点月日数、回归年日数等重要数据。他还用《大明历》推算出从元嘉十三年到大明三年，23 年之间 4 次月食发生的时间，这些数据十分精准。

宋孝武帝大明六年（公元 462 年），祖冲之将自己精心编制的《大明历》上交给朝廷，希望刘宋王朝能够采用。但他没能想到，自己精心编制的历法引发了一场新旧历法交替的论战。中国古代每一次的社会新政变革都会受到保守派的抵制。祖冲之的新历法也同样被守旧派敌视。朝廷收到祖冲之的历法后，不懂天文的宋武帝便命令懂历法的人进行讨论。刘宋朝廷中，守旧派以戴兴为首，他坚决反对新历法的实行。祖冲之便从科学、事实的角度，同戴兴等人展开了一场口水论战，几次将戴兴驳得哑口无言，最终让宋武帝在大明八年改行新历法。这让祖冲之大为振奋，可惜的是，不久后宋武帝就病死了。其后，刘宋王朝发生内乱，施行新历法的事情就被搁置起来。后来建立的齐朝政权，虽然对祖冲之有一定的信任，但在实行新历法上，一直采取不去理睬的态度。

之后齐国被梁朝取代，在梁朝的天监九年（公元510年），梁武帝成为江南一带的统治者，在他的领导下，人们才正式使用《大明历》。但此时，距离祖冲之去世已经有十多年了。

祖冲之为了这部天文历法，可谓呕心沥血，他最终没能看到新历法施行的一天。为了纪念祖冲之，中国紫金山天文台将新发现的“小行星1888”命名为“祖冲之小行星。”前苏联将在月球上发现的环形山命名为“祖冲之环形山”。

机械创造——指南车

指南车是用来指示方向的车子，车子中装有木头人。在车子开动之前，将木头人的手指指向调整到正南方，这样不论车子怎样的转弯，木人的手指头始终指着南方不变。但是到了现代，指南车的制造方法早已经失传，人们只能根据留下来的古籍，大致地了解到，这种车子是利用齿轮的传动来进行操控的。

历史关于指南车的记载有很多，更早的要追溯到上古时期。相传，上古时代，黄帝和蚩尤大战，由于分不清方向，便制造指南车来辨别方向。但这只不过是民间的神话传说，不能当做历史来看待。

根据文献记载，三国时期的著名发明家马钧，他曾经做出过指南车，可惜，由于战乱的缘故，指南车的制造方法失传了。公元417年，东晋的大将军刘裕，他发动了北伐战争，灭南燕，取道北魏，攻灭后秦，成就自东晋偏安江南以来，第一个北伐获得成功的将领。在率军接近后秦都城长安时，刘裕缴获了一辆旧的指南车。可惜的是，车子里面的机械都已经损坏，不能再指向南方了，只能在车子行动时，用手人工地转动车上木人，才能让它手指南方。再到后来，齐高帝萧道成对指南车很感兴趣，为了将车子复原，他听闻祖冲之是机械方面的大行家，所以下令祖冲之仿制指南车。

祖冲之根据留下来的文献记载，他仔细分析了指南车的结构和机械原理，终于不辱使命，完成了指南车的制造。萧道成听闻车子造好，十分的高兴，就派了自己十分器重的大臣僧虔、刘休二人前去试验。两人见识了祖冲之制造的指南车结构，指南车极其精巧，运转灵活。祖冲之制造的指南车如传说中的一样了，不论他们怎样的转弯，车上木人的小手始终指着南方。祖冲之能够根据有限的典籍，完成了一个早已失传了的机械，两位大臣对祖冲之敬佩的五体投地，后来，他们在齐高帝面前对祖冲之赞不绝口。

祖冲之在制作指南车之前，曾经遇到了一个“对手”。当时，北朝来了一个名叫索驭驎的人，他在齐高帝面前夸口，他说自己也能做出指南车来。齐高帝就命令两人各自制作指南车，然后在皇宫内进行比赛。结果，祖冲之造好的指南车行动灵活，运转自如。索驭驎做出的指南车却“不听使唤”，木头人指的方向也不是南方。索驭驎羞愤难当，便将自己制作的指南车给砸毁，表示认输。

祖冲之十分关注劳动人民的艰苦，他看到农民们做活都很吃力，就想着怎么让他们从繁重的劳作中解放出来。

在这之前，我国古代的劳动人民发明了舂米的水碓和磨米粉的水磨。西晋初年有一个名叫杜预的发明家，他和祖冲之一样，有着根深蒂固的悯农思想，他发明了"连机碓"、"水转连磨"两大惠民工具。连机碓可以利用机械带动好几个石杵，一起一落的舂米，水转连磨可以同时带动八个水磨同时磨粉。

祖冲之认为，杜预的发明虽然很巧妙，但却是治标不治本，只是提高了对机械的使用，并没有提高机械的性能。在杜预的基础上，祖冲之进行了改进。他将水碓和水磨两样工具结合起来使用，这大大地提升了工作效率，同时还减轻了农民的负担。祖冲之发明的东西深受老百姓的喜爱，他发明的便民工具，到现在，中国南方的一些村落还在使用。在水运交通上，祖冲之还发明了一种千里船，虽然不能真的日行千里，但日行百里还是可以做到的，该船的航行原理是利用船轮激荡流水，加上风力向前航行，大大地提升了我国水路航运。

公元500年，这位伟大的数学家、科学家走到了生命的尽头，享年七十二岁。但他取得的成就至今被中国人称颂，为了纪念祖冲之，邮政局曾经发行过祖冲之人物纪念邮票。

沈括

中国科学史上的坐标人

——世界上第一位命名石油的人

姓　　名	沈括，字“存中”，号“梦溪丈人”
籍　　贯	杭州钱塘县（今浙江省杭州市）
生卒时间	公元 1031 年~公元 1095 年
人物评价	我国历史上著名科学家、改革家、外交家、数学家、外交家。英国科学史专家李约瑟也曾称沈括为“中国科学史上的坐标”。

沈括出生在中国北宋年间的封建贵族家庭，曾参与王安石变法。变法失败后受到牵连，遭贬职。沈括一生对天文、历法、外交、军事、物理、化学、数学、书画、音乐等方面均有重大成就。宋仁宗元丰五年，因宋军永乐城之败，再遭贬谪，从此离开宋朝行政中心。晚年隐居镇江，安心著书。

初露锋芒，小试牛刀

沈括出生于北宋仁宗天圣九年。父亲沈周，字望之，曾在泉州府、开封府、江宁府等地担任地方行政长官，祖父曾任职大理寺丞，外祖父曾任太子洗马，舅舅许洞是北宋咸平三年的进士。母亲许氏也是当地有名的才女。在这样的背景和家庭环境下，沈括无疑受到父母的影响。他自幼勤奋好学，十四岁便读尽家中的藏书。后来因父亲去外地为官的缘故，沈括随父母到过福建泉州、江苏润州（即今天的江苏镇江）以及川陕、京师开封等地。广阔的见闻丰富了沈括的视野，也使得少年沈括有机会深入、接近社会，了解当时人民的生活和生产情况。

沈括的生活在中国封建文化、经济均达到了顶峰的朝代。北宋朝廷因为兵制的变革，加上中央集权的需要，制定了重文抑武的国策。这项国策造成了北宋军事上的不利，使得宋朝同外敌作战的时候，屡屡处于下风。但从另外一方面来说，这项国策客观地为宋朝提供了一个良好的国内政治环境。自唐朝"安史之乱"后，中国陷入了长期的动荡不安中，而宋朝却在结束了五代十国的动乱后，社会局面迅速的稳定、繁荣起来，这些都不能说跟宋朝的国策无关。在宋朝经济、文化空前繁荣的同时，宋朝科学技术也达到了中国历史的巅峰，四大文明，在这个年代就包罗了三项。

生活在这一时期的沈括在见识到宋朝的繁荣后，也发现了北宋社会政治上的弊端，同时接触到中国当时社会的最先进科技，并产生了深厚的兴趣。

北宋皇佑三年，沈括生父沈周去世。至和元年，沈括因为父荫入仕为官，出任海州沭阳县主簿的小吏，为官期间，沈括初露锋芒。因为中国长久以来都是以农业、手工业为主的封建经济制度，特别在商鞅变法后，"重农抑商"更是历代王朝主要的经济措施。沈括也就十分重视农业生产，他便效仿秦朝李冰修建都江堰，组织当地数万民工，主持修建了水利工程。同时，他修筑渠堰，让老百姓用来浇灌农田，鼓励农民生产。这些工程不仅解除了洪涝灾害的威胁，还为新开垦出来的良田提供了灌溉用的水资源。这些政策下来取得了好成绩，沈括也受到朝廷赏识，在七年后出任安徽宁国县县令，当时的沈括年仅二十四岁。

调任宁国县县令后，沈括亲自主持修建了规模宏大的万春圩，另外开垦出旱涝保收的千亩良田，同时，沈括也完成了《圩田五说》、《万春圩图书》等关于圩田方面的书籍著作。

在水利工程上，沈括最大的成就是对汴河的治理。熙宁五年，公元 1072 年，沈括主持修建了汴河的水利工程。当时的汴河，水流湍急，时刻影响着两岸农田和当地居民的生命。为了一劳永逸地解除汴河对人民的威胁，沈括不辞辛劳治理好汴水，他亲自探测了汴河下流河段，从开封到四洲淮河一带，共有八百四十多公里河段，他通过“分层筑堰法”，将汴渠高高低低的河段分成许多地段，分层筑成台阶形状的堤堰，然后引水灌入。

沈括逐步探测各段水面后，他勘测出开封到泗洲之间地势高低相差达十九丈四尺八寸六分。他在计算精细到了“分、寸”的地步，由此可见，沈括治水态度的严谨和认真。他勘测水流地势的方法也是世界水利史上的创举。

在短短四五年内，沈括引水灌田，开垦出万顷良田，成为他仕途上的又一显赫政绩。

变法干将

嘉祐八年，33 岁的沈括考取进士，任扬州司理参军，掌管刑讼审讯。治平三年，担任了十几年地方官的沈括被推举到京城中，任昭文馆，编校书籍。在这里，沈括开始了对天文历法的研究。

当时，北宋朝廷的财政被官僚家门垄断，虽然社会繁荣，但是国家的财政出现短缺贫苦的现象，于是，这时候就有人提出变法的要求。有变法，那么就会有人支持有人反对，当时，范仲淹、王安石等主张实行新法，而以司马光为首的保守派坚决反对实行新政。两派之间激烈对抗，一直持续到北宋末年。

宋徽宗被金人掳去之前，他也支持王安石的变法，蔡京等奸臣知道宋徽宗的心思后，便大力称赞新法的好处，以迎和宋徽宗，蔡京等奸臣竟因此而官运亨通。宋徽宗被掳走后，宋神宗继位，他听取了王安石的意见后，也决定实行新政。

熙宁二年，王安石调任北宋参知政事，在宋神宗的支持下，开始积极的准备实施新政。沈括也是王安石变法的支持者、参与者。元丰年间，苏轼的“乌台诗案”，因为怀疑苏轼的词句中有攻击新政的说法，苏轼被捕入狱。因为政见不同，沈括也曾当面斥责苏轼。

沈括的才华和知识深受王安石的赏识和器重，在王安石的提拔下，沈括担任了宋朝掌管全国财政的最高官员——三司使。熙宁五年，沈括又被提拔担任提举司天监，主要职务是观测天象，编纂历书。次年，沈括升为集贤院校理，他利用职务，阅读了到了皇家丰富的藏书，进一步充实、开阔了自己的学识与眼界。在此期间，沈括先后完成了《景表议》、《修城法式条约》、《营阵法》等著作。

熙宁九年，沈括升任翰林学士，权三司使。同年，王安石在经过一系列的准备后，开始了政治改革运动。新政的改革措施是好的，但在实行过程中出现了很多失误。加上新政的实施触犯了很多保守派人物的利益，他们联合起来抵制王安石变法，特别是宋神宗的母亲，她也坚决地反对新法，这让本就决心不太坚定的神宗有所动摇。当时，中原诸多地区天灾连连，一些旧权贵便将天灾归责于王安石的新政措施上，声称是王安石的变法让上天很不高兴，才会出现这些天灾。最终，王安石变法没有实施成功，在历史上昙花一现。

变法失败后，王安石本人被宋庭贬官罢职，沈括也受到牵连，一同被贬出京。沈括任宣州（今安徽省宣城一带）知州。

北宋王朝这一次的政治革新运动虽然遭到失败。但是，人们没能想到的是，这次变法造成了北宋守旧派、维新派两派的政治斗争。

出使辽国

沈括可以说是文武双全，他不光在科学文化上大有成就，在外交、军事上也颇有建树。

宋朝时，少数民族矛盾颇深。自唐朝灭亡后，中原大地再一次陷入了政权割据争霸的局面。辽河上流的契丹，建立了强大辽朝政权，然后称帝，之后辽国又攫取了燕云十六州。宋朝统一中原后，曾经多次讨伐辽国，却均遭到了失败，宋朝对辽国逐渐地由主动进攻到被动的防御。

熙宁七年，辽国借口宋朝在山西宋辽边境增修堡垒，破坏了宋辽边界，要求重新划定两国界线。熙宁八年，辽国派大臣萧禧来到北宋首都开封，要求宋辽以山西北部的黄嵬山为界限，以北地区归辽国所有，以南地区归大宋朝所有。宋王朝不敢同辽国开战，但也不愿白白的丢弃大片江山，加上不明地理，对辽国要求，宋朝官员完全的不清楚。

就在北宋朝廷乱作一团的情形下，沈括为了国家利益主动请缨，宋王朝朝廷命他以翰林院学士的身份为谈判特使，令他既不能轻开战端，也不能示弱。不能损失大宋国威接受辽国人的要求。沈括秉旨意，他先是在北宋都城开封接见了辽国使臣萧禧，沈括据理力争，让萧禧无言以对。为了进一步巩固国家的领土，不久，沈括出使大辽，同辽国宰相杨益戒谈判。

在谈判过程中，沈括不卑不亢，凭借自己所熟知的地理知识和宋辽双方签订的“檀渊之盟”，辽国宰相杨益戒对沈括更是刮目相看。沈括维护了宋王朝领土权，捍卫了国家的威望，出色显示了一位外交家的风范，让辽国人也对他十分敬佩。

沈括出使辽国回来后，他完成了《使虏图抄》一书，详细记述了辽国的山川险阻和风土人情，并上呈朝廷。

守护边疆

宋仁宗年间，党项族首领元昊建立了西夏政权，并经常侵扰宋朝疆土，进一步加剧了中国民族纷争。宋军由于指挥系统混乱，经常被西夏打败。面对夏、辽等外敌的入侵，沈括坚持站在主战派一面。

熙宁七年，沈括担任河北西路察访使和军器监长官期间。沈括曾攻读兵书，在仔细的研究了城防、兵器、战略战术军事之后，他提出将一些科技融入到兵器制造当中，尤其是对火药的应用，对后世的军事发展造成了深刻的影响。沈括还先后编著了《修城法式条约》和《边州阵法》等影响力颇深的兵书，对宋朝的军事理论和装备质量方面，做出了重大贡献。

宋仁宗元丰三年，宋朝再次面临西夏南下的侵扰，为此，朝廷任命沈括为延州知州，兼任鄜延路经略安抚使。三年后，沈括升任龙图阁大学士。不久后，在与西夏的战争中，因部下徐禧、鄜延道总管种谔、鄜延道副总管曲珍等人急功近利，不听沈括劝告，在边城筑城死守，结果懈怠，被西夏乘虚而入，造成了永乐城惨败，近两万宋军阵亡。

永乐之败葬送了北宋在平夏城大捷后的有利形势，不少民夫死于战火，高永亨、李舜等将领殉国。沈括虽然不是永乐城战败的罪魁祸首，但是他身为当地军政的统帅，在战役中救援不力，难辞其咎。沈括被贬为均州团练副使，从此，结束了自己的政治生涯。

《梦溪笔谈》

元祐二年，沈括完成了神宗下令编绘的“天下郡县图”，名为《守令图》，这是他对北宋王朝的最后一点贡献，同时也是对中国地理上的贡献。次年，沈括住进了在镇江购买的一处房产，仔细精修后，将园子更名为“梦溪园”，开始在这里隐居，专心编纂《梦溪笔谈》。

沈括的一生可以用“辉煌”二字来形容，他曾经提出了自己的环保思想，他最早提出不能随便砍伐树木，尤其对古林应当加以保护，并认为，砍伐树木会对人类造成很大的恶劣影响。

沈括发现“石油”也是意外，他在读“高奴县有洧水，可燃”的一句话时，沈括便亲自四处考察，最终发现了当时被称为“油脂”的燃料，也就是后来的石油。在他的《梦溪笔谈》中，沈括第一个系统地介绍了石油的开采和作用。

在天文研究上，沈括研究并改革了浑仪、浮漏和影表等传统的天文观测器，并著有《浑仪议》、《浮漏议》和《影表议》，详细记述了他在天文上的研究。

在物理上，沈括发现了磁石“同名相斥，异名相吸”的性质，为指南针的发现和应用提供了最坚实的理论基础。除了上述外，沈括在光学、数学上都有很大的成功。

他的奇思妙想和研究都被收录在《梦溪笔谈》一书中，这部书是中国科学史上的坐标，是沈括对中国历史的最大贡献，同时也是沈括一生的总结。书中记载的内容十分丰富，主要包括天文、历法、数学、物理、化学、生物、地理、地质、医学、文学、史学、考古、音乐、艺术等方面的共600余条知识，可谓是无所不包，无所不专。

为了纪念沈括对中国科学、文化上的巨献，在今天的镇江、杭州等地，还建有沈括石像。沈括虽然在历史的尘埃中被掩埋，但是他的功绩永远存在，一直被人们所惦记。

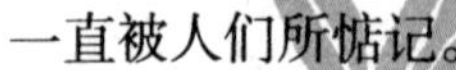

李时珍

救死扶伤一代名医

——纸上得来终觉浅，绝知此事要躬行

姓　名	李时珍，字东璧，晚年自号湖山人
籍　贯	湖北蕲州(今湖北省黄冈市蕲春县)
生卒时间	1518年~1593年
人物评价	中国古代伟大的医学家、药物学家，曾参考历代有关医药及其学术书籍八百余种，结合自身经验和调查研究，历时二十七年编成《本草纲目》一书，是我国古代药物学的总结性巨著，在国内外均有很高的评价。

提到中国古代的医学名家，大家很容易想到华佗、扁鹊等人。相较之下，明朝李时珍就有些逊色。但他所著的《本草纲目》，无愧于世界医学典籍桂冠，书中囊括了世间各等珍奇药物。英国著名专家李约瑟在他所著的《中国科技史》一书中说道："十六世纪中国有两部伟大的天然药物学巨著，一是《本草品汇精要》，另外一部是李时珍所著的《本草纲目》。"

医行天下

李时珍，湖北蕲州人，祖上是当地的名医。祖父号称"铃医"，父亲李言闻，号月池，也是当地大有名气的医师。封建社会的中国，医生地位很低，世人常言:“士农工商”,商人地位低,郎中的地位还要在商人之下。因此,李时珍的父亲希望儿子不要再学医,但是李时珍受到父亲、祖父的影响,他对学医情有独钟,最终还是走上了“学医”这条道路。

明朝,中国学子最好的出路,无疑是饱读诗书,然后参加科举考试。鲤鱼跃龙门,最后出仕为官。在父亲再三的要求下,李时珍在十四岁那年考取了秀才。可天性纯真刚直的李时珍,对空洞无聊的八股文全没兴趣,对官场上的尔虞我诈作风甚为鄙夷。23 岁那年, 李时珍奉父命到湖北省省会武昌参加举人考试,李时珍名落孙山。父亲对此大为不满,李时珍却下定决心放弃科举仕途,他跟父亲说道:“身如逆流船,心比铁石坚。望父全儿志,至死不怕难。”父亲见儿子如此坚持学医,也就不再强求儿子读书当官,开始全心教儿子学医。不出数年,李时珍便成为当地小有名气的医师。

相传,有一次,李时珍带着自己徒弟王广来到了湖口一带,见到一大群人正抬着棺材送葬,而棺材里不停往外流淌着汩汩鲜血。他的弟子王广意识到,流出来的不是淤血,而是鲜红的血。王广在李时珍的许可下,他大声喊道:“快停下,棺材里的人还有救!”送葬的人一时面面相觑,不敢相信王广的话。要知道,中国古代对死人的后事十分在意,人既然已经死了,就当安安稳稳的入土为安。可是,万一若真的如王广所言,岂非枉自断送一条人命?在王广的反复劝说下,棺材主的家人终于答应开棺一试。

在李时珍的指导下, 王广对棺材里的人一番按摩后, 在其心口扎了一针,那“死去”的妇人竟然真的“死而复生”,并且顺利的产下一个婴儿,一时之间名声大噪,王广一针救活两命的事迹传扬开来。得知王广是李时珍的弟子后,李时珍的名气更加的大了。这件事情过后,很多人都想见见这位能“起死回生”的名医师徒。

还有一次,一家大药铺的老板的儿子在柜台上大吃大喝,他见很多人都围在李时珍的大药房前,便费力地挤到李时珍面前,问道:“先生看我可有什么病吗?”李时珍见这年轻人气色不太好,便给他诊了脉,十分惋惜地说道:“小兄弟真是可惜,年纪轻轻,却活不过三个时辰了,快点回家吧,免得家里人连你尸体都找不到。”众人见那青年活蹦乱跳的,身体好得很,李时珍却断言他活不过三个时辰,因此都不相信。那个年轻人是被家里宠坏的主,当场便大叫大骂,在围观的人劝说下,年轻人才怒气不平的离开。三个时辰后,那青年果然如李时珍所言死去了。原来,那青年吃饭吃的过饱,饭后欢腾,纵身一跳,竟然将肠子扭断了,内脏因此受到损伤,最后死去。通过这件事情,人们更加惊叹于李时珍神奇的医术,李时珍名气再次变大了。

李时珍在父亲的启发教育之下,他十分清楚,“读万卷书”固然重要,“行万里路”也必不可少,毕竟“纸上得来终觉浅,绝知此事要躬行”。在通读古今医学典籍,“搜罗百式”的同时,又按照父亲所说“采访四方”,深入到各个方面,进行实地的查访。他脚穿草鞋,肩背药筐,带着自己的学徒庞宠、儿子李建元,远涉深山旷野,遍访名医,搜求民间药方,观察和收集各种知名的草种药物。

最初是在家乡蕲州一带查访,后来多次去湖南寻访盛产药材的庐山、茅山、牛首山,这些深野山林都有李时珍的足迹,当时诗人以“远穷僻壤之产,险探麓之华”的诗句来赞扬李时珍的科学冒险精神。每到一处,李时珍必定亲自求教当地各种各样的人物,其中涉及种田、捕鱼、农耕等等,当地人对这个温顺有礼的年轻医师都十分的尊重,热情地向他介绍当地各种知名药材。

早年的游学经历增长了李时珍的医学见闻, 扩展了李时珍在医学上的视野,为后来李时珍编纂《本草纲目》奠定了坚实的基础。

太医生涯

李时珍38岁时，已经是驰名已久的名医。武昌的楚王求贤若渴，对各种人才都十分的尊重，随着李时珍名气越来越大，李时珍本人也被楚王重视，楚王便将他召进王府，兼管王府内医所的事务。当时，李时珍本不想同皇亲国戚打交道，本想婉拒楚王的邀请，但考虑到王府中丰富的医学藏书，这会对他以后编写《本草纲目》有所帮助，于是便打点行装，进了楚王府。

三年之后，当时的嘉靖皇帝下令各地选拔医术精湛的良医到太医院任职，楚王府便力荐李时珍入京。要知道，太医院是专门为皇帝、后宫等皇室看病的医疗机构，封建朝代的皇帝，被民间百姓视为“天子”，地位尊崇，能为皇帝看病，对一个行医的郎中来说，这是何等的荣耀?但李时珍出乎所有人的意料，他只做了一年“御医”，之后辞职回乡。是什么原因让李时珍离开了让全天下郎中都垂涎三尺的太医院呢?

关于李时珍在太医院的经历，现代史学界颇多争议。有人认为，李时珍在太医院曾出任正六品的太医院院判，也有人认为，李时珍在太医院只是担任普通的御医，官衔仅在正八品的职位。但不论职位的高低，李时珍被举荐去太医院，这是不可否认的事实。最重要的是，在太医院工作的经历，给李时珍带来了极大的影响。

太医院作为皇家医院，医学的藏书更为丰富，尤其是前朝明代宫修的《本草品汇精要》。该书修纂于明孝宗弘治十六年，是明孝宗下令编修的一部国家药典。在太监刘文泰的组织下，建立了一个设有总督、总裁等职务的修纂班子，包括誊录、绘画人员在内，共有四十九人，修订一年半有余。其中收录药物一千八百一十五种，绘有彩绘图一千三百五十八幅，由八位宫廷画师负责绘图。《本草品汇精要》是中国医学史上不朽的医学著作。全书完成后，明孝宗亲自为本书撰写序言，仿照《永乐大典》的模式，将全书分为36册。然而，该书命运多舛，在晚清时代，被西方传教士或英法联军入侵北京时，将书稿掠走，陈列在罗马教皇图书馆中。2002年，中国文化研究会重新整理后，出版了《本草品汇精要》。

李时珍在太医院任职期间，有机会饱览宫廷中的丰富典籍和皇家藏书，并从宫廷中获得了有关民间的草本的大量信息，看到了很多在民间看不到的药物标本。太医生涯进一步扩展了李时珍在医学上的广阔视野，丰富了医学领域的知识面。凭着对医学的无限热爱，李时珍仔细通读《本草品汇精要》，他发现了书中有错误的记叙，通过修改，李时珍写下了一部超越这本书的本草著作。

李时珍离开太医院，有文献这样记载：当时的明王朝政治极端腐败，皇帝昏庸，朝堂上下勾结成派，这些都影响到太医院的祥和。在这种乌烟瘴气的环境中，实在不利于李时珍编写《本草纲目》。再来，民间对李时珍的记载不在少数，这些故事都表现出李时珍淡泊功名的品德，而且编写《本草纲目》需要对药草进行考察。李时珍在太医院内完全被束缚住了手脚，所以没过多久，他就托病辞职归家了。

编写《本草纲目》

李时珍在太医院任职之前，便有了编写《本草纲目》的打算。从太医院离职之后，他便开始了《本草纲目》的写作历程。在编写的过程中，李时珍脚穿草鞋，肩背药筐，四处访医寻药。李时珍寻访并不仅仅是走马观花，而是"一一采视，颇得其真"，"罗列诸品，反复谛视"，时刻带着严谨的态度。

当时，一种名为"芸苔"的草药，这在中医中是常用的治病药草，但这种药材究竟有什么作用？能治哪些病？《神农百草经》中说不清楚，各家医学典籍也说不清楚。为了弄清芸苔的具体药效，李时珍亲自求教一个种菜的老农。在老农的指点下，李时珍栽种了芸苔，亲自观察了实物后，他得出结论，芸苔头一年播种，第二年开花结籽，它的种子可以用来榨油。其实，当时所谓的"芸苔"，就是现代人经常用来提油炼油的油菜花。

还有一个趣事，在蕲州产有一种名为"白花蛇"的毒蛇，当地人称为"蕲蛇"，可做药物使用，有治疗风痹、惊搐、癣癞等作用。为了研究蕲蛇，李时珍从蛇贩子手中观察蕲蛇。当时有内行的人提醒李时珍，蛇贩子手中的蕲蛇并不是真正的蕲蛇，只是从江南山区里随意捕来的。为了研究真正的蕲蛇，李时珍亲自求教一位捕蛇的人，那人告诉李时珍，蕲蛇牙尖含有剧毒，如果人类被该蛇咬伤，唯一的自救途径是立即截断肢体，否则就会毒发而亡。但是，蕲蛇也能为人类治疗一些特殊的疾病，因此十分的珍贵。为了讨好皇帝，当地官员让百姓们冒着生命危险，到山上捕蛇，然后进贡给皇宫大内。

蕲州城占地面积极广，但真正产有蕲蛇的只在城北的龙峰山上，李时珍出于敬业求实的精神，他决定要亲眼观察蕲蛇，这样才肯罢休。于是恭请那位捕蛇人，带他上了龙峰山。龙峰山地势险峻，根据蕲蛇喜欢吃石楠藤花叶的特性，两人寻访到山上的狻猊洞。石洞周围怪石嶙峋，险峻处多生灌木，石楠藤缠绕灌木。李时珍冒着生命危险，将生死置之度外，终于见到了蕲蛇，并亲眼观看了捕蛇人捕蛇、炼蛇毒的全过程。后来在编写《本草纲目》中，便有一段细致描写白花蛇的记载："龙头虎口、黑质白花，胁有二十四个方胜文，腹有念珠斑，口有四长牙，尾上有一佛指甲，长一二分，肠形如连珠。多在石南藤上食其花叶，人以此寻获。先撒沙土一把，则蟠而不动，以叉取之。用绳悬起，刀破腹以去肠物，则反尾洗涤其腹，盖护创尔，乃以竹支定，屈曲盘起，扎缚炕干。"为了区分蕲蛇同外地白花蛇的不同，李时珍又记述说道："出蕲地者，虽干枯而眼光不陷，他处者则否矣。"

李时珍一生行程达上万里路，他吸取了无数人的意见，参考了达八百余种书籍，历时二十七年后，终于在明朝万历戊寅年，完成了这部字数达到两百万字的辉煌巨著——《本草纲目》。当时，李时珍已经六十一岁。

《本草纲目》全书可分为 16 部、52 卷，收录各种药物，共计达到了 1518 余种，在前人备述的基础上，增添药物 374 种，合计近两千余种，其中关于植物的种类达到 1195 种。此外，收录了古代药学家和民间医药学家的药方单子，达上万条。书中还附有 1100 多幅药物形态图。这部《本草纲目》可以称得上医学界的惊鸿著作，它吸收了历代医学宝典的精华之处，尽可能地纠正了前人的叙述错误，补充了前人记述上的不足之处。

从医药学价值上看，《本草纲目》有很多重要的发现和新的突破，是十六世纪，中国最为系统、最为完整、科学性最为严谨的医学著作。从十七世纪开始，《本草纲目》开始流传于世界，先后被翻译成英、法、日、拉丁文等语言，备受世界各国的称赞，可以说，《本草纲目》是中国医学、科学发展史上里程碑式的著作。

1593 年，李时珍病逝，享年 75 岁。他一生著作丰厚，除了享誉世界的《本草纲目》外，还留下《奇经八脉考》、《五脏图论》等数十种著作，时至今日，这位伟大的医学家还被世人颂扬。

徐霞客

明代杰出的地理学家

——慈母手中线,游子身上衣

姓　　名	徐霞客,名弘祖,字振之,号霞客
籍　　贯	南直隶江阴(今江苏江阴)
生卒时间	1587年1月5日~1641年3月8日
人物评价	徐霞客是著名的旅游家、地理学家、探险家,他的著作《徐霞客游记》是中国地理学上的惊鸿之作,是研究中国地理的重要资料,是一部不朽的文学作品。

徐霞客出生于中国明清交替的动荡年代,受到父亲影响,他一生不追慕官途,喜欢游历祖国的名山大川。在他三十年的游历生涯中,他不畏风雨,不惧虎豹,先后徒步游历了明朝二十余个省,足迹遍布大半个国家,并记下两千余万字的游记记录,被后人整理为《徐霞客游记》。这部著作为中国地理学的研究道路提供了便捷的快车,徐霞客为中国地理学的发展做出了很大的贡献。

金麟岂是池中物

徐霞客故乡在今天江苏省江阴县南阳岐村,村中有一座中国明朝时留下的桥梁，两侧的桥栏上刻着这样一幅对子：“曾有霞仙居北坨，依然虹影卧南旸”。对子中的霞仙指的便是徐霞客，对子大意是说，徐霞客虽然不在，但他勇于探险的精神照耀千古。

徐霞客出生于一个书香世家，自小家境富贵。他出生时正值中国的明朝末年，此时大明王朝已经是日薄西山，朝廷政治极其腐败，权臣擅权专政。万历十年（1516 年），后金政权的建立者努尔哈赤起义叛明，造成了明王朝内外交困的局面。

徐霞客父亲徐有勉为人正直，因为不愿意结交权贵，更不愿意趋炎附势，所以一生没有入朝为官。许有勉热衷于闲云野鹤的生活，他寄情于山水之间，喜欢游历四方。徐霞客受到父亲的影响，自小喜欢探险、旅游，喜欢读一些地理、历史、探险等方面的书籍。

当时，中国江南呈现出一片苦读圣贤书的氛围，幼年童子都懂得四书五经，受到感染，徐霞客也是十分的好学，通读各家书籍。徐家祖上曾经建了一座藏书万卷的藏书楼，楼中藏有各类典籍，这为徐霞客能够博览群书提供了一个良好的机会。

徐霞客读书十分认真，每一篇文章都要求自己背到滚瓜烂熟。而且他博闻强记，凡读过的书，别人不论怎样提问，徐霞客都能记得起来。家中的藏书量虽然广，但却不能满足徐霞客的求知欲望。外出时，徐霞客在书摊上看到没有看过的好书，就买回家看，有时候钱带得不够，就脱下身上华贵的衣服去换书，回到家后便彻夜苦读。他读书为的是增添自己的知识，并非为了考取功名。徐霞客同陶渊明“好读书，不求甚解”的态度类似。15 岁时，徐霞客参加童子试，没能通过。父亲见他无意于功名，也没有强求，只是鼓励他继续博览群书，做一个有学问的人。

十九岁那年，徐霞客父亲徐有勉去世。当时，徐霞客就有了游历全国名山胜水的心思，但是受到中国“父母在，不远游”的思想的影响，徐霞客不好抛下年迈的母亲独自远游，于是在家中又赋闲了三年。

二十二岁时，母亲看出徐霞客想要游历天下的心思，也知道他的为难之处，作为封建时代的知识女性，徐母反而十分的明白事理，她鼓励儿子说："男子汉应该志在四方，怎能因为一个老妇人而蹶住手脚呢？你自行外出游历去吧！外边广阔的天地才是你的归宿，去吧，不能因为我，让你像圈在篱笆里的小鸡，套在轩辕车上的小红马。"徐霞客深受感动，受到母亲的鼓励，他下定决心要游遍中国名山胜水。临行前，徐母亲自为他缝制好远游冠，整理好行囊，送儿子离开了生他、育他的家乡。

从此，徐霞客一生时间都放在了旅行、考察之中，可谓"生于足下，死于足下"。

翻山越岭，走江访水

中国大地，自古以来横幅辽阔。名山大川不胜枚举，长江、黄河浩浩荡荡。五岳黄山，云海雾凇，风光雄奇瑰丽，山水奇秀，代代文人墨客，留下了一篇篇歌颂祖国名山胜水的诗文。

在没有官方的资助下，徐霞客先后游历了中国的江苏、安徽、浙江、河南、河北、山东、山西、两湖、两广、云南等地。最西至今天的云南腾冲，最南至"山水甲天下"的桂林，北到河北蓟县，东到浙江普陀山，足迹遍布大半个中国。伟大的工农红军曾经走过两万五千里长征。而在三百年前。徐霞客独自一人也完成了类似的壮举。

明朝末年，交通极其落后，徐霞客在三十年的考察旅行中，他很少使用交通工具，大多时候是徒步跋涉，还经常自己背负行李。他寻访的地方多为穷乡僻壤，或人迹罕至的边疆地区。在条件极其艰苦的情形下，徐霞客饥饿时采野果充饥，渴时饮山泉解渴，他不避风雨，不惧猛兽，攀高岩，走危地，多次遇见危险后，他未退缩止步。对于一个富家公子而言，这是何等的难能可贵?

二十八岁那年，徐霞客来到了浙江温州的名山——雁荡山。徐霞客记得，在古书典籍中曾经提到，雁荡山山顶，有一个面积广阔的大湖。徐霞客觉得雁荡山山势雄奇挺拔，山顶上如何能有大湖呢?出于严谨的考察精神，加上古人“纸上得来终觉浅，绝知此事要躬行”的古训，徐霞客决心亲自攀登山顶。到了山顶，哪里能看得到书中提到的大湖?徐霞客不肯罢休，仔细搜索后发现一处断崖，他便借用衣带系住断崖绝壁中突出的石块，而后向上攀岩，险些跌落悬崖。历尽艰险后，他终于攀上崖顶，证实了雁荡山顶并无大湖。

徐霞客勇于求证的精神，在当今社会又有几人能够做到?雁荡山之行，他纠正了古书典籍中的错误。

中国有句古话，“五岳归来不看山，黄山归来不看岳。”五岳名山，包揽了中国名山风景，而黄山则尽揽五岳雄奇风光，黄山也就在徐霞客的考察范围内。

一次，在攀登黄山时，徐霞客遇上大雪天气，当地人好心地劝告他，山路上很多地方的积雪已经齐腰深，山路都被覆盖住，无法攀登上去。但徐霞客完全没放在心上，他借用一根铁棒子探路。越接近山的半腰，山势就越为陡峭，尤其是在山的阴面，由于背对阳光，山路上的积雪都凝固成冰，踩在上面又陡又滑，徐霞客便用铁棒子在冰面上凿出一个个的小坑，踩着小坑上山。因为大雪封山，山上寺庙中的僧人已经被困几个月，当他们见到徐霞客时，都非常惊讶。

武夷山，福建境内的第一山脉，要想登上武夷山，只有三条险境：大王峰百丈危梯，白云岩千仞绝壁，接笋峰“鸡胸”、“龙脊”。徐霞客登上大王峰后，已经是月星隐淡，寻不到下山的路，胆大的徐霞客竟用手攀住悬崖上的荆棘，“乱坠而下”。

徐侠客爬了无数座山峰险脉，同时他也访问过多条江流，甚至还为了找出长江的源头付出实际行动。

古往今来，中国境内水资源丰富，多条长江大河浩浩荡荡，这些淡水资源孕育了中华文明。徐霞客对这些河道极为感兴趣。他发现福建建溪和宁洋水流的发源地在黎岭和马岭，并得出“程愈迫则流愈急”的结论，意思是说，水流流过的水程越短，则水流越为湍急。此外，徐霞客还考察了广西的左右江、云南南北的二盘江、怒江、长江等。

长江是中国最长的河流，对中华文明的起源和发展做出了巨大的贡献。但对长江的起源，各家学派说法不一。

战国时期的地理名著《禹贡》说道：“岷江导江”，也就是说岷江是长江的源头。但是，徐霞客却不赞成此种说法，他“北历三秦，南极五岭，西出石门金沙”，查出金沙江的发源地在昆仑山脉南麓，较之岷江还要长出一千余里，因此认定金沙江才是长江的上流。

由于条件的限制，徐霞客未能找到长江的真正源头，但是徐霞客的这一伟大发现，为后人寻找出长江的源头奠定了基础，后来，中国探险家寻找长江起源，也都是按照徐霞客的发现进行探寻。

盗贼猖狂，贵人相助

徐霞客的游历充满了惊险，曾经三次遇盗，四次断粮。

有一次，在游历湘江时，突然下起了绵绵细雨，这种阴雨天气连续多日，漫长耐心的等待后，徐霞客终于见到云开月明。当晚，无数游人在船上赏月，月投清江，长空如碧，江水载波浮华，一派宜人之景。就在游客们沉迷于水月交融之景时，四周喊杀声四起。由于当时正值明朝末年、天下大乱之际，盗贼们窜到船上来劫掠，一时之间，火光掩映、刀光剑影交错，游人们惊慌失措，危难关头，徐霞客慌忙跳进湘江水中，并躲进了朋友的船舱之中。徐霞客因为见机的快，躲过一劫，但是徐霞客携带的行李、旅费，都被盗贼洗劫一空。

当时，徐霞客的很多朋友都劝他返乡，有人甚至资助徐霞客返乡资费。但徐霞客不以为意，他决定继续遍游山泽，他跟朋友们说道："我带着一把铁锹来，任何地方都可以埋骨！"这是徐霞客第四次出行时的经历，当时他计划游历湖南广州、云南贵州等地，虽然没有旅费，他毅然顽强向前。

不久后，徐霞客面临断粮的危机，他解下身上颇为名贵的衣带，换取了一些干粮。之后又将身上所有衣物、裤袜，全都卖了。历尽千辛万苦，徐霞客终于完成了此次考察计划。

在游玩考察的过程中，徐霞客不论是多么的劳累，他都坚持将每天的考察发现的东西记录下来。

有时候，徐霞客跋涉百里山路，晚上寄居荒村残留破庙，或露天席地时，他点起油灯，燃起篝火，写下游历日记，记录当日考察见闻。据估算，徐霞客一生写下两千万余字的考察笔记。可惜的是，由于保存不当，加上徐霞客游历天下，大多数是居无定所的日子，考察笔记大部分遗失，今日所见的《徐霞客游记》只是一小部分，仅存四十万余字。这四十万字向后人展示了他的考察纪实，尤其是对边远偏僻之地的见闻。

研究石灰岩的鼻祖

徐霞客还是研究石灰岩的鼻祖先驱，在徐霞客的成就中，对石灰岩的研究最为突出。

公元 1774 年后，欧洲人对石灰岩外貌进行了广泛考察，发现石灰岩的第一人叫做爱士培尔。1858 年，罗曼对石灰岩进行分类。二人对石灰岩外貌的研究，与徐霞客相比，都要晚上一两百年。

在我国西南各省，特别是湖南、广西、云南贵州一带，这些地方石灰岩地貌分布最广、发育最为完整。徐霞客在那里进行了为期三年的考察，并留下了详细的考察记录，这是世界上对石灰岩地貌进行考察的最早文献记录。

游记表明，徐霞客那时候已经明确地意识到石灰岩地貌的形成原因。因为石灰岩发育的时期和时间不一样，从而形成了石灰岩地貌的差异。如桂林、阳朔一带，石灰岩地貌因为缺乏风化物质，加上无肥沃土壤覆盖，形成了石峰矗立的地貌。而柳州一带，土山迤逦，如尖锥刺囊。按照现在地质学的术语来说，桂林那一带的石灰岩地貌，体现出石灰岩地貌发育晚期的情形，而柳州一带的石灰岩地貌，则是发育鼎盛时期的特征，可见徐霞客的观察有多么精准了！

石灰岩地貌还有一个特点，就是拥有众多的岩洞。徐霞客亲身查探的岩洞多达上百，通过探究，他对岩洞、石钟乳的结构和成因都有独到的见解。他认为，岩洞的形成是由于流水的侵蚀，石钟乳则是由于石灰岩溶于水后，从石灰岩岩石中滴下的水滴蒸发，凝聚而成。

在石灰岩地貌的考察中，徐霞客费尽艰辛。在湖南的九嶷山，当地有一个飞龙岩，徐霞客请当地的和尚明宗当引导，带着火炬前去考察。飞龙岩是一个巨大的洞穴，洞内道路曲曲折折，洞中藏洞，地形极是复杂多变，洞内也多是水坑，很难行走。徐霞客却不在乎，鞋子丢在洞内也没察觉。当时，和尚明宗已经走不下去了，他多次劝徐霞客离开，徐霞客都没有听，直到火把即将烧尽，徐霞客才恋恋不舍地离开。限于当时的科技水平，因为没有任何的仪器辅佐，徐霞客都是用目测，但他的考察数据大都比较科学，并且在后世人类的考察中一一得到证实。

除此之外，徐霞客还对温泉、火山等都有研究，《徐霞客游记》中，徐霞客对当时民族文化、交通、农工业、手工业、风土人情等方面都有记述。

徐霞客最后一次出游，是在公元 1636 年，当时的徐霞客已经五十一岁了，这次出游大致是中国的西南地区和中缅边界的云南腾冲地区。在这次游历中，徐霞客身染重病，1640 年被人送回故乡江阴县，第二年病逝。

《徐霞客游记》不光在地理学上有巨大的贡献，它在文学上的造诣也颇高，是一部文笔精湛的游记文学。它所描述的大自然风光，质朴绮丽，被人称赞“世间真文字，大文字，奇文字”。它还描述了大自然的雨、雾、晴、晦等各种气象变化，也描述了山、水、奇岩、怪木等自然景象。读徐霞客的书，仿佛山水之景就在眼前，大有身临其境的感觉。他的文字带领着我们循着他的足迹跋涉奇山胜水、奇峰峻岩，激流险滩。使人忍不住为祖国的山水而惊叹，对祖国产生出无限的深情。

经过后人整理的《徐霞客游记》，里面包括游天台山、雁荡山、庐山等名山游记 17 篇，以及《浙游日记》、《江右游日记》、《楚游日记》、《粤西游日记》、《黔游日记》单本著作。他的《衡游日记》中，对石鼓山和石鼓书院的详尽记述，为后人修复石鼓山书院提供了最详细的资料记载，徐霞客的游记是对中国文化最大的馈赠。为了纪念徐霞客对中国地理研究上的贡献，在徐霞客故乡江阴，人们建有徐霞客人物雕塑，他将被人们世世代代记在心中。

詹天佑

中国铁路之父

——中国人就该走出一条属于自己的路

姓　　名	詹天佑，字眷诚，号达朝
籍　　贯	广东南海
生卒时间	1861 年 3 月 17 日~1919 年 4 月 24 日
人物评价	晚清时期的第一位给中国人争光的铁路工程师，有着“中国铁路之父”、“中国近代工程之父”的荣誉称号。

詹天佑是晚清时期早一批的“留学生”，去了美国的詹天佑看到欧美国家的富强，这严重刺激了詹天佑幼小的心灵，他决定为祖国的富强而努力，建造属于中国人自己的铁路和火车。抱着这样一个信念，詹天佑从美国耶鲁大学毕业，回国后屡遭不顺。但凭着他不屈不挠、勇往直前的精神，詹天佑终于建造出一条属于国人自己的铁路——京张铁路。

少年几多愁

詹天佑于 1861 年 3 月 17 日出生在广东省南海县，一个呱呱坠地的婴儿，谁也没有想过日后他会有怎样的出息。

少年时代的詹天佑对机器的操控表现出极大的兴趣，他和村里的伙伴玩闹时，会用泥巴做出机器的模型来玩。甚至还将家中的自鸣钟偷出来私自的拆解，来研究钟表机械的内部结构。詹天佑聪颖早慧，少年时便已经靠聪明才智名扬乡里，邻居们都说小詹天佑将来定会有一番大作为。

他生长在中国晚清，那是个政局动荡的年代，当时的大清帝国已经是日薄西山，帝国主义纷纷入侵。清政府处在前有狼后有虎的局面，不仅要抵抗帝国主义的侵略，还要维护大清朝的统治。国内争端不休，农民起义肆起，清政府还要抽出一部分的势力镇压国内农民起义和封建地主阶级利益的暴涨。于是，清政府采用道光年间魏源的“师夷长技以制夷”的说法，展开了洋务运动。在造枪造炮抵御外敌的同时，清政府大力发展留学教育，派遣了一批又一批的留学生到欧美资本主义国家学习他们先进的生产技术。

在此背景下，年仅十二岁的詹天佑一个人来到香港，他考入了清政府筹办的“幼童出洋预习班”。詹天佑带着一颗爱国之心，远渡重洋去美国读书。

当时的欧美资本主义国家已经进行了多次工业改革，完成了资本主义革命，完成了从封建社会到资本主义社会过渡的阶段。工业革命之后，欧美的经济国力暴涨，特别是工业基础，发展速度让人瞠目结舌。而当时的中国，却仍处在自给自足的封建农业经济社会之下。詹天佑在见识到了中国和欧美国家的巨大差异后，心里感慨颇深。同行的留学生对内忧外患中的中国表现出悲观的心情。只有詹天佑暗下决心，他要努力地学习科技知识，将来报效国家，为国家修建铁路、建造轮船、巨舰，以此来改变中国落后的现状。

在美国期间，詹天佑先后就读于威哈吩小学、弩哈吩中学。1877 年，詹天佑以优异的成绩在纽海文中学毕业，同年的五月份，詹天佑进入美国耶鲁大学土木工程系，攻读铁路工程。在大学中，詹天佑带着对祖国的思念之情，刻苦学习。1881 年，詹天佑以各科第一名的成绩从耶鲁大学毕业，完成名为《码头起重机的研究》的论文。当时中国留美的 120 人中，仅两人获得了学位，詹天佑是其中一人。

詹天佑回到了中国，他准备利用自己所学的知识服务于中国的铁路修建行业。但是，拥有铁路工程学位的詹天佑却受到清廷的冷淡。当时的清朝官员在修建铁路时一味地相信洋匠师，对咱们中国自己的工程师反而很不相信。于是，朝廷没有重用詹天佑，而是将他送去了福建的水师学堂。詹天佑成为了旗舰“扬威”号的炮手，这让詹天佑心情大为失落。

1883 年，中法战争全面爆发。为了争夺大清属国越南的控制权，法国以科学考察的名义，派兵进驻越南。清政府为了维护对越南的主权，也出兵驻守，并下令黑旗军刘永福带领部队抗击法军。法军以此为名，增兵越南，由于清政府一味的避让妥协，加上越南清兵指挥不一、装备陈旧和清政府消极防御的思想，清兵一败再败，直到退入云南境内。朝廷内部主和派发言，他们决定在上海同法国侵略者进行和谈。

在议和期间，法国军舰驶入中国领海——福建马尾港。一心避战求和的清政府对此竟是没有任何的抗议、或者抵抗的行动。按照当时的国际法律，一国军舰若没有获得对方国家允许，私自在对方国家军港停靠超过两艘军舰，停泊时间超过两个星期，那么均为自行宣战，而清政府却对法国将军舰开到自己领海的行为视而不见、听而不闻。

当时清政府主持福建船政事宜的船政会办大臣叫做何如璋，他受制于朝廷“无纸”(命令)不得开炮，否则就算胜利了也要被砍头。何如璋面对法国人的侵略意图，他也无可奈何，只得命令福建水师各舰刻意忍让。

詹天佑知道法军蠢蠢欲动，面对这样的情形，他十分着急，于是便私下同“扬威号”主管张成说：“法人驶进来了很多兵舰，他们居心叵测，我们纵然接到命令，无纸不得开炮，但是对法国人的狼子野心，绝不能不加提防。”在詹天佑的告诫下，张成命令“扬威”号做好战备工作。果然，不久之后，法军偷袭福建水师，中法马江水战爆发。由于清廷避战求和，福建水师十一艘军舰，猝不及防，在开战不久，他们未能击沉一艘敌舰，便全军覆灭了。

但福建水师官兵们的英勇顽强的精神，让西方人大为震惊，特别是詹天佑。在海战开始之后，詹天佑冒着法军密集猛烈的炮火，沉着机智的择机开炮，击中法军旗舰“伏尔他”号，法军总司令中将因此受重伤，险些一命归西。詹天佑从混战中救出很多因为战舰沉没掉入海内的战友。

此次海战，詹天佑等人的英勇表现被西方记者大为赞赏。上海英商创办的《字林西报》中称：“这次战役，西方人没有想到会遭到中国人如此顽强的抵抗，中国海军竟是这样的勇敢力战。‘扬威’号上的五个水手，尤其是詹天佑的表现最为勇敢，他临大敌而毫无惧色，并且在生死存亡的紧要关头还能镇定如常，鼓足勇气，在水中救起很多落水的战友……”

这是詹天佑第一次以出色的表现出现在西方人的报纸中，也是詹天佑第一次被西方人记住。

崭露头角

中法战争结束后，詹天佑在留美同学邝孙谋的力荐之下，终于在 1888 年进入中国铁路公司，担任工程师。在这里，詹天佑得以实现自己为中国人修建铁路的夙愿，并在铁路工程之上崭露头角。

当时，清政府正在修建一条由天津到唐山的铁路，詹天佑亲自到工地上与工人们同甘共苦，在他的激励下，工人们修建铁路的热情大增，他们鼓足了干劲，八十天就完成了全部的工作，比预计时间提前了很多。但李鸿章却将此功劳算在英国工程师金达头上，并上表提升金达为中国铁路公司的总工程师。

1890 年，清政府为了贯通关内外的联络交通网，决定修建从东北沈阳到京畿一带的铁路，同样指定英国工程师金达为这条铁路的总工程师。1892

年，铁路工程进展到滦河大桥。由于大桥地形复杂，施工困难，英国人金达没能修建成功，随后德国、日本等国家的工程人员也来承包此工程，却无一例外地遭受失败。此时，工程期限将至，在此情形下，詹天佑挺身而出，要求由中国人自行修建滦河大桥。清政府万般无奈，只好让詹天佑一试。

詹天佑总结了国外技术师失败的原因，他对滦河河底的泥沙、土壤进行了仔细周密的考察研究，最后决定采取中国最传统的方法。他派中国的一些潜水员潜入到滦河河底，然后再配合机器进行工作，终于顺利地完成了造桥过程中最困难的一步——打桩。在施工过程中，詹天佑解决了连外国工程师都没能解决的桥墩施工问题。滦河大桥桥长 630 余米，是当时中国最长的铁路钢桥。这一成功，让参与施工的中国劳工大受鼓舞。詹天佑因此大受金达的赏识，在 1894 年被英国工程研究会选举成为会员，詹天佑是该会第一名中国会员。

同年，中日甲午战争爆发，关外铁路的修建工作被迫停工，詹天佑被调任，他担任天津至北京卢沟桥的铁路工程师。直到甲午战争战败，詹天佑才被调回锦州，指挥修建营口铁路。1900 年，营口铁路通车。同年，由于帝国主义的侵略，中国爆发了“反帝爱国”运动——义和团运动。由于义和团的发展速度快，加上义和团提出的“扶清灭洋”口号，这完全符合清政府的利益，义和团被清政府招抚用来对付帝国主义。为了镇压义和团，帝国主义组成八国联军入侵中国，腐败无能的清政府再一次惨败，关外铁路被英、俄侵略军占领，再一次被停工。

1901 年，清政府同美、德、俄、法、意、日、奥、英、西班牙、比利时、荷兰十一个国家，签订了丧权辱国的《辛丑条约》，使中国完全陷入了半殖民地、半封建社会。条约签订之后，詹天佑从英俄帝国主义手中收回关外铁路，并迅速的恢复通车，他的出色工作，备受清政府关注。

1902 年，袁世凯上书请求修建新易铁路（高碑店至易县），以便供皇室成员回乡祭祖用。当时的清朝政府大权都被封建顽固派掌握，那些思想守旧的封建统治者对“祖宗之事”十分的重视，而袁世凯这样提议，自然是为了讨好当时掌握清政府大权的叶赫那拉氏——慈禧太后。

慈禧对袁世凯的提议十分满意，为了不耽误回乡祭祖的“大事”，限定袁世凯在半年之内将铁路修建完成，袁世凯便将铁路修建的任务交到了詹天佑手上。詹天佑被袁世凯任命为这条铁路的总工程师，尽管这条路的价值不大，但却是中国人第一次自己修建铁路，出于慎重考虑，詹天佑对新易铁路的修建变得重视起来，丝毫不敢马虎。经过实地考察后，詹天佑想出了一套独特的方案，他果断地摒弃了当时外国人的思想，仅仅用了四个月的时间便完成了工程。铁路修建的所有的费用比动工前的预算大大地缩减了很多。

新易铁路的修建成功，大大地鼓舞了中国人自行修建铁路的信心，同时也开了国人自办铁路的先河，是中国近代铁路修建历史上的转折点。在此之后，詹天佑又修建了京津铁路、萍醴铁路。詹天佑在这一系列的工程之中，逐渐崭露头角，同时这些铁路也为中国以后自办铁路打下了坚实的基础。

这不仅仅是一条铁路

《辛丑条约》签订后，清政府完全沦入帝国主义列强的统治中，掌权人变为列强的傀儡，政府形同虚设，变成“洋人的朝廷”。帝国主义列强也掀起了瓜分中国的狂潮，并且在中国划分势力范围，扩张在中国的势力。修建铁路成了最有利、最方便的方式。

1905 年，清政府决定修建由北京通往张家口的一段铁路。从蒙古通往北京，就会路过张家口，所以张家口处于通商枢纽，历来是兵家、商家必争之地。京张铁路具有巨大的战略意义，它不仅仅是一条铁路。当清政府传出要修建京张铁路的消息后，势力最大的大英帝国和沙皇俄国，他们对修建铁路的权利都起了争夺之心，但双方各自争执不下。在此情况下，詹天佑提出由中国人自己修建这条铁路。

英国人和俄国人经过几番扯皮后，最终也达成协议：如果清廷在不借外债、不用洋匠的前提下修建铁路，那么京张铁路完全可以由清政府自行组织修建，双方绝不插手。

这份协议断绝了清政府向洋人求助的后路，清政府也只能任命詹天佑为总工程师。

京张铁路全长约200公里，从北京到张家口的这段距离，当中需要穿过山脉，还要开凿四条隧道。地形险峻，工程艰巨，举世罕见。

外国工程师得知京张铁路由中国人全权负责修建的时候，很多国外工程师对此冷嘲热讽，他们认为詹天佑是“不自量力”，甚至露骨地宣称：“中国人能建造这样的铁路，起码还得要等五十年！”就连中国人也说詹天佑此举是“胆大妄为”。一些不能理解京张铁路重要意义的人们，他们甚至说：“不过花几个钱罢了。”

面对各方压力，詹天佑表示：“中国地大物博，而于一路之工，必须借重外人，引以为耻！”他决心率领全体职工完成京张铁路，来为国人争光。詹天佑给他的美国恩师诺索朴夫人写了一封信，詹天佑宣称：“如果京张工程失败的话，不但是我的不幸，也是中国工程师的不幸，同时带给中国很大损失。在我接受这一任务后，许多外国人露骨地宣称，中国工程师不能担当修建京张铁路的重任，但是我坚持我的工程。”这一段话，将詹天佑决心为国争光和争取民族自信的决心，坚决地表现了出来。

1905年5月，京张铁路工程总局成立，詹天佑为总工程师。为了工程能够顺利完成，詹天佑亲自勘测了三条施工路线，由于第二条路线绕道很远，所以被詹天佑否决。第三条线由于朝廷在承担大量外债、财政危机的情形下，对铁路拨款有限，并且时间紧张，也被詹天佑否决，他决定采用第一条施工路线。这条路线，从北京的丰台开始，途经北京的西直门、沙河、经南口、居庸关、八达岭长城、怀来，然后到张家口，全程长度达到了350华里。这条路线的地形对施工者来说极为艰难，一路重峦叠嶂，绝岩峭壁丛生，坡度极陡，南口和八达岭之间的高度相差达180丈。

面对诸多困难，詹天佑经过实地考察和仔细分析后，他把工程划分为三段：第一段工程，从丰台起，到南口止，第二段工程，南口到康庄，其余为第三期工程。

经过大量的准备后，同年9月4日，京张铁路修建正式开工。同年12月12日，开始铺设轨道。但是，在铺轨的第一天，京张铁路的修建工人们便遇上了大挫折，一辆工程车的车钩链子在施工过程中脱轨。很多觊觎此路的外国工程师开始借题发挥，他们认为是中国不能自办铁路的证据。詹天佑认真总结了失败的教训，他使用每节车厢自动挂钩的方法，终于解决了这个问题。

1906年9月30日，铁路的第一期修建完成，并正式通车。同时也迎来了铁路修建上难度最大的第二期工程。要想顺利地完成第二段铁路，首先要挖通居庸关、八达岭之间的四座隧道，尤其是八达岭隧道。八达岭隧道测量长达为1092余公尺，要想成功地修建八达岭隧道，除了对计算精度准确地要求外，还要有当时世界上最先进的开山机、通风机等。精确的计算精度对詹天佑而言并非难事，但是那些精密的仪器，落后的晚清中国并没有，所以只能靠双手去挖。这些并没有难倒詹天佑，在两年后，第二段工程也顺利竣工。

第三段工程的难度虽然比不上第二段，但是在怀来大桥上修建铁路，这也让人十分头疼。该桥也是京张铁路全程中，长度最长、难度最大的一座大桥，桥由7根百余英尺的钢梁架设而成。在詹天佑的指挥下，该桥上的铁路也顺利完成。还有一段比较困难的路段，虽然路程不是很长，但是施工艰难，这段路右侧濒临羊河，左侧依傍石山，山上还要开挖六丈深的通道，山下要往上垫高七华里长的河床。于是，詹天佑用山上开采下来的石块来垫高山体。为了防止洪水冲刷，詹天佑用水泥砖保护路道，第三段工程也得以胜利完工。

京张铁路中的小故事

在修建京张铁路的过程中，为了铁路能够顺利竣工，詹天佑从开工的第一天起，便开始了紧张的勘测、选线工作，他经常带着自己的学生和工人，背着标杆和经纬仪器，日夜奔波在崎岖的山道之上。一日傍晚，詹天佑在测量八达岭一带的地形时，突然刮起了猛烈的西北风，风势猛恶，让人睁不开眼睛。在这种恶劣的天气下，测量出来的数字并不是十分准确，詹天佑为了获得最精准的数据，他亲自背负仪器，登山越岭，认认真真的勘测了数据，当他从山上下来时，嘴唇都已经被风吹得发青了。

开凿八达岭四个大型隧道是整个京张铁路修建过程中，最为艰难的一段。为了施工的进行，詹天佑完全没有总工程师的架子，在开凿隧道时，他亲自到工地上与工人们一起劳作，常常弄得自己一身的污泥、满脸的泥汗。在詹天佑的鼓舞下，工人们干劲十足，一锹锹的挖石、开山。为了缩短工期，詹天佑想出了"竖井开凿法"。为了便于火车上山爬坡，詹天佑又创造性地发明出"人"字行线路。这些方法为铁路地修建起了很大的作用。

在修建铁路中，有一件事让詹天佑感到气愤，修建铁路中最大的障碍不是施工过程中的艰难，也不是帝国主义对这条铁路的觊觎，而是因为修建铁路破坏了某些大户人家的"风水"！当时，在清河一带，有一个名为广宅的人，他是大清朝实力派人物，曾任前朝道台，跟皇室有亲戚关系，后台很强硬。詹天佑设计的修建京张铁路的路线，必须要从他家祖父的坟上穿过。在封建社会，大户人家对祖坟很看重，因此，广宅便聚众闹事，还以重金贿赂朝廷官员，要求让铁路改道修建。詹天佑考虑到绕道不光耗费时间，还要多花费大量的经费，因此坚决不同意改道。后来，广宅家族失去朝堂内的大靠山，同意铁路从他家祖坟穿行过去。

1909 年 8 月 11 日，铁路修成之后，詹天佑和全体施工人员举行了盛大的通车典礼，京张铁路全线通车。修建这条铁路所用的时间，比外国工程师预计的时间要少上两年，费用也只用了预计的五分之一，为财政拮据的清政府节省了二十八万两白银。铁路提前完工，证明了中国人自己有了修建铁路的能力和实力，它是中国人民胜利的标志，更是中国全体爱国工程师、知识分子的自豪！

保路爱国运动

京张铁路修建成功，极大地振奋了中国铁路行业，推动了各省自办铁路的进程。

受到京张铁路的影响，四川、湖北两省，当地百姓决定集资自行修建自四川到湖北武汉的铁路。这条铁路从四川省城成都出发，途经重庆、四川万县，再到湖北宜昌，全程长约 1200 公里，其中从宜昌到万县是首段工程，沿途经过水流湍急的三峡地带，还需要穿越崇山峻岭。地形险峻异常，工程艰难，比起京张铁路有过之而无不及。两省经过商议后，湖北境内的铁路工程由四川省代为修建。为了四川、武汉这段铁路能够修建成功，1907 年，成都成立了商办川汉铁路公司，两省人民呼吁当时正在修建京张铁路的詹天佑来四川主持川汉铁路修建工作。

1907 年，詹天佑被清政府任命为川汉铁路总工程师，但由于当时京张铁路尚未正式完工，詹天佑无法分身，便指派副手彦德庆离京赴川，前往宜昌，代任川汉铁路的副总工程师。1911 年，清政府因帝国主义的压力，宣布铁路建设的所有权必须由国家控制。在这之前，因为四川有“天府之国”之称，物产丰富，但交通不便，所以丰富的资源物产不能得到利用。英法等帝国主义，早就准备从中国西南地区入手，通过对铁路修筑权的掠夺，希望控制长江中下游地区，将四川等地纳入自己的势力范围内。

因此，当得知四川人民自办铁路的消息后，帝国主义立刻向清政府施压，清政府迫于压力，只得下诏，收回铁路所有权，宣布铁路建设由国家操办。四川人民听闻清政府将借大量外债修建铁路，并将铁路权拱手让给帝国主义列强的消息后，四川人民立即激奋，四川市民鸣锣罢市，奔走相告，揭露清政府卖国、卖路的行为。这一保路爱国运动很快演变成反抗清王朝封建统治的革命运动，清政府为了镇压此次运动，从湖北调集了大量的军队镇压。此次运动为辛亥革命武昌起义创造了有利条件。

在护路爱国运动中，詹天佑也充分明白清王朝的腐朽，他逐步意识到，只有通过革命，才能将腐败到骨头里的清政府推翻，中国才能获得新生。所以，在辛亥革命后，詹天佑很快就站到新政府一边。

京张路完成之后，受广东商办粤汉铁路总公司的邀请，詹天佑在次年担任该公司的总经理。辛亥革命爆发之前，广东等地已经是政局动荡，社会处于极度不安中。一些富豪嗅到革命气息，为躲避战火，他们纷纷逃往香港，甚至是上海租界。广东商办粤汉铁路总公司的工作人员受到影响，很多人想要逃走，詹天佑的朋友也劝詹天佑离开广东避祸。但詹天佑坚持留守岗位，并劝公司内的工作人员坚守岗位，即使想要离开，也要将工作安排好。在詹天佑的影响下，公司员工不再逃亡，公司在整个革命期间未曾遭受任何的损失。

辛亥革命后，南京“中华民国”政府成立，但是革命果实被清政府大臣袁世凯篡夺。同盟会领袖孙中山意识到，一国崛起离不开交通的发展。所以在1912年5月，他去视察广东省商办粤汉铁路公司，詹天佑率领公司的全体员工欢迎孙中山，孙中山在视察报告中指出：“粤汉干路，关系民国的建设，前途盛大，且大利所在，并为振兴实业之首务，望速图之。”同年九月，孙中山在视察京张铁路后，宣布由詹天佑等人筹划建立全国的铁路网大动脉。詹天佑为了振兴祖国的铁路事业，和其他中国工程师一起组建了中华工程学会，他被会员们推为会长。

1918 年，帝国主义列强之间出现内讧，第一次世界大战落下帷幕，帝国主义战后重新瓜分世界，建立世界新秩序的和平会议，其实就是准备在大会上分赃。此时的詹天佑已经是百病缠身，但为了维护中国铁路的主权，詹天佑不顾病重，他代表中国政府，冒着严寒的天气，赶到海参崴，参加远东铁路国际会议，同日本代表进行了艰苦的谈判斗争，最终取得了我国管理中东铁路的权利。

在回乡途中，詹天佑抱病登上长城，他看着在列强蹂躏下，已经变得满目疮痍的中华民族，詹天佑忍不住仰天哀叹：“生命有长短，命运有沉升，初建路网的梦想破灭，令我抱恨终天，所幸我的生命能化成匍匐在华夏大地上的一根铁轨。”可惜的是，这位伟大的爱国工程师无法再同列强斗争，他积劳成疾，在 1919 年 4 月 24 日，于湖北汉口病逝，享年 58 岁。

虽然这位心系祖国的铁路工程师去世了，但是他永远地留在了中国人民的心中。1922 年，詹天佑尸体被葬在京张铁路青龙站附近，1987 年，中国政府又在京张铁路附近修建了詹天佑纪念馆。2005 年，为了纪念京张铁路动工一百周年，在京张铁路南口一站，立了一块高为 2.8 米、重达一吨的“中国铁路之父”詹天佑的铜像，以供后人瞻仰。

冯如

中国航空“东方莱特”

——天下男儿志在四方，天下男儿为国争光

姓　　名	冯如
籍　　贯	广东省恩平县
生卒时间	1884 年 1 月 12 日~1912 年 8 月 25 日
人物评价	冯如制成中国第一架自制飞机、制造出“冯如一号”、“冯如二号”，被誉为“东方莱特”。他的成功让中国人大受鼓舞，也使欧美国家大为震惊。

1911 年，辛亥革命爆发后，冯如毅然加入了革命军的行列。1912 年，他在进行飞行演习时飞机失事而去世，一时间举国哀恸。在冯如的家乡，为了纪念冯如对中国航空科技的贡献，中国政府为冯如修建了纪念馆。在冯如的雕像下，还有中国人民解放军空军赠送的一架飞机。中国空军司令员许其亮也称赞冯如为“中国航天之父”。

中国的莱特

神秘的天空总是带给人类无穷无尽的想象和好奇，这些好奇诱使着一代又一代的人类去发现，去探索神秘的高空。

1783年，法国孟格菲兄弟成功的向高空释放了人类第一个载人热气球。从此，开始了人类对天空由幻想到实践的航空之路。

1903年到1905年，在人类历史进入20世纪之初，莱特兄弟驾驶着他们自制的飞机，初步地飞向天空，飞行很成功，很快轰动了整个世界。为了纪念这两位兄弟对人类飞机制造、发展上的卓越成就，美国军方将美国最大的空军基地命名为"莱特基地"。在莱特兄弟家乡，也建起了一座"莱特大学。"

在中国广东恩平县，也同样有一座"冯如纪念馆"。冯如发明的飞机，飞行记录超过了西方人的记录，他制造的飞机让西方人称"中国的飞机制造技术已经超过了西方！"可惜的是，冯如未能看到中国空军一步步的向前成长的过程，未能看到2009年中国空军在建国六十周年的阅兵仪式。冯如为了飞机演习才失去了自己的生命，毫不夸张地说，冯如就是"中国的莱特！"

男儿志在四方

1884年，冯如出生在广东恩平县的一个贫农家庭。当时的中国正处于晚清时代，列强的入侵使中国人民备受欺辱。面对帝国主义，清政府腐朽无能，一步步的退让妥协。中国广大的贫苦人民在封建阶级和帝国主义的双重压榨下，艰苦地维持生计。

冯如的父母是当时中国地地道道的农民，父母都是老实巴交的乡下人，靠着一块不大不小的耕地艰难度日。冯如自小聪明伶俐，父亲从口粮中省下一笔不小的开支，送冯如进入当地的学堂读书。

在学堂内，冯如勤奋好学、成绩出众，这些优点深受教书先生的喜爱。年纪幼小的冯如，当时便已经表现出对手工制造的热爱，他时常自己动手，用泥巴、木头等，做成一些小的玩具。例如小车、小工具的模型，这些东西都很受当时小伙伴的喜爱。当时的左邻右舍都十分看好冯如，都认为将来冯如一定能够扬眉吐气。

冯如同很多小朋友一样，年纪幼小的他对一切总是充满了好奇，对天空也满是幻想。他十分喜欢听村里的老人讲述关于嫦娥奔月、夸父逐日等有关天空的神话故事，所以自小对蔚蓝的天空充满了向往。然而，就在此时，冯家却遭受了重大的厄运，突如其来的疾病让生活本就难以为继的冯家人几乎难以抵挡。冯如的四个哥哥被疾病侵袭，因为无钱医病而先后病死。此时，家中只剩下了冯如这么一个独子，父母也无钱再供冯如上学读书。冯如只有辍学归家，帮助父母务农，维持家里面紧巴巴的生活。但上天并没有抛弃这个机灵的孩子，偶然的机会降临在冯如的身上，他远渡重洋。如果不是这个机会，也许冯如会像他的父母一样，一生都只是为了生计而拼命的劳作。

在冯如 12 岁那一年，在美国旧金山经商并取得了小小成就的舅舅，回国探亲，见到冯如家中一贫如洗，为了改变他们家中生活困苦的局面，舅舅提出要带冯如到美国谋生的建议。当时冯如的双亲，因为连续丧失了四个儿子，对冯如的离开很是不舍，尤其是冯如的母亲。因为四个儿子的先后离世，让这位慈母的心灵大受打击，当时的神情极为憔悴，流着泪跟冯如说道："我膝下只剩下你这么一个儿子了，我怎么还能再忍心看着你也离开我？"

冯如要离开生他养他的父母，本来也是很不愿意的。但是年幼的冯如曾经听一些"有见识"的人说过，大洋彼岸的美国科技发达，他们利用发达的生产力制造了很多中国见不到的新鲜玩意。于是，冯如以"好男儿志在四方"的古训说服了父母，他随着舅舅漂洋过海，到了大洋彼岸的美国旧金山。

旧金山是美国传统的工业基地，也是美国在西部的金融中心和港口。那里人口众多、工业发达，工厂如星罗棋布般散步城市各地。冯如见识到美国工业的先进和发达后，决定努力地学习机器技术，希望能够通过机器制造来改变中国贫苦落后的局面，为中国的富强做出自己的努力。

6年以后，18岁的冯如辗转到美国纽约，并在那里刻苦的攻读机械制造专业。想起多灾多难的祖国，冯如学习异常的刻苦，在学习过程中不放过任何的难题，有时为了一个难以解答的问题研究到深夜不睡。当时，冯如的生活十分的紧迫，他为了能够更好地学习和掌握西方的科学知识，利用从牙缝中挤下来的一笔钱购买很多书报刊物，以此丰富自己的精神世界。为了缴纳价格不菲的学费，冯如将一切的课余时间用来去工厂打工。虽然生活异常的艰辛，但冯如的学习成绩在学校一直出类拔萃。学校被这个中国青年刻苦学习的精神和顽强的意志所感动，于是免除了冯如在学校读书期间所有的费用。

经过五年的刻苦学习，冯如掌握了非常广博的机械制造知识，他通晓36种机械知识，发明制造出抽水机和打桩机，他发明和设计的无线电收发报机，由于性能良好，受到美国居民的好评和欢迎。当时的冯如，俨然是一位小有名气的机器制造专家。

为了飞天梦

就在冯如为中国的崛起在美国拼命学习机械制造技术的时候，中国大地先后遭受了甲午中日战争的战败、义和团运动和八国联军侵华战役。腐朽的清王朝在帝国主义列强的侵略下一味的妥协退让，中国终于完全的陷入半殖民地半封建社会的深渊！

1904年，祖国传来了日本强占我国大连、旅顺口的消息。为了争夺我国东北，在中国大地上爆发了一场日本与俄国两个帝国主义之间狗咬狗的战争。

帝国主义列强在中国的大地上发动争夺中国特权的战争，我国当时的清朝政府竟然无耻的宣布“中立”！消息传来，留美华人无不大为激愤！

1905年9月，在美帝国主义的斡旋下，日俄两国签订了《朴次茅斯合约》，合约公然地践踏中国主权，将辽东半岛南端的旅顺口、大连附近海域，转交给日本;长春、旅顺口之间的铁路也归日本所有。面对这种屈辱的行径,腐败无能的清政府竟然予以承认。祖国的无能让冯如大为痛心,同时坚定了冯如报效祖国的决心。他看到日俄在战争中用战舰相互攻击,同时考虑到中国五千公里绵长的海岸线,他就想到造军舰保卫中国沿海的各个港口,想造一艘铁甲军舰献给自己的国家。

当莱特兄弟的飞机试飞成功之后,各国开始纷纷研制飞机,发展航空军事力量。具有前瞻性的冯如意识到人类日后的战争将会脱离地面的战斗。而且,冯如认为耗费巨资造一艘军舰耗费时间长,还不如造数百架飞机,作用将比数艘大型铁甲舰大得多。于是,冯如立刻决定改变工作重心,他对手底下的助手们说:"现在是激烈的时代,飞机已经成为必不可少的武器装备。如果我们能够制造出成千上万架飞机,然后分驻中国沿海各军港,那么足以使中国强大起来,使中国国防达到世界顶端,外国列强也不敢再轻易欺辱中国!"

当时的飞机技术并不算成熟,他的助手对研制飞机非常的消极,认为成功的希望很小,冯如却表示:"我将用一生的精力为我的国家研制飞机,苟无成,毋宁死!"但是,研制飞机并不是容易的事情,资金的匮乏是冯如遇到的第一个难题。为了解决资金问题,冯如变卖了自己身上所有的金银玉器,不过这些远远不够研制飞机。为此,冯如到当地的旅美华侨中进行宣传,以求筹集资金。但是,让冯如失望的是,当地的华侨大多数人对自己的祖国充满了悲观心理,认为靠中国人自己的力量绝对造不出飞机。但冯如研制飞机救国的爱国之情,还是让部分华侨大为感动,他们帮冯如筹措资金,建立了中国第一家飞机制造公司,并在当年九月,冯如和爱国华侨朱竹泉、朱兆槐、司徒璧如开始了研制飞机的工作。

当时,美国为了垄断飞机技术,他们将所有关于飞机的资料全部封锁。冯如他们只能凭靠自己掌握的空气动力学的知识白手起家, 冯如自己设计飞机图纸。为了能够了解到各国研制飞机的情况,冯如将自己节省下来的生活费全部购买了报纸杂志。他们起早贪黑，没日没夜的动手研究，解决了很多难题之后，经过半年的研制，第一架飞机终于出台。激动不已的冯如亲自操控飞机进行试飞，很遗憾的是，这一次试飞没能成功，冯如为了试飞还受了一点轻伤。冯如却并没有为此气馁，决定从头来过。

一个突如其来的事件让研制工作的成员备受打击，他们租赁的厂房被一场大火烧得干干净净，他们几个月来辛苦研制的成果和绘制的图纸被大火烧光。但冯如就是越挫越勇的人，这场飞来横祸并没有打倒冯如，冯如研制飞机救国的决心丝毫不减。就在此时，冯如接到了老家的来信，年事已高的父母十分想念远在异乡的儿子，希望冯如能够回乡，全家团聚。冯如看过信后，只能在海边遥望着不能见到踪影的祖国，他在内心中祈求父母的原谅，并坚定信念，不乘飞机，永不回国。

接下来的工作又回到了原点，冯如千辛万苦、一点一滴的筹措资金，购置工具，由于没了厂房，他们支起了帐篷，在帐篷下千辛万苦的研究起来。为了研制能够成功，他们搜集了大量的资料，重新研制了更加精密的制作图纸，生产出机翼、方向舵、内燃机等，终于在当年的9月21日，再一次造成了一架飞机，并成功的飞行出了2600多英尺的距离！这一纪录远远超过了莱特兄弟812英尺的记录！

当时，美国旧金山一家新闻报纸报道了冯如飞机试飞成功的消息，新闻的标题为《中国人的航空技术超过西方》，冯如制造的飞机从设计到第一次试飞成功，仅仅只用了一年两个月的时间！冯如靠他出色的想象力、创造力，在飞机的研制上取得巨大成就，大大地鼓舞了中国人。

当时在美国旧金山宣传革命思想的孙中山，他碰巧见到了冯如飞机的试飞。当时孙中山感叹地说道："咱们中国，大有人才啊！"

功名如粪土，志在爱国

1910 年，冯如进一步改进了飞机的性能，设计出一款机翼长为 29.5 英尺，宽为 4.5 英尺、内燃机为 30 马力、螺旋桨每分钟 1200 转的飞机，并在当年十月旧金山国际飞行比赛中荣获优等奖，使中国人的航空技术再一次超过了西方。

那个年代，欧美各国都在着手组建空军，以期在将来的战争中夺取制空权。名声越来越大的冯如被很多外国公司以重金聘用，但均被冯如拒绝。当年，清朝政府也在准备筹建空军的事宜，冯如被请回国内。一心要为祖国空军发展做贡献的冯如，欣然接受清政府的聘用，希望在回国之后发展祖国的航空事业，让祖国早日的富强起来，不再受外族的欺辱。

1911 年 3 月，冯如携带两架自制飞机回到香港，清政府派遣海军“宝璧号”军舰将冯如迎接到了广州。冯如希望能够在广州向全体国民表演飞机飞翔，但是因为革命党发动的黄花岗起义而未能达成目的。此后，清政府的反动腐败让冯如对这个王朝彻底失去了信心。1911 年 10 月 10 日，革命党人在武昌发动了起义，辛亥革命爆发，冯如清醒地认识到，只有推翻满清王朝建立共和国才能拯救中国，他毅然决定支持革命党。

广东独立后，冯如被任命为中国陆军飞机长，准备建立空军，配合北伐军空袭清廷。但因为南北议和，组建空军的计划被搁置。之后孙中山当选“中华民国”南京临时政府的临时大总统，他十分重视中国航空的发展，积极在南京筹建空军基地和飞机场，并在 1912 年举行了中国第一次航空飞行的演习。但是，这一次演习失败了。不过中国人对此反响极为热烈，因为这毕竟是中国人第一次在中国人自己的领土上进行飞机演习。

1912 年 8 月 5 日，距离上一次的演习失败已经有半年时间，冯如满怀信心投入到飞机性能的改进和研制中，在获得民国政府的批准后，冯如在广州城郊进行了第二次航空演习。

那一天，广州城内万人空巷，全城市民围在机场周围，所有围观市民挥舞国旗、手捧鲜花，他们为冯如呐喊助威。这一次的航空演习比较顺利，但在降落时，因为避开两个在跑道上玩闹的孩童，冯如猛拉操纵杆，紧急升上了天空。因为用力过猛，飞机失去了平衡，然后突然坠落。人们把冯如从飞机的残骸中救出来时，冯如全身各处都受重伤，送到医院抢救无效，宣布死亡。冯如为中国的航空事业付出了他年仅 29 岁的生命。

冯如一生都在为中华民族的崛起做奋斗，他为中国空军能够向前发展而不懈努力，在他弥留之际，仍然不忘嘱咐他的助手，要将中国的航天技术搞上去，他说："我死后，你们不要因为我而失去了积极进取的心。"9 月 24日，广州各界在冯如飞机坠落的地方，为冯如召开了追悼会，悼念冯如为中国航空发展做出的贡献。冯如被中华民国陆军部追赠为陆军少将，并遵从冯如遗愿，将他同黄花岗革命烈士葬在一起，并在他的墓碑上，尊称他为："中国首创飞行大家。"

为了纪念冯如在中国航空技术上的贡献，1985 年，在冯如老家恩平县，人们建立了一座冯如纪念馆，他将会和所有的革命烈士一样，永垂不朽！

竺可桢

中国气象学的始祖

——博学之，审问之，慎思之，明辨之，笃行之

姓　　名	竺可桢，别名绍荣，字藕舫
籍　　贯	浙江上虞
生卒时间	1890 年 3 月 7 日~1974 年 2 月 7 日
人物评价	中国近代地理学、气象学的主要开创者和奠基人。

竺可桢出生于 1890 年，曾经留学美国，回国后，他开创了中国大学第一个地理系和中央研究院第一个气象研究所。他是中国近代地理学、气象学的主要开创者和奠基人，并担任浙江大学校长长达十三年，被誉为中国高校四大校长之一。在长期的教学和科研工作中，竺可桢形成了自己"求是"的严谨科研精神。1974 年 2 月 7 日，竺可桢因为肺病在北京去世，享年 84 岁。

科学是第一生产力

竺可桢出生于晚晴的浙江上虞县，自小聪慧早熟。竺家在当地是有名的书香世家，在家庭的熏陶下，竺可桢两岁的时候便已经开始识字。父母见儿子如此聪慧，便将他送去了私塾读书。竺可桢没有辜负父母的期望，在读书

期间,他学习十分刻苦。15 岁之前,竺可桢先后在上海澄衷学堂、复旦公学、唐山路矿学堂读书。

读中学时,由于竺可桢身体瘦弱多病,同班同学都讥笑他,说他活不到二十岁。同学的这句玩笑话对竺可桢触动很大,从此他不避风雨,坚持锻炼身体。后来,竺可桢的身体一直都非常的健康,比同龄的孩子强壮很多。

在庚子之乱后,帝国主义列强掀起了瓜分中国的狂潮,少年竺可桢目睹了帝国主义对中国的侵略过程,十分的痛心,于是萌生了和中国近代很多科学家相同的心思——科学救国。

1910 年,竺可桢考取了"庚款留美"的资格。在美国期间,竺可桢先是在伊利诺斯大学学习农学,后又转到哈佛大学攻读气象学。在美国学习的几年,竺可桢的心灵很放松,他深刻了解到了西方的自由民主制度,同时也进一步看清了清政府的专制与反动,更加坚定了他科学救国的决心。竺可桢在美国期间,没有放松自己,他努力学习西方的科技,争取早日回国,去改变落后、贫弱的中国。

1918 年,年仅 28 岁的竺可桢获取了哈佛大学博士学位,他揣着一颗激动的心,启程返回中国。当时中国的大地内战频繁,多个军阀割据一方。回到国内的同学要么转而经商,要么投奔各地军阀,在内战中谋求地位。竺可桢没有随波逐流,他和小部分同学仍然坚持自己留学的初衷,坚持科学救国。

他先是受聘于南京高等师范学院,任地学教授。不久,该校改为中国东南大学,在竺可桢的主持下,该校建立了地理系,包括地理、气象、地质、矿物四个专业。竺可桢编著了《地理学通论》和《气象学》两本书,用于教学。在教学的期间,竺可桢还积极地在东南大学筹建中国农场气象测试气候所。1922 年,竺可桢主持购进了用于观测气象的科研用具,并在南京进行了首次气象观察,观测后,竺可桢气象所发布了气象报告,这是我国自主创办气象科技的标志。

1925年，竺可桢辞去了在该校的职务，到了上海。在商务印书馆中，竺可桢担任史地部部长。在这里，竺可桢潜心研究，发表著作，先后完成了《论江浙两省人口密度》、《北宋沈括对于地学之贡献与纪述》、《论以岁差定〈尚书·尧典〉四仲中星之年代》等著作。1926年，竺可桢任教于南开大学，担任地理学教授。在这里，竺可桢继续研究，完成了《直隶地理的环境和水灾》一书。同一年，日本东京召开了第三届泛太平洋学术会议，竺可桢加入了中国的代表团。

竺可桢在担任地理学教授的同时，还要主持学校的日常工作。在教学中，竺可桢培养出黄厦千、沈孝等加入第一批中国近代气候学人才。同时，竺可桢还积极加入中国科学社。不久后，国民政府北伐战争取得决定性的胜利，由于意识到气象研究在现代化战争中的重要性，国民政府着手组建中国中央研究院。研究院设有观象台筹备委员会，下设天文、气象两所研究所。在中国气象学研究上，颇有名气的只有竺可桢，于是他便担任气象研究所的所长。当时的中国因为长期的内战，本就贫弱的国民经济大受打击，政府财政拮据，在科研教育上，自然不会投入太多的资金。加上中国科学技术的落后，气象研究所的条件极差，可以说是白手起家。

在极端落后的条件下，竺可桢没有退缩，他首先领导了我国气象台站网的建设。在他的《全国设立气象测候所计划书》中，计划在未来的十年内，在全国建成10座气象台，150处测候所和1000处雨量测候所，开创了中国近代气候科学事业的先河。到1941年，竺可桢先后办了十九处气象台，自行筹建的有九座。这些气象所奠定了我国气象学研究的基础。

在这期间，竺可桢积极开展中国的天气预报业务，拟定《气候观测实施规程》，并先后出版了《中国之雨量》、《中国之温度》、《中国气候资料》以及《气象月报》、《气象季刊》、《气象年报》等学术性著作。竺可桢和他的助手也编写了很多工具书，如《全国气象观测实施规程》、《测候须知》、《气象电码》

等。他亲自主持编订的《中国之雨量》、《中国之温度》,更是两本内容丰富的资料。

为了中国气象

能够独立自主地完成和发布自己国土上的天气预报，是每个国家基本的主权之一。但随着近代中国逐步地沦为殖民地,中国的国家主权被践踏,驻兵权、关税权,甚至连基本的天气预报权利,都操控在帝国主义手中。

北伐战争之后,人们受到革命思想的影响,开始意识到不平等条约对中国的危害,国民政府也开始积极采取废除不平等条约的行动。在国民政府的支持下,竺可桢和全国各方面共同努力。1930 年 3 月,竺可桢的天气预报代替了上海法租界内徐家汇顾家宅电台发布的天气预报，开始了近代中国自主发布天气预报的历史。在中国人自主发布天气预报的同时,国民政府还对法租界的徐家汇观象台的业务进行了限制。

但是,中国近代气象事业刚刚起步,里面就出现了机构多元化、体制紊乱等各种问题。在混乱的局面下,竺可桢始终不放弃,在他的努力下,国民政府内政部出面召开会议,经过与众多科学家们的协商,终于解决了问题。

在竺可桢的推动下,1930 年、1935 年和 1937 年,中央研究院召开了三次全国气象会议,从气象对交通、军事、航空等各个方面的影响,进行充分的商讨,将中国混乱的气象局面,纳入到统一的规程之中。在努力地促进中国气象学的统一和气象研究发展的同时,竺可桢还不忘同帝国主义作斗争。

1937 年,竺可桢代表中国的气象专家到香港参加远东气象会议。由于中国在近百年中对外战争屡战屡败,帝国主义对中国人充满了蔑视。因此,在晚宴时,香港总督竟然有意的将中国代表排在最末的位子。竺可桢对此大为愤怒,认为英国殖民当局的做法是有意损害中国的国格,他不能忍受,当场便带着另外两名中国代表离席，表示对英国人的不满。

动乱中担任校长

1936年，竺可桢开始担任中国浙江大学的校长，在此后的十三年中，竺可桢一直都在浙大任教，同浙江大学结下了不解之缘。

在这之前，1935年12月，因为东北的沦陷，爱国学生们发起抗战示威游行。学生爱国运动很快波及全国，浙江大学的学子也参与了行动。校长郭任远是国民党的党员，他遵从国民党政府的指示，竟招来军警，逮捕了十几名学生运动中的代表，学生们因此要求撤换校长。眼看着学生爱国运动越闹越大，蒋介石亲自演讲也无法平息学生们的抗议，蒋介石在侍从陈布雷的建议下，他任命竺可桢为浙大校长，主要原因是，竺可桢在学生中有颇高的声誉，最重要的是，蒋介石很重视乡土观念，用人条件除了能力外，浙江老乡也是重要因素。

4月25日，竺可桢在全校大会上发表了第一次讲话，他向学生们表明了自己的办学思想，指出中国教育的发展方向，中国应培养适合在国内发展的人才。他一再强调大学教育的目的，大学不仅仅是为了培养专业性人才，而是要培养学子们坚毅、能够担当大任、改变国运的能力。对他口中的教育方式，竺可桢提出四点要求：1、要有以天下安危为己任的精神，牺牲自己，努力为国；2、有清醒和理智的头脑，对任何意见不盲目服从；3、辨别是非，没有趋利避害的实力心；4、体格强健，身体条件才是一切的根本。

他的这些演讲和采取的一些有力措施，逐渐平息了学生运动，使学校的教学工作逐渐地稳定下来。为了培养出自己理想中的人才，竺可桢十分的重视入学教育，他在和新生谈话时说，你们为了什么来上大学？将来从浙大毕业后，要做什么工作？他教育学生，大家将来要成为中华民族崛起的中流砥柱。虽然教学工作繁重，竺可桢却并没有放下手头的气象研究工作。他一直为中国培育出人才，一直到生命的尽头。

“浙大保姆”

1937年，抗战爆发后，为躲避战火，浙大举校西迁。当时日本空军肆虐，竺可桢带领全校工作人员633人，途径浙、赣、湘、粤、桂、黔六个省，行程两千六百余公里，学校终于在贵州遵义办学，那儿远离战火和敌机干扰。这一伟大壮举，被称为“文史长征。”在当时极端困难的条件下，竺可桢仍然坚持教学，并组织生产，以实际行动支援抗战。

他十分在意学校的师资队伍，他认为，一个大学学风的优劣，全都在于教授的品质，教授是大学的灵魂。抗战爆发后，学校随着国民政府西迁到内地。当时的物理系教授束星北，他对竺可桢很是不满，常常在背后说他的坏话，数落竺可桢的不是。对他种种的小动作，竺可桢心中自然清楚，却总是一笑而过。对束星北的作为，竺可桢自然很是不满，但对这位才华横溢的物理大师，竺可桢却总是极力保护，并且力排众议聘请他为教授。

在贵州遵义时，师生们的生活条件很差，有限的财力和物资都优先供应军队，教育界的工作人员生活的十分艰难。

有一年除夕夜，竺可桢一家人吃着发霉的大米，他却将发下来的工资分给那些生活条件很差的教授们。数学教授苏步青回忆这段往事时，总是感慨地说道：“他真是拿我们教授当宝贝啊。”

竺可桢坚持学术独立的思想，力排政治的干扰，自己也从来不参与政治行动。但当时的社会政局动荡，一些学生难免受到各个政治党派的影响。对学生运动，竺可桢十分地反感，他多次公开地表示，学生的任务是读书，国家政治如何，不是他们应当干涉的。

一次，学生们不顾学校的劝阻，也不顾带枪军警们的威胁，他们上街游行。竺可桢便打着一面旗子，走在学生队伍的前面。他自己解释说："虽然不赞成学生们的这种举动，但他们既然上街了，我总要保护他们的安全。"一旦有学生在运动中被捕，竺可桢便想尽一切办法营救，每逢开庭审理，竺可桢也必去旁听。他的行动让浙江大学的学子们深为感动。在竺可桢六十岁生日的时候，学生中有人送来一面锦旗，上面写着"浙大保姆"四个大字。

竺可桢在浙大任教 13 年，以"求是"精神作为校训，为后来新中国的发展提供了一大批人才。

抗战胜利后，浙江大学迁回了杭州。竺可桢决定专心进行科研工作，绝不插手政治。但是国民党极端腐朽，让他对国民政府完全失去了希望，转而对清廉的中共政府满怀期待。

1949 年 4 月，中国解放事业即将胜利。竺可桢在上海闭门谢客，准备迎接全国的解放，并回电拒绝国民党让他迁居台湾的建议。新中国成立后，竺可桢出席了全国人民政治协商会议，积极投入到新中国的建设中，在国内组建了许多新的气象研究机构，并培养了许多地理学骨干。

1956 年，竺可桢领导创建中国科学院综合考察委员会，他建议合理地开发祖国的自然资源，并进行了多次大规模的考察行动，足迹遍及中国的新疆、甘肃、内蒙古等地。毛泽东对竺可桢的科研成果很重视，曾邀请他到中南海来面谈，并风趣地说道："我们分工合作，就把天地都分管起来喽！"直到他 84 岁的时候，他才停下了手中的工作。在 1974 年 2 月 7 日，因为肺病，病逝于北京。

竺可桢不仅是我国近代气象科学的奠基人，而且是研究我国物候学的倡导者。他持之以恒、锲而不舍的治学精神，以及坚强的毅力和高度的责任心，都值得我们学习。竺可桢也是一位好校长，他与蔡元培先生一样，是我国近代教育史上伟大的人物。

茅以升

中国建桥第一人

——一定要造出由中国人自己设计建设的现代化大桥

姓　名	茅以升，字唐臣
籍　贯	江苏省镇江市
出生日期	1896年1月9日~1989年11月12日
人物评价	主持修建中国第一座现代化桥梁，中国土力学学科的创始人和倡导者。

每个成功的人士，他们背后都有一段洒泪的辛酸史。茅以升是我国现代桥梁工程先驱者，他修建了著名的钱塘江大桥，钱塘江大桥带动了经济的发展，同时也在抗日战争中发挥了重要的作用。茅以升为中国培育了很多建桥人才，立下了不可磨灭的功劳。茅以升被称为“中国建桥第一人”。

大桥坍塌

茅以升生活在一个书香世家，祖父茅谦是当地赫赫有名的举人。茅谦思想进步，曾经创办很有影响力的《南洋官报》，茅以升出生不久，一家人便迁居南京。茅以升受到家庭氛围的影响，三岁的时候就接受母亲的启蒙教育，五岁的时候进了私塾，七岁的时候进入了思益学堂。幼时的茅以升就是个极其聪明的孩子，每一次考试都会名列前茅，他在课堂上的表现十分积极，所以一直是同学们崇拜的对象。

茅以升在 1905 年的时候考入了江南商业学堂，1911 进入了唐山路矿学堂，之后又被清华大学录取，更是取得了赴美留学金。在国外，茅以升没有放纵自己，他更加疯狂的吸取知识，最后取得康奈尔大学的土木专业硕士学位，并获得了该所大学的优秀研究生“斐蒂士”金质研究奖章，他让整个康奈尔大学大大地承认了中国学生的潜能。

茅以升之所以如此拼命地学习，是因为一件事。

那是一年一度的端午节，按照中国人的习俗，除了吃粽子、喝雄黄酒以外，最有盼头的就是赛龙舟。在南京文德桥上，人群密密麻麻，来来往往，熙熙攘攘，大家都来一睹龙舟比赛的风采。

茅以升因为肚子疼，母亲担心他会出事，所以没准许他去看龙舟比赛，这也间接地让他逃过一劫。因为文德桥上的人实在太多，年代比较久远的桥根本承受不了人群的重量，于是桥在一瞬间坍塌。砸死的、淹死的人比比皆是，很多家庭失去了亲人。

隔天，茅以升听闻了桥坍塌的消息，他赶到了文德桥边，残破不堪的桥还剩下小半截。桥下，人们在打捞尸体，岸边，孩子们哭喊着爹妈。这样一件悲痛的事压在了茅以升的心里，他看着大家伤心难过，心里由然而出一股信念。他说：“长大后一定要造出结实的大桥。”

从此，茅以升对桥梁建造的痴迷程度近乎疯狂，只要一看到桥，他都会站在桥面上看着桥柱子，往往一看就是半天。他将每一座桥的特点和稳固性都一一地记在了自己的笔记本上；在书本上看到有关桥的文章、段落，他就会把它们记在脑海中；每一张带有桥的图片，他也会很用心的收藏。就这样日积月累，他积攒的大桥资料足足有几大本子。

天堑变通途

茅以升之所以被人们所熟知，主要是因为他主持、设计、建造了钱塘江大桥，那么茅以升与钱塘江大桥有着怎样的不解之缘呢？

钱塘江是著名的险恶之江，也有“钱塘江无底”的称号，它每年都会夺去很多人的生命。钱塘江的水由于受到上游山洪暴发的影响，所以下游的水潮涨勇猛。若是遇到台风天气，江面将会卷起惊涛骇浪，水势变幻莫测。至今，我们可以看到钱塘江的周围圈起了高高的栏杆，下雨起风的天气禁止人群入内。

钱塘江大桥还没有建造之前，浙赣铁路和沪杭铁路已经开始修建，钱塘江将两处铁路远远隔开，造成了两地交通不畅。为了解决这样一个棘手的事儿，工程院决定在钱塘江上搭起一座桥梁。

不过，在这样惊险的大江上架起一座大桥，这样的工程可以完成吗？

茅以升听闻钱塘江需要建造大桥的消息后，主动地担起了重任。他看到祖国江河上的钢铁大桥均为外国人所建，颇为痛心，于是决心为中国人争口气，建设一座属于中国人自己的大桥。1933 年至 1937 年，茅以升任职钱塘江大桥工程处处长，面对钱塘江内的惊涛骇浪，建造大桥遇到了一系列的问题。茅以升运用自己总结出来的知识，采用“射水法”、“沉箱法”、“浮运法”等，解决了建桥中的一个个技术难题。

经过不懈的努力，钱塘江大桥终于开始动工，在茅以升的督造下，一座连接浙赣铁路和沪杭铁路的大桥赫然雄起。从此，茅以升的名气传遍大江南北，他让中国人看到了大桥就想起了他，他的名字和新建的大桥一起留在了国人的心中。

建桥难

虽然茅以升设计好了方案，但是真正实施起来还是有相当大的困难。比如第一个迎面而来的问题就是打桩。打桩是为了让大桥可以稳固，而钱塘江的水势极为险恶，那么想要建造出稳固的大桥，就必须采用独特的手法去打桩。

茅以升的方案是，桥桩子穿越钱塘江的41米泥沙处，一共设立9个桥墩，一共打入1440个木桩，木桩都必须立在石层之上。但是钱塘江年代久远，在厚硬的泥沙下打桩桩子会被折断，面对这样的困境，茅以升采用了巧妙的方法，这个方法叫做“射水法”。这个方法源于浇花茶壶对茅以升的启发。一天，茅以升看见邻居大妈提着铁壶在浇花，水冲土时，土地上顿时被水冲出一个坑。他将这种方法融入建桥的理论中，他想，打桩也可以借水力冲出一个洞啊！于是，原本只能一昼夜打一个桩子，现在提高到每昼夜30根桩子，大大加快了钱塘江大桥的建设。

建桥遇到的第二个问题是，钱塘江水流湍急，工程很难继续下去。茅以升排除万难，他运用“沉箱法”解决了这个难题。他教工人们把钢筋混凝土做成箱子的形状，箱子有一面不封口，他让工人们把箱子口朝下，一个个的沉入江底，之后利用高压气挤走箱子内的水，箱子的容积大，工人们就能在箱子内挖沙，让沉入的箱子和木桩连为一体，在沉箱上建造桥墩。

第三个困难是架设钢桥。钱塘江的江面广袤无垠，每一个桥墩之间都有一段路程，茅以升想到利用自然的力量，他想到了“浮运法”。潮涨时用船将钢梁运至两墩之间，潮落时钢梁便落在两墩之上，省工省时，建桥进度大大加快。

钱塘江大桥建成后，不仅使浙赣和沪杭两地交通变得便利，更促进了两地经济的发展。并且，这座大桥在抗日战争中做出了极大的贡献。它的纪念碑上记录了这座大桥的悲壮历史："时值抗日战争爆发，在敌机轰炸下昼夜赶工，铁路公路相继通车。支援淞沪抗战、抢运撤退物资车辆无数，候渡百姓安全过江，数十万计。当施工后期，知战局不利，因在最难修复之桥墩上预留空孔，连同五孔钢梁埋放炸药，直至杭州不守，敌骑将临，始断然引爆，时一九三七年十二月二十三日。当时先生留下'不复原桥不丈夫'之誓言，自携图纸资料，辗转后方。"茅以升为了阻止敌人，亲手炸毁了自己建造的大桥，他的大无畏精神岂是平常人可以比拟的？抗日战争胜利以后，茅以升再次主持修复了大桥。

茅以升一生学桥、造桥、写桥，他发表文章200余篇，对热衷建筑的人才提供了很多的帮助。茅以升不仅在中华民族抗击外来侵略者的斗争中书写了可歌可泣的一页，也在使得中国经济迅速复苏发展的我国的交通事业中立下了不朽的功劳，他的地位在中国人民的心中不可动摇。如今，钱塘江大桥处，茅以升的铜像屹立在旁，他如同一个护桥人，守着他毕生的心血。游人每每看到茅以升的铜像，内心都油然而出一股澎湃之情，那是属于中国人的骄傲与自豪。

周谷城

中国最杰出的社会学家

——生命是灯，因为热情而点燃

姓　　名	周谷城
籍　　贯	湖南省益阳县长湖口
生卒时间	1898 年 9 月 13 日~1996 年 11 月 10 日
人物评价	他是中国著名的历史学家、社会活动家、教育家。他打破了以欧洲历史作为世界历史核心的历史体系，代表著作有《中国通史》、《论西亚古史的重要性》、《中国社会史论》，这些作品在社会上有一定的价值。

周谷城出生于晚清时代，少年时与毛泽东一同求学，并在 1919 年参与中国“五四”青年爱国运动，积极参与社会调查活动。大革命失败后，周谷城发表了很多讨论中国农村现状和改革中国教育方面的著作。

与伟人相伴

1898 年，周谷城在湖南省益阳县长湖口的一个农民家庭中出生。当时的中国经历了甲午战争，战败后，清政府频频对外妥协，引起了列强瓜分中国的狂潮。在周谷城出生的同一年，维新派为了维护资产阶级和拯救国家，发动了“戊戌变法”，不过改革失败，而“戊戌六君子”也血染菜市口。

1911 年，革命党人掀起了埋葬清王朝的运动，他们发动了辛亥革命，建立了“中华民国”。周谷城在这期间，逐步地接受了革命党人宣传的民主、自由的思想。1912 年，周谷城进入湖南省立长沙第一中学学习。省立中学是湖南省第一所近现代化的学校，采取的都是新式教育，学校的创办人是符定一。周谷城一进入这所学校，就像是进入了一个全新的世界，以前周谷城没有接触过英语、数理化等学科，所以他表现出极大的兴趣。

周谷城进入新学校之前，在以前的族氏学堂读过八年书，他读完了中国的《史记》、《汉书》、《国语》、《战国策》等古典国粹，古文根基极好。因此在写作文时，常常引经据典，作文成绩在班级里一直名列前茅。当时学校的国文老师袁吉六说道：“在省立师范大学教学时，古文最好的是毛泽东；在省立中学教书时，古文最好的是周谷城。”

提起毛泽东，就不得不说起毛泽东和周谷城之间的缘分。毛泽东和周谷城两人先后有三个共同的老师，除了袁吉六外，还有符定一、杨昌济。杨昌济是毛泽东的岳父，毛泽东的第一任妻子杨开慧便是杨昌济的女儿。当时，杨昌济正在省立一中教学，他的学问、道德、风采，让周谷城一生难忘。至于符定一，他是一位晚清的学子宿儒。符定一对君主制很支持，他的这种思想受封建社会的熏陶变得根深蒂固。因此在袁世凯称帝时，符定一和他的好友杨度，发起支持袁世凯称帝的“筹安会”，而符定一，成为湖南“筹安会”的会长。后来两人思想逐渐开明，一起转入支持社会主义的阵营中。

1917 年，周谷城从湖南省立一中毕业，考入了北京高等师范学校。刚进入大学，周谷城便赶上了中国近代史上一次伟大的爱国主义青年运动——新民主主义“五四青年运动”。

当时，法国巴黎传来中国外交失败的消息，青年学生极为愤慨。他们为反对卖国政府签订卖国协约，开始了大规模的罢课示威游行，提出“外争国权，内惩国贼”的口号。“五四运动”取得了初步胜利，拉开了中国新民主主义革命的序幕。

周谷城回忆说，“五四运动”时期，中国学术界涉猎广泛，推陈出新，百家争鸣。在那段时间中，他如饥似渴地阅读《新青年》等许多哲学著作，广泛的接触各种新思想，并且阅读了大量的中外书籍。从那时起，周谷城在研究学术的历程中追求解放思想，打开视野，从书本和实践中开阔自己的知识面，然后贯通古今、中西结合，自成一家。周谷城进入盛年以后，除了对历史领域有详细的了解外，他对其他学术领域也有独到的见解。

1921 年，周谷城在大学毕业前夕回到湖南老家，在第一师范学校任教，他教学生们学习英语和理论课程。当时，毛泽东也正好在湖南第一师范大学附属小学任主事。两人一见如故，均被对方的古文功底所吸引，结下了一段友谊。那段日子是周谷城一生之中最为难忘的。每天晚上晚饭后，毛泽东都会到周谷城的住处，两人纵谈古今，常常彻夜长谈。当时，周谷城已经初步地阅读过了共产主义的一些书籍，特别是马克思的《资本论》，而毛泽东是中国最早的共产主义者，两人之间又多了一个共同话题。

1921 年，毛泽东在湖南长沙创建了湖南自修大学；年底，何叔衡出任船山学社社长，毛泽东邀请周谷城到自修大学和船山学社任教。在这期间，周谷城试着将教学与学术研究相结合，从此开始了一生的著作。1923 年，年仅 25 岁的周谷城便出版了第一本著作《实用主义论理学》。1924 年，又出版了《生活系统》一书，全面地叙述了周谷城自己构建的学术思想体系。

爱国民主运动

1924 年，国民党做出“联俄、联共、扶助农工”的决定，这标志着第一次国共合作即将来临，中国将掀起轰轰烈烈的国民革命运动。

周谷城受到毛泽东的影响，在此次大革命期间，他参加了农民运动，担任湖南省农协会顾问兼农民运动讲习师。周谷城对农村进行考察后，发表了《论租谷》、《农村社会新论》等文章。周谷城用“剩余价值”理论分析出农村中阶级剥削的现象，这在当时产生了很大的影响。

1927 年，蒋介石发动“四一二”反革命政变，国民革命运动失败。毛泽东到武汉参加会议，之后发动了“秋收起义”。周谷城到了上海，以撰稿和翻译作为谋生手段，并在这期间写下了多篇论文，先后出版了《农村社会新论》和《中国教育小史》等著作。1930 年到 1933 年，周谷城任中山大学教授，同时兼社会学系主任，期间写下了很多关于中国社会状况的著作，诸如《中国社会之结构》、《中国社会之变化》、《中国社会之现状》等。1933 年后的九年中，周谷城一直在暨南大学任教，在这当中撰写了《中国通史》一书。

1936 年，中国工农红军胜利完成了史无前例的长征，到了陕北地区，创建了陕甘宁根据地。此时，中国在日本帝国主义的侵略下，正处于亡国灭种的时刻，蒋介石政府不顾“停止内战，一致抗日”的呼声，调集大量的军队要剿灭共产党。在此情形下，毛泽东写信给周谷城，请求他联合一些国民党政权内的中枢人物和一些社会名流、学者，集中起来，呼吁停止内战。周谷城接到毛泽东的书信后，表示赞成，之后积极参加抗日救国的宣传工作。

抗日战争爆发后，周谷城创办科学讲习所，向沦陷区内的青年学生们宣传爱国主义思想。他的举动被日本当局记恨，于是派遣特务监视他。中共地下党通过地下交通站将周谷城从沦陷区救出，在奔赴中国共产集中营的时候，周谷城在杭州被日本当局逮捕，拘禁了37天。最后，在中国共产党的积极营救下，周谷城被保释出来，后来去了重庆。

1942年秋，周谷城在朋友的介绍下，进入西迁到重庆的复旦大学任教。至此，周谷城与复旦大学结下了不解之缘，在之后的半个世纪当中，周谷城一直在复旦大学，并担任历史系主任、教务长等职位。在复旦大学任教期间，周谷城积极参加爱国民主运动，发表了大量有关政治的文章，如《论中国之现代化》、《论民主趋势之不可抗拒》、《彻底肃清封建势力》等。

抗日战争胜利后，复旦大学迁回上海，但国民党和共产党之间发生内战，并且一触即发。在这样的情况下，周谷城与中国著名教育家陶行知，发表了拥护中国共产党建立联合政府的共同宣言，以及反蒋介石宣言。

解放战争期间，周谷城在共产党的领导下，一直积极参加"反内战、反饥饿、反迫害"的斗争，并且鼓励学生参加民主革命，最后被国民党反动当局逮捕。知道消息后，复旦大学全体师生进行罢课，国民党不得不释放了周谷城。

编修通史

周谷城在暨南大学任教期间，撰写了《中国通史》，并在该史书中首次提出"历史完形论"的理论，指出历史事件具有有机组织性质和必然规律。他的理论在中国史学界引起了一场不小的轰动。

周谷城仔细分析和研究当时世界流行的史学著作后，对世界历史表示出自己的看法。他认为，世界史中的缺憾大多是由于堆砌历史事件造成的，而且世界史大都是以欧洲为中心——世界历史将亚洲、非洲、拉丁美洲等欧洲以外的古老文明排除在外。他认为，人们不应该以欧洲为中心，古希腊、古代印度和中国的文明，这些是可以同欧洲历史相提并论的。

在这一思想的指导下，周谷城决定编写一部新格局的世界通史，力求将人类社会的发展统一为一个整体，而不是片面地强调欧洲近代文明。在周谷城的通史中，里面描述了中国、印度都有独立发展的文化系统；同时将中国、埃及、巴比伦、波斯、印度和墨西哥等六大文明中心相互联系，使东西方文化相互渗透，描述了世界文化是在彼此的交流中，然后才不断的向前进步。此外，周谷城还提出，世界是一个多元化的整体，所有文化都是相互影响的，绝非孤立存在。

1949 年，周谷城编修的三卷本《世界通史》正式出版，这部著作鲜明地体现了作者的独特见解，打破了世界历史均以欧洲历史为核心的历史体系。同国外史学著作相比，这本书自成一家。《世界通史》对世界历史的发展起了拨乱反正的作用，看完这本著作后，学者们不得不重视欧洲以外的文明。

《世界通史》奠定了周谷城在历史学界的地位，同时也让周谷城从困境中解脱。

当时，周谷城计划在《世界通史》的第一册到第三册叙述世界的古代史、近代史，第四册叙述工业革命以来的近代史，不过他的计划最终成了浮萍。文化大革命过后，“四人帮”倒台，周谷城迎来了人生中的第二个春天，但因为他对其他文学的研究，《世界通史》第四册被搁置，一直没有补写出来。

1978 年后，周谷城频频发表学术著作，在报纸杂志上先后刊登《秦汉帝国的统一运动》、《继往开来的史学工作》、《看重统一整体，反对欧洲中心论》等论文。与此同时，他还出版了《史学与美学》一书，另外还重新修订了《中国通史》。

晚年的周谷城一直担任上海复旦大学历史系的教授，他撰写了《中外历史的比较研究》、《所谓意境》等论文，这些在学术界颇有影响。1990 年 11 月到 1992 年 3 月，周谷城觉察到自己身体的不适，他有预感，自己的生命即将终结。他两次写信给全国人大和上海人大负责人，表明了处理自己身后事的态度。人大负责人说："谷城他交代，去世以后不要搞告别仪式，不要骨灰，一切书籍、文物交给人大科教委员会。"

周谷城的种种事迹，充分体现了他崇高的精神。1996 年 11 月 10 日，周谷城在上海因病逝世，享年 98 岁。

严济慈

将生命奉献给教育的物理学家

——海纳百川，有容乃大

姓　　名	严济慈，别名“慕光”
籍　　贯	浙江东阳
生卒时间	1900 年 12 月 4 日~1996 年 11 月 2 日
人物评价	严济慈是我国著名的物理学家、教育家、光学研究仪器研制工作的奠基人。

严济慈出生于浙江东阳，他年轻时曾留学法国，回国后先后在上海大同大学、中国工学、暨南大学和南京大学等中国高等学府任教。1928 前往法国，在法国进行短期的科学研究。1929 年，他在居里夫人的实验室帮助安装调试过一架新购置的显微光度计，从此与居里夫人建立下了友谊。在严济慈准备回国的时候，居里夫人送了他一些放射性氯化铅，支持他在中国的科学研究。严济慈在压电晶体学、光谱学、地球物理学等方面，取得了卓越的成就，是中国近现代光学研究仪器研制工作的主要奠基人。

从农村走出的少年

严济慈的老家在浙江东部的东阳金华山区，那里是一个一穷二白的小乡村，严济慈在严家村出生，这个村庄只有三十来户人家。严家世代务农，都是老实巴交的农户，到了祖父这一代，祖父学了点医术，在村子里开了一间中药店铺，以此为生。

严济慈出生在1900年底，那是中国的晚清社会，当时中国刚刚历经了两场大乱，一是反帝爱国运动——义和团运动，另一个则是八国联军侵华战争。晚清政府腐败无能，十几万清军被不到两万人的八国联军击败，北京沦陷，最终签订了丧权辱国的《辛丑条约》，让本就贫困的中国人民背上了更加沉重的担子。住在乡村的严家人，他们的生活变得更加艰辛。

严济慈的父亲严树培，11岁丧父，32岁时同哥哥分家，分到了两亩田产，以及那家中药铺。尽管如此，一家人生计仍然困难，为了让一家老小吃饱饭，父亲只得在闲暇时，长途跋涉于杭州等地，做些贩卖面纱等手工业品的小买卖。

严济慈是严家兄弟姐妹五人中唯一一个上了学的孩子。严济慈聪颖好学，勤奋上进，让父母大为欣慰，父母攒下一大笔收入，让7岁的儿子进入村中严氏宗祠读书。在严济慈9岁的时候，父亲外出做生意，他从杭州一个小书摊上买来一本小学教材《笔算数学》，严济慈看过后十分着迷，他无师自通。年底时，严济慈就已经能够帮父亲结算家中药铺的所有账目，这让父亲喜出望外，决定一定要让儿子好好读书学习。就这样，全家人节衣缩食，将严济慈送到离家30里外的县城"天官小学"读书。

上小学期间，严济慈刻苦求学，同时也不忘帮父母处理农活，他经常利用寒暑假的时间，帮助父母犁地、车水等。因此，严济慈锻炼出一身强健体魄，一点也没有文人该有的柔弱。1914 年 2 月，严济慈小学毕业，他以全校第一名的成绩考入东阳县立中学，严济慈是该校的第三届学生。当时，中国的教育制度规定，中学要上四年。在四年当中，严济慈学习成绩始终是第一名，尤其在数学方面成绩突出。为此，在严济慈读第三年时，学校校长还让严济慈代替请假回家的数学老师，教授数学。严济慈的英语成绩也十分出众，中国著名的翻译家、英语教师傅东华对这个学生十分喜爱，并为他取表字“慕光”。

1918 年，严济慈参加了中考，他以全校第一名的成绩毕业。同年夏天，严济慈到杭州省城参加全国六大高等师范学校的联合招生考试，他取得了全省初试和南京复试均为第一名的好成绩，被南京高等师范学校录取。入学时，严济慈报考的专业是商业专修，一年后，严济慈又转读数理化，并取得了优异的成绩。严济慈很受著名数学家何鲁、熊庆来和物理学家胡刚复教授的赏识，他们得知严济慈家中贫困的现状后，力荐严济慈到南高附中和 1921 年成立的东南大学兼任数学老师，一年后，严济慈在校办的《数理化》杂志任主编。

1923 年夏，严济慈再一次以第一名的成绩毕业。同年八月份，他自己撰写的《初中算术》正式出版，并被民国教育部定为教科书，得到了一笔数额不小的稿费。由于严济慈成绩突出，他还被当时的中国科学社破格接收为正式社员，要知道，要想进入当时的中国科学社，必须要研究生毕业。同年 8 月 8 日，严济慈和东南大学的女学生张宗英订婚。两个月后，严济慈自费到法国留学。

严济慈在法国留学近一年的时间，他同时取得了法国巴黎大学微积分学、理论力学和普通物理学三门主科的文凭，严济慈让轻蔑中国的法国人颇为吃惊。1925 年夏，严济慈用了两年的时间获得了法国数理化的硕士学位。在校园的成绩布告栏中，严济慈在三百名考生中，成绩排在第二，这在当时引起了不小的轰动。巴黎大学口语主考老师、法国著名物理学家夏尔·法布里教授对这位成绩优秀的中国学生十分重视，他让严济慈到自己的实验室从事科学研究的工作，指导他攻读博士学位。在这里，经过一年半的研究，严济慈采用单色光干涉法测量，他精确地测定出“居里压电效应反现象”，让夏尔·法布里教授欣喜异常。

1927 年 6 月，严济慈获得了法国国家科学博士的学位，随后，他在法国科学会议上宣读自己的博士论文，从此，严济慈在学术界小有名气。同年 7 月，在回国的路上，严济慈同国民党元老级人物、中国著名生物学家李石曾、著名美术画家徐悲鸿相遇，三人一见如故，成为至交，徐悲鸿还特地为严济慈画了一幅素描图像。

第二次出国

1927 年 8 月，严济慈从法国回到上海，他成为中国众多名校聘请的对象。严济慈去了上海大同大学和南京大学等四所学校，他在校内教授物理、数学。同年 11 月 11 日，严济慈与张宗英女士的爱情终于有了结果，两人在南京结婚。次年夏天，苏州召开中国科学年会，严济慈被推选为理事。这时候的严济慈年纪还不到三十岁，他从乡村出来的少年成为享名京沪杭地区的年轻教授。

面对这些荣誉，严济慈并未显得沾沾自喜，他将自己的心思和志向仍然放在科学研究上。为了能够专心的进行科学研究，1928 年秋，严济慈毅然辞去了教学工作，偕妻子前往法国进行短期的科学研究。

当时的民国政府对教育工作组十分的重视，所以教师和文人的待遇也很高。一个普通家庭年开支不过 50 块银元，而严济慈在四所大学任教，每个月可得的薪金竟高达 880 块银元！面对这样的高薪，严济慈仍然弃之如履。

出国前夕，他和妻子已经有了一个孩子，严济慈将刚刚出生的孩子托给岳父、岳母照料，然后和妻子张宗英利用刚刚获得的中华教育文化基金会第一届第一名甲种研究补助金前往法国。

严济慈辞掉高薪教学工作，他的举动让很多学子不明白，尤其是那些爱戴严济慈的学生们，他们更加舍不得严济慈离开。为此，学生们给严济慈举办饯行宴，严济慈在宴会上说出自己前往法国的原因："我此次再赴巴黎，为的是更加的充实自己，为的是要在回国以后，让科技在中国的大地上扎根发芽，让我们的后代不要再到其他国家去留学，要让他们想方设法地到中国来留学！"学生们被严济慈的一番话深深地感动了，他们带着希冀的目光，送严济慈离开中国。

来到法国后，严济慈在法国巴黎大学光学研究所和法国科学院电磁实验室从事了两年的紧张工作，期间发表了7篇影响力颇深的科研论文。这次赴法期间，严济慈与居里夫人结下了深刻的友谊。

当时居里夫人的实验室要安装调试一架新购置的显微镜，学者们无从下手，严济慈利用自己的智慧，凭着探索，他将新购置的显微镜给安装调试出来，并用这台显微镜发表了相关论文，居里夫人大为赏识。1930年，严济慈准备回国，居里夫人表示，她将支持严济慈在中国展开放射学的研究。严济慈回国后，他在北平大学物理研究所任所长。1931年3月，为了筹建中国放射实验室和研究镭学，他写信向居里夫人求教，居里夫人在同年7月给严济慈回信，给予了严济慈热心的指导。1932年，严济慈兼任镭学研究所所长，并且得到了居里夫人弟子的帮忙。

从1927年到1938年，这十二年是严济慈科学研究最为活跃的时期，他在压电晶体学、光谱学、大气物理学等方面研究突出，做出了重大的成果，发表了53篇科研论文，其中11篇是在法国工作期间完成的。这些研究成果，加速了中国科学技术的发展，带动了人类进步的步伐。

用教育来爱国

1937 年，严济慈出席了巴黎国际文化合作会议，当他听到日本挑起“卢沟桥事变”，发起全面侵华战争后，严济慈大为愤慨，他在大会上公然谴责日本侵略中国的罪行。随后，在国民党元老李石曾的推荐下，他和中共领导人吴玉章、法国物理学家郎之万教授联络，积极开展抗日救国运动的宣传工作，严济慈多次发表抗战演说，所以被日本侵略军记恨，导致全家被日本特务监视。

在此情况下，严济慈自然不好再回到北平，于是转道香港，去了中国抗战根据地——云南昆明。严济慈也将北平的物理研究所中的主要人员和主要设备一起迁去。在中华民族八年抗战中，严济慈率领物理研究所的全体员工全力研制军需用品，从事和国民生计相关的物理研究工作。这段日子生活的十分艰苦，科研设备极为简陋，严济慈亲自动手，他带领研究所全体员工认真负责的装配检验，先后制造出 1000 多具无线电发报机，300 多套望远镜和五角测距镜，还研制出 500 台 1500 倍显微镜，200 架水平仪，供给解放军和医疗人员使用。在抗战期间，严济慈还培训了一大批年轻的光学工人。1946 年，抗战胜利后，严济慈被国民政府授予三等勋章。

抗战过后，严济慈投入反内战、争取国内和平的民主运动之中。在国民党的白色恐怖统治背景下，1948 年，严济慈出任北平科学工作者理事会长，加入九三学社，3 月 29 日，严济慈发表演讲称：“当前的情形实在令人恐慌，科学家已经到了寸步难行、寝食难安的地步了。”9 月 8 日，严济慈在北平研究院第二届全国学术会议上又发表了题为“科学工作者的愤慨”的演说，称“如今的形势一天不如一天了，研究环境比十年前还要差”。

全国百姓对国民党反动统治十分失望，国民党在内战中迅速失利，八百万美械军队不到三年兵败如山倒，为此，蒋介石政府准备迁往台湾。为抵制国民党当局威逼利诱科学学者随“国民政府”举家迁往台湾的阴谋，严济慈联系了一大批科学家南下昆明。直到1948年底，北平获得解放，严济慈才回到北京城，开始了他的科学研究工作。

视教育为生命

严济慈热爱科学研究，热爱祖国，同时，他对中国国民的教育问题也十分的关注。早年在读大学期间，严济慈就编著过多部教学教材，在四所高校任教期间，学生们很喜欢这位教授。

1932年至1937年，严济慈任北平物理研究所所长时，为了能够培养年青一代的科研人才，他每年都挑选两到三名毕业大学生做弟子，对他们进行严格的要求。等到这些弟子具备独立工作的能力时，严济慈又大力推荐他们到英、法、美等发达国家深造。严济慈先后培养的人才有陆学善、钟盛标、钱临照、翁文波、吴学蔺等十余人，这些人后来都成为中国著名的科学家。

40年代后期，因为抗战和内战的缘故，严济慈没有研究工作可做，于是编写了一些教科书，先后出版了《普通物理学》、《高中物理学》、《初中物理学》和《初中理化课本》等书，哺育了中国几代青年学生。即使到后来，他专心从事科研方面的工作，也依然关心中国教育的发展。

1958年6月2日，中央通过了关于中国科学院创办科技大学的请求，并在同年9月20日正式开学。那时，严济慈已经年近花甲，尽管如此，他还是参与了学校的创建工作，从少年到老年，始终怀着推动中国教育向前发展的热忱之心。学校创建完成后，严济慈又回到了阔别三十年的讲台，为学生们讲授普通物理学和电动力学的课程。严济慈学识渊博，讲课生动精辟，他讲的课程像磁石一样吸引着学校无数学子，每逢严济慈讲课，学校最大的难题就是找不到足够大的教室，因为听课的学生众多，教室容纳人数有限，往往学校最大的阶梯教室门外还站满了学生。

1961 年，严济慈升任中国科技大学副校长，他打破理工分家的学科建设模式，着重培养既有坚实的理论基础、又有实践技能、科学创新意识和外语能力的综合素质的人才，短短数年，严济慈就让刚刚成立不久的科大成为全国排名第四的重点大学。

1980 年 2 月，严济慈出任第二任科大校长，着手进行科大南迁和恢复的工作，为此呕心沥血，做出了卓著的贡献。改革开放后，他又着手培养出一批真才实学的博士，学校各方面的工作迅速恢复和发展，在国内外赢得了一片良好声誉。1984 年 5 月，严济慈成为中国科技大学的名誉校长。1996年 11 月 2 日，严济慈因病逝世，享年 96 岁。科大学子得知校长的去世，都是十分的悲痛。

严济慈有这样一句话，他说："要教好书，除要有真学问外，一要大胆，二要少而精，三要启发学生，识别人才。"严济慈一生都在为国家培育人才，他的存在，意味着中国人自立自强，自强不息的精神。严济慈将理论和实践相结合，打破了传统的教学方式，让学子们可以多元化的发展，为国家做出了不可磨灭的贡献。

赵忠尧

淡泊名利的物理学家

——诺贝尔奖只是一个死物，它不能迷惑所有人

姓　名	赵忠尧
籍　贯	浙江诸暨
生卒时间	1902 年 6 月 27 日~1998 年 5 月 28 日
人物评价	我国核物理研究的开拓者，中国核事业的先驱之一。

赵忠尧一生为中国而战，他研究核事业，为中国培育人才。作为物理学的先驱者，却没有多少人知道他。直到赵忠尧离开人世，他依旧默默无闻。

与诺贝尔奖擦身而过

浙江诸暨是个山清水秀的好地方，这儿养育了一代代文人，有这样一句诗描述浙江诸暨。“我家洗砚池边树，朵朵花开淡墨痕，不要人夸颜色好，只留清气满乾坤。”赵忠尧就出生在这人杰地灵的地方。

赵忠尧出生于 1902 年 6 月 27 日，他自小就很聪慧，从小学到大学，成绩一直名列前茅。1920 年的时候，他以优越的成绩考入了南京高等师范学院，之后去了东南大学任助教。

赵忠尧工作认真踏实，不害怕苦难，所以得到很多的前辈赏识，其中物理学界前辈叶企孙很是欣赏他。1925年，叶企孙奉命筹建清华学堂大学本科，他走的时候带上了赵忠尧，让他在新建的物理实验室工作。之后，赵忠尧被学校派去美国加州大学理工学院深造，他的老师很著名，就是诺贝尔奖获得者密立根教授。

赵忠尧的身上有一种独特的魅力，凡是教过他的老师都很喜欢他，密立根教授自然也不在话下，他对这位中国学生很是看好。在学习中，密立根教授没有偏爱赵忠尧，反而是非常严厉的对待他。

留学期间，密立根一开始给赵忠尧布置了一个博士论文题目，题目是利用光学干涉仪做实验。赵忠尧觉得这个题目太简单了，要求换一个难一点的题目，而且必须得具有突破性意义。密立根教授没有很快答应，过了一段日子后，他才给赵忠尧换了一个物理题目，题目是“硬伽马射线通过物质时的吸收系数”，密立根出的这道题，是要赵忠尧验证试验中所运用到的公式的正确性。这次，赵忠尧还是不满意，他觉得题目依旧简单。密立根教授不悦的神情表露出来，他觉得这个中国学生有些自大。赵忠尧意识到后，立马向密立根教授道歉，他说道：“我接受这个题目，并且一定把它做好！”

赵忠尧开始了自己的实验历程，他上午上课，学习知识，下午的时候就准备仪器，晚上则通宵的去实验。夜里，为了获取此次实验的准确性，都需要半个小时获取一次数据，赵忠尧不得不用闹钟吵醒自己。经过不眠不休的研究后，赵忠尧得出来了测量结果，但是与原本的公式不同。

为了这项研究，赵忠尧花去了一年的时间。1929年年底的时候，他把论文交给了密立根教授，教授没有发表任何意见，并且将这论文丢在一边，不闻不问两三个月。密立根教授之所以这么做，是因为赵忠尧的实验结果太让他吃惊，并且实验结果具备准确性，这也就意味着，前人推断出的“公理”会被推翻，史上会出现一场物理大变革。

密立根的心思，赵忠尧没有猜测出来。这么久没有得到回复，他显得有些着急。后来，代替密立根管理研究生工作的鲍文教授，向密立根证实了赵忠尧实验结果的正确性、可靠性。他说道："我对赵忠尧实验的全过程很了解，从仪器操作、实验设计、测量记录到计算的全过程，都进行得非常严谨，实验结果是完全可靠的。"最后，密立根同意赵忠尧将论文发表，该论文发表在美国《国家科学院院报》上。这在当时引起了很大的反响，赵忠尧也在国际物理学上崭露头角。

之后，赵忠尧继续在"硬伽马射线"上研究，大半年后，赵忠尧发表了第二篇论文《硬伽马射线的散射》，论文发表在美国的《物理评论》杂志上，密立根教授看到自己的学生取得这样的成果，心中十分得意。有一次在进行博士论文答辩时，密立根说道："这个小伙子不知天有多高，地有多厚，当初我让他做这个题目的时候，他还嫌弃太简单。"1946 年，密立根教授在他出版的《电子、质子、光子、中子、介子和宇宙线》一书中，多次引述了赵忠尧论文中的结果。

有人相信赵忠尧得出的结论，也有人怀疑，不过这些怀疑被解开后，那就更加证明了赵忠尧得出的结论是权威性的。物理学界对赵忠尧的评价很高，他们认为，赵忠尧推翻前任物理学家的结论，并且发现硬伽马射线的散射性，这足够获得诺贝尔物理学奖了。不过，当年的诺贝尔奖始终没有降临在赵忠尧的身上。1997 年，前诺贝尔物理学奖委员会主任爱克斯朋就赵忠尧没有获奖发表了说法，他真诚的说道："赵忠尧在世界物理学家心中是实实在在的诺贝尔奖得主！"

艰难的归程

1949 年 10 月 1 日，新中国成立的消息传到美国，赵忠尧为祖国的解放而欢呼雀跃。海外学子兴奋异常，相约一起回国，投身于祖国的建设工作当中。

但是形势却发生了变化，由于美帝国主义极端仇视信仰共产主义的新中国，对新成立的中华人民共和国政府不予承认。所以，中国与美国之间的直航通道阻断。不得已，大陆学者只能寻求转到香港回国，一路上遇到重重阻挠，用了五个月的时间，才弄到从香港过境的许可证，踏上了重返祖国之路。

然而，赵忠尧不知道，美国和败退到台湾的国民党们，千方百计地阻止他回到大陆去。年底，赵忠尧开始为回国做准备，他清楚，中国长时间的处在战乱之中，科研底子十分地薄弱，因此想要将自己花了几年心血定制到的加速器部件和物理实验器材也带回中国去，这样便于新中国发展。

1948 年，赵忠尧开始考虑回国问题时，他将器材放到一个国民党官僚资本主义组建的一个轮船公司。然而，他的这些举动，被联邦调查局的特务盯上了，于是强行到运输公司开箱搜查，还派人到加州理工学院监视赵忠尧的一举一动。虽然调查出这批器材不是厉害的武器，但联邦调查局仍然扣去了赵忠尧部分器材，特别是他们扣下了四套完整的器材和物理实验用的电子学线路。这让赵忠尧十分的心痛和气愤，因为那些器材是国内急缺的。

1950 年 8 月 29 日，赵忠尧同钱学森夫妇准备一起乘坐美国的“威尔逊总统号”轮船回中国，当时，联邦调查局特工突然上船搜查，钱学森携带的 800 多公斤重的书籍和笔记本被强行扣留，并送到特米那岛上关押了起来，赵忠尧没有被迫害。

就在赵忠尧快要回到祖国时，美国情报局忽然得到消息，他们认为赵忠尧身上掌握着一项机密！因此，美国最高司令部连发三道拦截令。当赵忠尧乘坐的轮船途经日本横滨时，美国武装人员气势汹汹地冲上轮船，将赵忠尧关押到美国在日本设立的监狱内。之后不论赵忠尧等人如何抗议，美国方面均不予理睬。台湾当局驻日“使馆”得知赵忠尧被扣押的事情后，派了三个代表，软磨硬泡，要赵忠尧放弃回大陆的想法，跟他们到台湾去。有一次，美国宪兵拉开枪栓威胁他，如不愿去台湾就当场枪毙，但赵忠尧始终不为所动。

美国人为了能继续扣押赵忠尧，他们找一个合理的借口，四处造谣，称赵忠尧窃取了美国原子弹的机密。为了找到“罪证”，他们仔细检查了赵忠尧的每一件行李、每一页纸上的字，甚至连赵忠尧写给父亲的信件都翻看了，却没有找到任何想要的东西。

赵忠尧被美国扣押之后，新中国政府掀起了一场谴责美国人的热潮。中华人民共和国总理兼外交部长周恩来，发表了谴责美国政府暴行的声明。钱三强联合了国内一批著名科学家，发起了声援赵忠尧的活动。钱三强还请出他在欧洲留学时的恩师、世界保卫和平委员会主席约里奥·居里出面，呼吁全世界爱好和平的正义之士，谴责美国政府的行径。在谴责的浪潮下，美国政府只得将赵忠尧等人放行。

为国效力

1950 年 11 月底，赵忠尧终于途径香港，回到了阔别多年的祖国。在他回国之前，为了发展新中国的科学事业，在新中国政府的资助下，成立了中国科学院物理研究所，由钱三强出任所长，王淦昌、彭桓武为副所长。一大批留学欧美、有真才实学的科学家，都在物理所工作。

赵忠尧回国以后，将他带回来的器材和零件全部交给了物理所，并利用自己带回来的器材，支持研制出我国第一台 70 万电子伏的质子静电加速器。1958 年，赵忠尧主持研制出了 250 万电子伏的质子静电加速器。这两项研究成果，对我国核武器事业的发展，做出了举足轻重的贡献。

到了 70 年代，国际形势开始出现大逆转，各国都在研究核武器，中国也没有落后，为了加强国防建设，在 1993 年的时候，赵忠尧担任高能物理研究所的副所长，管理物理实验部门的工作，虽然赵忠尧年事已高，但是他仍然积极地为国家做贡献，为国家培养一批青年才俊。在赵忠尧的带领下，一批批新的研究成果陆续问世，这里面包括了众人的心血。

到了新的历史时期，赵忠尧已经步入晚年，但是因为他德高望重，所以继续出任中国物理学会和中国核学会的名誉理事长，为了表彰他的功绩，还为他颁发了许多奖项。赵忠尧将得来的奖金全部投入到自己建立的“赵忠尧奖基金”会中，用来奖励清华大学、中国科技大学、北京大学等物理系的优秀学生。

1998 年 5 月 28 日，赵忠尧走到了自己生命的末端，他以 96 岁的高龄离开了人世。赵忠尧给人们留下了正直忠厚的形象，但是他却鲜为人知。不过，他所付出的这些，历史会给他谱写出一段辉煌，让中国人知道，曾经有一位杰出的物理学家，他一生在为我国的物理学呕心沥血，奉献着他那已经逝去的青春。

周培源

桃李满园的宗师巨匠

——春蚕到死丝方尽，蜡炬成灰泪始干

姓　　名	周培源
籍　　贯	江苏省宜兴县
生卒时间	1902 年 8 月 28 日~1993 年 11 月 24 日
人物评价	著名流体力学家、理论物理学家、教育家和社会活动家，中国科学院院士，我国近代力学奠基人和理论物理奠基人之一。

周培源出生于清末书香之家，毕业于中国清华大学，留学于美国，年仅 27 岁便成为清华大学物理学教授。他多次利用休假的机会到美国进行学术交流。第二次世界大战结束后，周培源不为美国优厚的待遇条件所动，坚持保留中国国籍，并回到了自己的祖国。

落叶归根

1902 年，周培源出生于晚清的一个书香门第，父亲周文伯是晚清的秀才，母亲冯瑛的家族也是当地有名的书香世家。周文伯育有一子三女，周培源是周家四个孩子中的老二。受父母的影响，周培源自小热爱学习，聪明伶俐。

1919 年,周培源进入北京清华大学学习。在校期间,周培源对数学产生了浓厚的兴趣,通过自己研究,他发表了数学论文《三等分角法二则》,这篇论文得到了当时清华大学数学系教授郑之蕃的好评和赞许。1924 年,周培源从清华毕业,因为学习成绩出众,周培源被北京大学派往美国留学,进入美国芝加哥大学物理系学习,两年后获得学士、硕士学位。次年进入美国加利福尼亚大学攻读研究生。他的老师是美国教授德曼和 E.T.贝尔。就是在这个时候,周培源开始接触并研究爱因斯坦的相对论。

周培源对物理研究越来越痴迷,1928 年,他在瑞士从事量子力学的研究,回国后被聘为中国清华大学物理系教授。1932 年,周培源同妻子王蒂澄结婚。

抗战爆发的前夕,周培源利用休假的时间再一次赶赴美国,在美国普林斯顿从事物理理论的研究,并参加了爱因斯坦领导的相对论讨论班。当时的欧洲已经是战火密布,世界大战随时可能爆发。美国为了研制武器,正在大肆拉拢科研人员。因此,周培源夫妇刚一进入美国境内,美国移民局就给他全家颁发了永久居留权,希望他能够为美国科研行业服务。不过周培源拒绝了美国的好意。1937 年,休假期满的周培源回到中国,正赶上日本侵略军发动的卢沟桥事变。这场侵略中国的战争拉开了抗日民族解放战争的序幕。

当时,中国军队对日本的挑衅一再避让,一直处在挨打的状态,所以不到一个月,平津就沦陷了。周培源受清华大学校长梅贻琦的嘱托,将学校南迁到内地。随着国民党军的节节败退,周培源决定要靠科学研究,挽救民族危亡。

抛弃荣华富贵

1943 年,周培源再一次利用休假期间赴美国的加利福尼亚大学,从事研究湍急流理论,随后参与美国国防委员会,该会是关于战时科研与鱼雷高空投入水中的战事科学研究。

二战结束后，美国当局成立海军军工试验站，从事鱼雷投水研究组的成员被美国海军拉拢，美军提出优厚的待遇条件，前提是要求外籍科研人员必须加入美国国籍，周培源也在拉拢行列。但周培源明确提出三个要求：第一，坚决不会加入美国国籍，不作美国国民；第二，在试验站，他只做临时性的职务，绝不长久停留；第三，次年他将离开美国，然后代表中国学术团参加欧洲国际学术会议，美方不能刁难。美国认真考虑后，答应了周培源的三个条件。

周培源在试验站工作了一年后，于 1946 年 7 月，前往欧洲参加牛顿诞生 300 周年的纪念会和国际科学联合理事会，以及参加在法国召开的第六届国际应用力学大会。这一行，周培源被选举为国际理论与应用力学联合会理事。三个月后，周培源回到美国。次年二月，他偕妻子和三个女儿回到了还在内战的中国。

当时，周培源在美国海军试验站的年薪高达六千美元，相当于当时国民政府的两万四千多块大洋。他在清华大学的年薪只有 300 美元，两者相比较，差距了几十倍。而且美国各方面发达，国家环境好，学术氛围也是一流，这些对周培源的理论物理学研究更有利处。但这些都没能改变周培源教授回国的决心。

周培源回国前夕，中国正陷于内战，国民党的统治腐朽透顶，让百姓们伤透了心，人们时刻都希望共产党取代国民党。周培源的外国朋友得知好友有回国的心思，他们都劝周培源不要回去。但周培源私下里了解过中国共产党，对中国共产党的政策、党纲很支持，对共产党的清廉和抗战中的声誉也有所了解。因此，周培源下定决心，还是要回到祖国的怀抱，要将自己学到的科学知识投入到国家的建设和发展中。

为人民服务

1947 年 4 月，周培源回到了北平（北京）清华大学，他在战火中继续任教。新中国建立后，周培源曾先后历任清华大学教务长、校务委员会副主任、北京大学教务长、副校长和校长、世界科协副主席、欧美同学会名誉会长，此外还是第一、二、三、四届人大代表，第五届人大常委，第三、四届政协常委，第五、六、七届政协副主席。九三学社第七、八届中央委员会主席。

周培源作为教育家、物理理论学家、社会活动家的同时，他还不忘祖国的工程发展。50 年代，国家考虑到建设长江三峡水利枢纽工程，周培源对此极为重视，他曾经两次到武汉参加关于三峡大坝工程的会议，并在大会后和员工们一同到三斗坪考察大坝的选址。

1987 年后，周培源对三峡工程的进展仍然十分关心。那时候，周培源年事已高，身体多病，但他还是多次去三峡工程现场考察。周培源谈到三峡工程的时候，脸上溢满了对国家、对民族的责任感。他一再强调，三峡工程是中国千百年来的大计，一定要慎之又慎，千万不得松懈。

1988 年春节，大家去周培源家中给他拜年，八旬高龄的老人仍然不忘三峡大坝工程的建设，他提出了很多意见和看法。很多人都被这位老人关心国计民生的精神所感动。在不忘国家社会主义建设的同时，周培源对于国民教育问题也十分关注。

1989 年，周培源和妻子王蒂澄将他们珍藏的很多古代书画，无条件的捐献给了无锡市博物馆，无锡市政府为此奖励了他们夫妇一大笔奖金，但周培源却将这笔奖金大部分捐赠给了他们所在的工作单位——北京大学和清华大学附属小学，作为科学基金和奖学金。

次年，他们又将这笔奖金中的 1 万元捐赠给了中国振华基金会，以资助社会科技、教育发展行业。他们夫妇对此解释为:“这些字画文物和奖金,是来自于人民手中,也应该回到人民手中。”除了捐款捐物外,周培源从事教育长达六十余年,在这一个甲子的时间中,他为中国培养了几代物理学家,包括著名科学家王竹溪、彭桓武、林家翘、胡甯等在内,都是周培源老先生的早期学生。

他治学态度严谨,教学要求较高。当时的理论力学比较枯燥,而且入门难度高,同学们私下议论:“什么是理论力学?就是努力要听懂,做题又不会的学科。”周培源是过来人,自然知道学生们的心思,他要求他的学生上课要认真听讲,对任何学生犯错都不姑息。

有一次,在上课期间,发现两个学生在自己的课上交头接耳,不认真听课,尽管那两个学生是出类拔萃的尖子生,但周培源也没有因此“纵容”他们两个。在下课后,所有的同学都离开了,他单独将两个说话的学生留下,并狠狠地教训了一通。这件事情在校园中传出去后,课堂纪律为之肃然。周培源对课外抓的也比较严格,他让同学们多看书多做题,而且要自己做,并且幽默地比喻说道:“题目要自己做,自己做的题目才是自己俘获的猎物,不要像清朝皇帝南苑狩猎一样,先在院内养好了鹿,再让太监们将鹿驱赶到自己面前,自己来射。”

在长期的教育和科学研究之中,周培源形成了自己独特的教书育人的风格和办学思想、办学理念。他在教学中,十分重视理论基础,同时关怀和支持新技术的研究发展,推动和组织领导我国学术界和国外的交流。他的学识、见解、为人处世的独特人格魅力,被广大学生所爱戴,被人们称为“桃李满园的一代宗师。”

模范夫妻

1930年，周培源到朋友家做客时，无意中见到一女子照片，那女子容貌清丽，青春活泼，顿时让周培源眼前一亮，在心中留下一抹记忆。一开始，周培源误以为那女子是朋友的妻子刘孝锦。出于"朋友妻不可欺"的礼训，周培源大为伤心。然而，在见到刘孝锦本人后，周培源观察到照片上的女子并不是朋友的妻子，心中暗暗高兴。

照片中的女子名为王蒂澄，是朋友妻子刘孝锦的同学，北平女子师范大学的学生，东北吉林扶余县人，父亲靠手工作坊维持家中生计。王蒂澄天生丽质，美丽动人，也难怪周培源对她一见钟情。

看出周培源心思的夫妇俩，心中也代为高兴，便有意撮合两人的婚事，便悄悄将王蒂澄约到家中，让两人认识。两人相识后，相互被对方吸引，很快坠入爱河。两年后在赴美留学的学生会议上结婚，当时的清华大学校长梅贻琦为他们夫妇主婚。婚后，两个人数十年如一日，恩爱一生，让人羡慕。

当时，王蒂澄在清华大学附属小学教书，周培源在清华任教，两人时常出双入对，出现在学校中。王蒂澄容貌秀丽，周培源风度翩翩，每次他们夫妇出现，羡煞了很多青年学子。数十年后，周培源的学生曹禺还对周培源的四女儿周如苹说："当年，你妈妈可真是个美女，你爸爸风度翩翩，潇洒绝伦，那个时候，只要你爸爸妈妈一出门，我们这些青年学生，就跟着看很远。"

当然，婚后的生活也并不是一帆风顺的。周培源两个女儿出生后，生活的艰辛让这对恩爱夫妻尝遍了辛酸。当时王蒂澄患上了严重的肺病，医疗条件差，没有药物可以根治肺病，整个家庭背负了沉重的负担。为此，周培源将妻子送到了香山眼镜湖边的疗养院治疗。在这当中，周培源负起了照顾女儿的重任，又当爹又当妈的。到了周末，便骑上自行车，跑到香山眼镜湖医院看望病榻上的爱妻。从北京清华园到香山眼镜湖，大约有五十多里的路途，而且道途坎坷，一路上的颠颠簸簸，苦不堪言。在女儿们看来，父母两人之间，性格截然不同，然而却能数十年如一日。在母亲瘫痪之前，他们一家每年都会出门踏青、游玩，父亲与母亲相互搀扶，形影不离，夫妻情分让人眼红妒忌。

周培源老先生在50岁那会就已经双耳失聪了，他总感觉别人会听不清他说的话，说话时总是"大声嚷嚷"。于是，周家上下每天都会听到周老先生的"肉麻情话"。每天早上，周培源在晨练之后，回到老伴房中，热情的问安："今个感觉如何?腰病又犯了没?有没有腰疼……我爱你，六十年了，我只爱你一个……"不知道是感觉难为情，还是觉得老伴没有浪漫的气息，王蒂澄总是说他烦。

1993年11月24日，周培源老人一如往常的晨练，之后到老伴屋里说了几句话，然后回到自己的房间，最后一躺下就没有再起来。王蒂澄从学生口中知道周培源去世的消息后，还以为是谁在开玩笑，没有当真。当得知老伴真的离开了自己后，老人表现的依旧十分平静，她说道："不讲信用，说好了先送我离开，现在走了，连个招呼也不打，再见也没说一声……"随后，她打电话通知国外读书的女儿回来，告诉她们不要穿西装，要穿中国人的中山装。当晚，王蒂澄女士还要女儿帮她写一封信，揣在老伴心口，信中写道："培源：你是我最亲爱的人，你永远活在我的心中！"

周培源老先生走了，享年91岁，但是他对中国人民的贡献却让他永远活在人们心中，不论到何时，他都是人民心中永远的宗师巨匠和表率楷模。

苏步青

生性淡泊的数学家

——为学应须毕生力，攀高贵在年少时

姓　　名	苏步青
籍　　贯	浙江省温州市平阳县腾蛟镇带溪乡
生卒时间	1902 年 9 月 23 日~2003 年 3 月 17 日
人物评价	苏步青发现四次(三阶)代数锥面、深入研究仿射和射影微分几何理论，他是中国科学院院士，是著名数学家、教育家。

苏步青生活勤俭，朴素艰苦，对后代学生的发展学习十分的关注，在浙大任教二十余年，又在复旦任教数十年，一直以为中国社会主义建设培养高端人才为己任，受到学生们的爱戴。此外苏步青还是中国微分几何学派的几位创始人之一。

改变命运的一课

1902 年 9 月，苏步青出生于浙江省平阳县的一个小山村中。当时的中国正处于晚清的变革的动乱之中，帝国主义瓜分中国的浪潮一浪高过一浪，古老的华夏古国随时都有被帝国主义瓜分而灭亡的危险。

当时，苏步青的家庭生活十分的贫困，不过父母还是省吃俭用，供他上学。在这样的情况下，苏步青意识到，只有读书，才能让穷苦命运的父母过上好日子。

当时，晚清政府为了免于被帝国主义瓜分，开始了立宪运动，仿照西方的政体模式，进行君主立宪制改革，同时废除科举，实行新型的教育模式，苏步青便进入了新式学堂读书。

小学上完后，苏步青又进入了初中读书，当时苏步青觉得数学太简单，一学就会，没什么意思。后来，在一位从日本东京留学归来的数学老师的课堂上，苏步青彻底改变了对数学的看法。当时那位杨老师并没有给他们上课，而是给他们讲了一些故事，他跟同学们说："当今的世界，是弱肉强食的丛林法则时代，如今，西方欧美列强借着船坚炮利妄图想要瓜分我中华，中国随时都有亡国灭种的危险！'国家兴亡，匹夫有责'，在座的每一位同学都肩负着救国救民的责任。"接着他旁征博引，向同学们论述了现代社会的科学技术，这些技术在国家发展中的巨大作用，而数学又对科学发展起着重要的作用。

这位数学老师谆谆教诲同学们，为了救亡图存，就必须要学习好科学，而数学是科学的基础，要想搞好科学，就必须先学习好数学。这一堂课是苏步青一生之中上过的最为难忘的课，这堂课改变了苏步青的一生，让苏步青从此同数学结下不解之缘。那一堂课，也将苏步青从此引上了数学研究的道路。

1919 年，中学毕业之后，苏步青考取了赴日本留学的机会，八年后，苏步青从日本东北帝国大学数学系毕业，并在该校读研究生，1931 年荣获博士学位。同年三月，应中国著名数学家陈建功的邀请，苏步青回国任教。

患难见真情

清华大学是当时办学条件最为优越的学校，清华大学向刚回国的苏步青提出了邀请，用比浙江大学高出三倍的薪金，聘请苏步青到清华大学任教。但是，苏步青却拒绝了清华大学的聘请，去了浙江大学。

有人问他为什么会有这样的决定？苏步青解释说："我是浙江温州平阳人，浙江是我的故乡，浙大的牌子老啊，陈建功教授是我的良师益友。在我出国前，我们就已经约定好了，回国后一起到浙大教学，共同把浙江大学的数学系办好。"这一番话，将苏步青热爱家乡、言而有信的美好品德表露了出来。

在浙江大学任教期间，苏步青先后任数学系副教授、教授、系主任、训导长和教务长。在这当中，苏步青同陈建功一起开创了中国的"微分几何学派"，显现了办好浙大数学系的愿望。到了 1937 年，浙江大学数学系的成就，已经引起了各方面的瞩目。在培养数学人才方面，也表现出雄厚的实力，开始对外招收研究生。当年 7 月，日本发动了卢沟桥事变，抗战的烽火立即燃烧到浙江大学。与日本进行的淞沪会战中，因为实力的差距，国民党军战败，浙江大学随着国内很多大学向内地西迁，先后在建德、泰和、宜山，直至贵州遵义和湄潭等地区办学。

随着中日战争规模的扩大，浙江大学在战火中饱受摧残，但在校长竺可桢的领导下，学校发扬民族正气，坚持办学，在极其艰难的办学条件下，在科研上依然取得了重大的成果，使得浙大在国际上小有名气。前来学校参观的李约瑟博士，称浙大为"东方的剑桥"。

这其中，数学的成就是最突出的，主要贡献当然要归功于苏步青的努力。当时苏步青带着他早期的几个学生，熊全治、张素诚等人，他们坚持射影微分几何学的研究，最终取得卓越的成就，让苏步青在国际上享有较高的声誉。

当时，日本空军不断空袭中国的根据地，苏步青经常抱着科研文献跑入防空洞，并在防空洞内坚持研究。抗战胜利后，浙江大学搬回了杭州。此时的国民政府腐败到了极点，国民党教育部的政策使得教育处于极端的困境中，加上国民党政府不顾全中国百姓渴望和平的呼声，发动了全面的内战。“反饥饿、反内战”的学生爱国运动在全国各大城市兴起，浙大数学系内部也有不少学子参加了爱国运动，但同时不忘对数学的研究工作。一些颇有成就的学生到国外深造，促进对外交流，在当时中国内战的动荡条件下，浙大数学系能取得这样的成就，着实不易。

新中国成立后，苏步青继续从事教育工作，成为浙大的教务长。1952 年，苏步青因为教育部工作调整的原因，他被调往上海复旦大学任教，离开了他热爱的家乡，离开了他工作、奋斗了几十年的浙江大学，苏步青离开的时候，表现的恋恋不舍。但苏步青同浙大之间的感情并没有因此终结，尽管日后苏步青担任了复旦大学校长、名誉校长，他也时时不忘浙大，每年都要到浙大一趟，谋求浙大和复旦大学之间共同发展的计划。

1982 年，在浙大建校八十五周年的纪念日上，他受邀回到母校，并深情地发表演说：“我热爱杭州，热爱自己工作过很多年的浙江大学。这里学风艰苦朴素，这里的学生聪明勤勉，这里的教师教学诚恳踏实。我能为在这里教学工作过而感到无比的光荣、荣幸。”

1996 年 5 月，在浙大建校一百周年的校庆上，苏老非常兴奋，他完全忘记了自己病情尚未好的情况，他深情地谈了很多关于浙江大学建设、发展的建议和想法。可是，在请他为母校庆典题词时，苏步青却说自己老了，一时想不到。过了半个月，才将贺词送来，当中动手改过三次，他写下的贺词是：学府经百年，树校风，钟灵毓秀；伟业传千秋，展宏图，桃李芬芳。

1988 年 3 月，苏步青被选为全国政协副主席。他每次到杭州来都要按照惯例，上报政府和浙江省政府，而省政协、省政府每次都提前为他预备豪华高档的宾馆。不过这些总是被苏老婉言谢绝，他只住在浙江大学的招待所中。他说："不要多花政府的钱，到自己家了，住在家中最方便。"

苏步青的饮食起居都很简单，从不吃高档菜肴，饭菜很是清淡，而且多以素菜为主，大家劝苏步青多吃一些荤菜的时候，苏步青总是颇为风趣地说："老蝗虫到，吃光用光。"

苏步青在数学方面的成就斐然，他同陈建功开创了中国微分几何学的研究，在仿射微分几何、射影曲线论、射影曲面论等方面均取得了重大成果，1978 年，获得全国科学大会奖，"船体放样项目"的研究使他荣获中国全国科学大会奖，"曲面法船体线型生产程序" 获得国家科技进步二等奖。2003 年 3 月 17 日 16 时，苏老以一百零一岁的高龄，在上海与世长辞。

王淦昌

以身许国的“两弹一星元勋”

——国家的强盛才是我真正的追求

姓　名	王淦昌
籍　贯	江苏常熟
生卒时间	1907 年 5 月 28 日~1998 年 12 月 10 日
人物评价	中国核科学的奠基人和开拓者之一，被称为“中国核武器之父”、“中国原子弹之父”、“两弹一星元勋”。

王淦昌是中国江苏常熟人，出生于中国晚清时期，王淦昌身世颇为坎坷，13 岁时便父母双亡，在外婆的供养下，完成学业。他见证了列强瓜分中国的屈辱历史，于是决心“以身许国”。

爱国少年

1907 年 5 月 28 日，王淦昌出生在江苏常熟枫塘湾，父亲是当地颇有名声的中医医生，可惜，能医者不能自医，在王淦昌四岁时，父亲便去世了。从此，照顾一家老小的重任落在了王淦昌母亲的身上。祸不单行，在王淦昌十三岁时，母亲也撒手人寰。最后，王淦昌由年迈的外婆养育长大，并供他上学。

1920年，王淦昌随一位远房亲戚到上海的浦东中学读书。在上海求学的日子，王淦昌所在的环境十分压迫，那是中国历史上最为黑暗的时代，甲午战争失败后，帝国主义对中国的轻蔑再次加深，同时也刺激了帝国主义列强瓜分中国的野心。到了民国时期，中国已经完全地陷入了半殖民地的黑暗深渊中。

1925年6月，王淦昌从同学口中得知了帝国主义屠杀中国人"五卅惨案"的暴行。列强视中国人性命如草芥，在中国人自己的土地上肆无忌惮的屠杀中国人，特别是接受了西方自由民主教育的青年大学生，他们拥有英勇顽强的反抗精神，于是自发地组建了游行队伍，抗议帝国主义的暴行。年仅十七岁的王淦昌，也被同学们英勇无畏的精神感染了，和同学们一起参加了反帝示威游行。

在英租界发放传单时，王淦昌被一个印度巡捕抓住。少年王淦昌在印度巡捕面前充分体现了爱国热情和为国牺牲的英勇，他大声质问："我在中国人自己的领土上发放传单，你凭什么抓我?"印度巡捕狡辩称："这里是英租界!"王淦昌用一口流利的英语对那个印度人说："正因为我知道这里是英租界，所以才要到这里来发放传单。我的祖国虽然遭受帝国主义的欺凌，可我还在为他的命运努力。而你的祖国已经成为帝国主义的殖民地，你们的反抗精神已经被帝国主义高压政策消磨的不见了，所以甘心地当亡国奴，为侵略者效劳。我想知道，如果今日的事情发生在你们的领土上，你也会这么对待你的兄弟姐妹吗?"王淦昌的话让那位印度巡捕哑口无言，他敬佩王淦昌的爱国之情和他的勇气，将他悄悄地放走了。

1926年3月12日，日本军舰入侵中国内河，在大沽口一带，日军被中国北洋驻军阻击，双方发生了小规模的冲突。事件发生之后，英、美、日等帝国主义勾结在一起，借口所谓的"大沽口"事件，向中国北洋军阀政府发出最后通牒，要求中国驻军立即撤离大沽口。北洋军阀政府被帝国主义枪炮吓坏了，他们立即答应了帝国主义的无理要求。消息传来，爱国学生们群情激奋，北京大学师生组织罢课游行，五千多名学生云集到北京政府门前请愿。然而，北洋军阀政府公然下令，对手无寸铁的大学生开枪射击，一大批请愿的大学生被军警当场打死，北京女子师范大学的女学生倒成一片。王淦昌一时间满脑袋空白，同学倒在自己身边，鲜血染红了自己的衣裳，爱国学生竟然被自己国家的政府下令开枪打死？爱国难道有错？

当晚，一片茫然的王淦昌来到了自己的老师家，将自己死里逃生的经过说给了老师听。不想，却遭到老师的一阵责骂，老师跟他说道："你们明白自己的使命吗？作为一个热血学生，你们的职责不是去拿自己的血肉之躯去挡帝国主义、反动政府的枪炮！我们为什么会被人家欺负到家门口来？如果我们的国家像汉唐盛世一样强大，那些帝国狗胆敢来欺辱我们吗？要想不被外人欺辱，我们国家只有强大，而让我们国家强大，只有科学，科学救国，懂吗？"

叶老师的这一番话，让王淦昌犹如醍醐灌顶，从此立下决心，要献身科学，科学救国！

原子弹之父

在小学时期，王淦昌对数学十分着迷，上了中学之后，对数学仍然是情有独钟。王淦昌在当时的数学老师周培指导下，聪明好学的他，在中学时代就完成了大学一年级的课程。1925 年，王淦昌考取了清华大学。当时的清华大学刚刚成立大学部，王淦昌是第一届清华大学生。清华大学办学经费充足，教学设备也是当时中国各所高校中最好的。

在清华上学期间，王淦昌迷恋上了化学课程。后来，因为受到清华大学实验物理学家叶企孙教授的重视，王淦昌逐渐地喜欢上了物理。在 1926 年选择分系的时候，王淦昌选择了物理系，他决心要靠自己的科学研究，打开物理学的神秘大门。同时，王淦昌和叶企孙教授结下了不解之缘，叶企孙教授对王淦昌的一生产生了不可估量的影响。

1929 年 6 月，王淦昌从清华大学毕业，他被刚从国外留学回来的吴有训教授留下来当学校助教。吴有训、叶企孙这两位中国近代物理学先驱者，他们成功地将王淦昌引导上了真正的物理学研究中。1930 年，王淦昌赴德国留学，三年后获得柏林大学博士学位。1934 年 4 月，王淦昌学成归来，先后在山东大学、浙江大学任教。当时的王淦昌仅仅二十几岁，是位年轻的知名教授，所以一些老教授都笑称他为“娃娃教授”。

1937 年，抗日战争爆发后，王淦昌省吃俭用，将一大笔省下来的钱款捐献给国家、政府，以支援抗战。为此，王淦昌养成了勤俭节约、生活刻苦的习性。抗战胜利后，中国又发生了内部混乱大作战，为推翻国民党反动统治，共产党领导了全中国的解放战争。在战争后期，王淦昌果断地选择了革命阵营。

新中国建立后，王淦昌开始投身于中国粒子物理学的研究中。1950 年 4 月，应钱三强的邀请，王淦昌来到了刚刚成立不久的中国科学院近代物理学研究所，担任研究员。1951 年，王淦昌被任命为该研究所的副所长，从事领导宇宙线的研究工作。三年后，王淦昌在云南落雪山建立了中国第一个高山宇宙线实验室，实验室很快取得了重大的研究进展，引起了国内外物理学家的注意。

1959 年 6 月，中苏两国彻底决裂，苏联领导人赫鲁晓夫撕毁了两国政府签订的工业援助的合同，将参与原子弹设计的专家撤回苏联，并且对原子弹技术封锁起来，这对中国刚刚起步的原子事业造成了毁灭性的打击。在此情况下，中共中央开会研究后，决定中国自力更生，自行研究核武器。为了突破技术上的难关，中国政府将一大批优秀的科学家和工程师集中到了北京核武器研究所，王淦昌也在召集的行列内。

当时,中国为了原子弹工程的秘密性,政府要求参与工程研究的科学家们一律不得泄密,并且要长期的隐姓埋名,断绝同外界的联系。从此,这一大批科学家为了祖国的核武器事业,他们默默无闻,隐姓埋名地奋斗了十六年。王淦昌是第一个离开了北京,离开了自己家人的人。

在核武器研究工作中,王淦昌负责的是物理实验方面的工作。解放军划出来的一块靶场作为他们的物理实验爆炸地。在这里,王淦昌和他的同事们一起搅拌炸药、安装测试电缆、插雷管,一年中,他们完成了成千上万个爆炸试验。直到1962年底,他们才基本掌握了爆炸的重要手段和实验技术。之后,王淦昌等人又被调去到西北荒原上,进行核武器研究工作。那时候,研究基地刚刚建设,生活条件极差。在海拔3200米的高原上,由于高原缺氧,缺乏燃料,那里的水烧不开,馒头蒸不熟。在这样困苦的条件下,王淦昌没有丝毫的怨言,面对西北风沙,他每天都坚持去车间、试验场,去了解工作,讨论遇到的难题,大家经常讨论到深夜,他们对每一项技术、每一个数据,都一丝不苟的严格把关,绝不应付交差。

1963年,王淦昌去广州开会,国务院副总理陈毅问他什么时候能将原子弹研制出来?王淦昌信誓旦旦地表示:明年,明年一定完成任务。

王淦昌没有食言,第二年10月16日下午3时,在茫茫戈壁滩上,忽然升起了一片蘑菇云。参与原子弹研究的中国科学家们相拥在一起,他们热泪盈眶,中国的第一个原子弹终于研制成功了!1967年6月17日,中国第一颗氢弹爆炸成功。中国是世界上研制时间最短的国家。在这一方面,美国用了七年四个月,法国用了八年六个月,苏联人用了四年,而中国人只用了两年八个月!

王淦昌在核武器的研制过程中立下了不可磨灭的功劳,很多人都称他为核弹先驱。对此,王淦昌谦虚地表示:核弹的成功研制,跟所有参与工作的科学专家们的努力是分不开的,我只是这些人中,微不足道的一员。据了解,王淦昌一生都是十分的谦虚，叫人们别称他为“中国核弹之父”、“中国原子弹之父”，他说中国核武器的成功研制是集体的功劳，他个人只是这个集体中的一员。

得妻如此，夫复何求

常言道，每一个成功男人的背后都站着一个默默无闻的女人。王淦昌也不例外。同王淦昌相比，他的妻子吴月琴却是一个默默无闻的女人。

说起王淦昌的感情之路，没有人能够想得到，这位新时代的科学巨匠，竟是传统婚姻的遵守者。他和吴月琴之间可以说在结婚之前，两人没有半点的感情。王淦昌幼年丧失父母，他由外婆抚养，当时的外婆考虑到自己年事已高，生怕自己离开人世以后，没人照料王淦昌。于是便为王淦昌指下一门婚事，女方是临镇的一个大户人家的千金小姐，名字叫做吴月琴，年长王淦昌三岁。父母之命，媒妁之言，这是世人认可的正当婚事，当时的王淦昌对男女之情，懵懵懂懂，不敢违背外婆的意愿，只得同吴月琴结婚。

吴月琴上过旧式私塾，她是典型的贤良淑德的好媳妇。嫁到王淦昌家中后，吴月琴精心照料夫家的一切，打理房屋、服侍丈夫，一切做的井井有条。每晚睡觉前，端来热气腾腾的洗脚水，给丈夫洗脚；早晨起床后，为丈夫做好早饭，为他一针一线地缝制衣服。对这样一个温柔可人的妻子，王淦昌自然没有什么说的了，两人之间的夫妻感情在一点点升温。

后来，王淦昌离开了家乡，到上海读中学。当时正值新文化运动，学生们之间喊出了“反对包办婚姻”、“争取婚姻自由”的口号，在这样一个大熔炉的环境下，王淦昌有些不知所措，甚至觉到自己是封建礼教的牺牲品，自己和妻子的婚姻就是一个错误。

考取清华大学后，王淦昌放寒假回到家，妻子出乎意料的给他生了一个儿子，这让王淦昌不知所措。大学毕业后，王淦昌考取了德国公费留学，吴月琴已经给王淦昌生下了三个孩子。因此，家里人对王淦昌出国留学之事，没有任何人赞成。好在妻子吴月琴深明大义，鼓励丈夫出国留学。后来，在抗战和内战中，王淦昌一家饱受流离之苦，妻子始终默默相伴，毫无怨言。

建国后，王淦昌因为研制核武器的缘故，他突然“失踪”，直到十多年后才回到家中安定下来。在这当中，王淦昌很少回家，一年只在年底的时候才能跟家里面团聚一次，弄得儿女们对王淦昌十分陌生。王淦昌三个女儿结婚的时候，他都没能赶上婚礼。不过，此时的吴月琴对丈夫依旧是默默的支持，她知道丈夫是在做大事，丈夫出于保密才没告诉她。吴月琴十分地信任丈夫，并在子女们面前为丈夫说好话。

王淦昌九十岁生日的时候，他的得意弟子李政道从美国赶来祝贺恩师寿辰。当时李政道问他，一生最满意的是什么事情。王淦昌说，一个是他在物理研究上的成就。另一个是妻子，虽然她没有什么文化，却将自己的五个子女全部培养成了大学生。

1997 年 8 月，王淦昌像往常一样，吃完晚饭在路边散步，却被一个骑自行车的青年撞到，因为骨折住进医院。病情刚刚好转，妻子吴月琴病倒了。王淦昌每日去看望医院中的妻子。半年后，相濡以沫了大半辈子的妻子离他而去。王淦昌悲痛万分。过了半年，1998 年 12 月 10 日，王淦昌也追随爱妻而去，终结了一生的辉煌。

费孝通

中国人类社会学的奠基人

——我爱我们的民族，这是我自信的泉源

姓　　名	费孝通
籍　　贯	江苏吴江
出生日期	1910年11月2日~2005年4月24日
人物评价	社会学家、人类学家、民族学家、社会活动家，是中国社会学和人类学的奠基人之一。

费孝通一生命运多舛，1935年，在瑶山农村考察期间，妻子王同惠意外殒命，抗战胜利后，因为发表反内战演说，被国民党反动当局迫害。出于对国家的热爱，费孝通将自己一生的时间奉献于社会考察研究中，他是中国社会学和人类学的奠基人，他为恢复与发展中国社会农村经济，做出了重大贡献。

江村缘

1910年11月2日，费孝通出生于江苏吴江县，他的故乡叫做开弦村（后改名为江村），位于太湖东岸，因为村子像一张拉开的弓，因此得名。这里不光是费孝通的故乡，也是费孝通生命的根，同时也是费孝通的科研研究基地，费孝通一生中曾无数次回到这里。

1933年，费孝通从燕京大学毕业，获得了燕京大学社会学学士学位，他的老师是中国人类学家吴文藻。之后费孝通考取了清华大学研究院社会学人类学系，跟随俄国人类学家史禄国学习，1935年毕业，并且获得了公费留学英国的机会。

同年，在出国之前，费孝通同新婚妻子王同惠前往广西瑶山，进行了一次社会调查。由于中国西南山区地形的复杂，在瑶山进行农村考察时，费孝通不慎坠入当地乡民用来防患老虎等野兽的陷阱当中。人生总是祸不单行，费孝通的爱妻王同惠，她为了解救困在陷阱中的丈夫，外出寻找当地人前来救援，途中不慎跌落水中，溺水身亡。

新婚妻子在考察中殒命，这对任何人来说，都是相当的不幸。费孝通自然也是哀伤悲恸，但费孝通并没有因为过度悲伤而忘记自己的工作。他听从姐姐的劝告，脱险后回到故乡开弦村养伤。在养伤期间，费孝通完成了这次考察报告《花篮瑶社会组织》。伤愈后，费孝通第一次考察了开弦村（江村）。在这次短短两个月的考察当中，费孝通热情的走街串户，走田头，进工厂，仔细的考察着船埠、商场，并不停地做着笔记，整理着在江村观察到的一点一滴。

1936年秋天，绿柳才黄的季节，费孝通在上海登上赴英国公费留学的"白公爵"号邮政轮船，去伦敦求学。他在英国的老师是现代人类学奠基人之一的马林诺斯教授。在英国求学的几年中，费孝通将自己在江村的考察记录装订成册。在英国留学期间，费孝通定下了一个人生奋斗目标：用自己有限的生命去了解中国的基层社会。依靠自己观察到的最可靠的资料，进行科学研究，去补救中国旧社会给农村带来的创伤。

1938年，费孝通完成了他在伦敦经济政治学院的博士论文，这篇论文叫做《江村经济》，后来被人们称为费孝通对中国社会人类研究学的开山之作，英文名为《中国农民的生活》。

马林诺斯基教授在他的序言中，曾经这样评价费孝通先生的《江村经济》，他说："我敢预言，费孝通博士的《江村经济》将会成为人类实地调查和理论发展史上的一个里程碑，它让我们注意到的不是一个微不足道的小小乡村，而是东方的一个伟大国家！"

邱泽奇也对《江村经济》评价颇高，他曾说过这样一段话："一个普通中国村落的故事，之所以能够获得如此高的成就和评价，原因在于传统化的人类学，它将人与人之间、民族与民族之间的区别，以文明与野蛮来划分。在费孝通之前，所有的人类学都是在研究所谓的'野蛮'、'未开化'、'民众为己任'的课题。而费孝通则将人类学的研究对象，从'异域'转到了'本土'的方向，将角度从'原始文化'转向了'经济生活'。"

如马林诺斯基教授的预言，《江村经济》很快就在欧洲各国引起了重大的反响，成为很多欧洲院校人类学学生的必读参考书。《江村经济》让江村闻名于世的同时，也让费孝通进入人类学著名学者的行列。因为《江村经济》一书，无数国内外学者，他们前仆后继，一批批的赶到江村，进行实地的社会科学调查。而费孝通本人也和江村结下了不解之缘。从 1981 年到 2000 年，为了考察江村的变化，费孝通曾经不下二十次来到江村地域，进行实地考察。

我爱的是中国

1938 年，费孝通从英国学成归来，在云南大学社会学任教。此时，抗日战争正好爆发，中国多所大学为了躲避日军战祸，纷纷迁到内地。燕京大学、清华大学、北京大学先后迁到西南后方，费孝通就在这期间担任燕京大学和云南大学合办的社会研究学教授。在抗日战争这些年中，费孝通淋漓尽致地表现出他爱国的情怀。

1945年8月15日,侵华日军无条件投降,历经八年的抗日战争胜利结束。抗战的胜利终结了中华民族晚清以来列强入侵的民族屈辱史,它的胜利代表着中华民族浴火重生,代表着饱经蹂躏的中国人民看到了光明的希望。然而,此时的国民党反动政府,他们不顾全国人民和平建国的一致要求,决意发动内战,消灭中国共产党领导的人民政权,建立独裁政权。为反对内战,1945年11月25日,费孝通、钱端升、伍启元和潘大逵四位教授在西南联大的民主草坪一带,参加了六千余师生共同举行的大型集会行动,发表"反内战讲演",当轮到费孝通上台演讲的时候,校园四周响起了一阵清脆的枪声,这显然是国民党反动政权的示威和威胁。面对国民党发动专制政权的残暴行径,费孝通和所有师生没有任何退缩的意思。相反的,费孝通发表了比枪声更响亮、更让人震耳欲聋的演讲,他说:"我们不但要在黑暗中呼吁和平,还要在枪声中呼吁和平!我们要用正义的呼吁声压倒枪声!"

次年七月,内战全面爆发后,蒋介石政府为了国民党统治区范围能够安稳,国民党反动政权实行全国性的白色恐怖统治。并利用军统、中统等特务组织,加强对舆论的控制,同时派特务四处暗杀爱国民主志士。一时间,国民党统治区内暗杀成风。李公朴、闻一多纷纷遭到国民党特务的暗杀。费孝通当时所处环境十分凶险, 随时都有可能被蒋介石反动政权暗杀。在此情形下,费孝通靠美国领事馆的朋友帮助,和他的家人,躲到了美国在华领事馆中。在美国领事馆的保护下,费孝通的安全得到保障。费孝通没有因为生命受到威胁,而放弃对国民党专制反动政权的批判。在他的《这是什么世界》一文中,费孝通写道:"一个国家,怎么能让他的国民人人都觉得自己会随时被人杀!人类历史里从来都没有发生过这种事情!我们生活在一个什么样的世界之中!"

费孝通即便是自己的生命遇到威胁,他也不忘记反抗,他的爱国情怀有多少人可以做到呢?

孟吟女士

费孝通的妻子王同惠女士意外身亡，费孝通的苦水又有几个人能明了？在心伤之余，为了掩埋心中的苦痛，同时不落下社会调查的研究工作，费孝通将自己埋藏在社会调查和学习当中，用繁忙的工作来麻痹自己的感情。

1938 年，在取得伦敦大学的博士学位后，费孝通回到了祖国上海，他继续对中国的乡村进行全面的实地考察，研究中国农村、工厂、生产方式和少数民族聚居区。次年，费孝通的哥哥见到年近三十的弟弟还是单身一个人，于是非要给他找个媳妇。费孝通为了不驳大哥的面子，他只好和大哥介绍的孟吟女士见了一面。

孟吟女士是著名的爱国华侨，因为在荷兰人的殖民地印度尼西亚参与当地华侨组织的爱国运动，她被荷兰殖民政府勒令出境，回到了中国云南昆明。缘分到了，挡也挡不住。费孝通同孟吟女士，两人初次见面，便一见钟情，并很快在云南澜江丽水之畔共结连理。从此联袂相依，同甘共苦，风风雨雨，不论如何载浮载沉，两人始终相依相偎，一生不离不弃。

在之后的数十年中，费孝通在孟吟女士的陪伴下，他先后完成了很多中国社会人类学著作，这些社会论著深有影响力，也让费孝通成为中国社会学的重要奠基人。在这一系列丰厚的研究成果当中，爱妻孟吟的激励、相伴、相扶相守，无疑是费孝通向前发展和进步的动力，可以说，费孝通的每一项成就都离不开孟吟的影子。

1994 年 12 月 1 日，同费孝通厮守了半生的孟吟女士先行逝世，独留下费孝通一人。回想两个人在一起的 55 年风雨春秋，费孝通心痛难抑，学习古人作诗哀悼爱妻："老妻久病，终得永息。老夫忆旧，幽明难接。往事如烟，忧患重积。颠簸万里，悲喜交集。少怀初衷，今犹如昔。残枫经秋，星火不熄。"一首小诗将两个人一生夫妻感情充分地表达了出来。

之后的日子里，费老虽然孤零零地留在世上，但他仍未放弃自己的社会调查研究。并在2004年出版了《费孝通文集》，这部书是中国社会学上的惊鸿之作，也是中国社会学上的扛鼎力作，该书系统地论述了费老社会学的研究成果。

2005年4月24日，孟吟逝世十周年后，费孝通老人已经95岁，这一年他也去世了。费孝通结束了自己对社会人类学的研究调查工作，同时也为自己一生的传奇爱情画上了一个完美的终结句号。

华罗庚

中国现代数学之父

——勤能补拙是良训，一分辛苦一分才

姓　　名	华罗庚
籍　　贯	江苏金坛
生卒时间	1910 年 11 月 12 日~1985 年 6 月 12 日
人物评价	著名数学家，中国解析数论、矩阵几何学等多方面数学研究的奠基人。

华罗庚一生都奉献给了中国数学，他先后开创了中国解析数论、矩阵几何学型群、自安函数论等，被誉为“中国现代数学之父”、“人民科学家”。华罗庚被芝加哥大学列入“当今世界 88 位数学伟人”之一。

自学成才

1910 年 11 月 12 日，中国“数学之神”华罗庚出生在江苏金坛的一个商业小家庭。华罗庚的父亲叫做华瑞栋，在当地开了一间杂货店，母亲是中国传统家庭的贤惠女子。华罗庚是在父亲 40 岁的时候才出生的，儿子出生后，中年得子的华先生夫妇十分的欣慰，为了给儿子祝福，夫妻俩用当地人的习俗，将儿子扣在两个箩筐内。华罗庚的名字就是这样得来的，仔细听来，“罗庚”与“箩筐”的读音比较相近。

华罗庚十二岁那年，民国政府已经存在十多年了，民国政府采取了新式教学方式，在各地兴建学校。华罗庚在这期间，他进入江苏省新式学校金坛县立初中学校读书。刚刚入学，每个孩子都会对陌生的课本爱不释手，华罗庚就对数学产生了极大的兴趣。华罗庚对自己的兴趣持之以恒，在数学上表现出异于常人的天赋，被人称为“神童”。

可能是儿童的共性，上初中时，华罗庚一度学习不认真，有些贪玩，甚至连数学考试也有不及格的时候，我国著名教育家王维克后来说，华罗庚虽然贪玩，但胜在思维敏捷，对数学题解题技巧有十分独特的见解。

1925年，初中毕业后，因为家中的贫困，华罗庚的父母已经无力继续供儿子念书，华罗庚只好辍学回家，帮助父亲打理家中的那间小杂货铺。但不甘平凡的华罗庚没有就此放弃自己的人生，他开始了顽强艰苦的自学之路。

当时，每当有客人光临小店铺时，华罗庚就帮助父亲打算盘、记账，客人一离开，华罗庚就继续演算起书中的数学题。有时算的入迷，华罗庚竟将自己演算的结果，当成客人应付的货款价格。时间一久，对这位呆头呆脑的少年，街坊邻居都笑称他为“罗呆子”。父亲对这事很是生气，叮嘱不行，有好几次要将他的数学书给烧了，但是华罗庚却一个劲地死抱着书不放，父亲虽然很是生气，却也无可奈何。

冬天寒冷的时候，华罗庚就在寒风中擦着鼻涕，苦苦学习，为此还患上了关节炎，留下了严重的伤寒症，落下了终身残疾。1927年，在父母的安排下，华罗庚同吴筱元女士结婚。从1929年开始，华罗庚在上海的《科学》杂志上发表论文，并受聘为金坛中学庶务员。

1930年，年仅二十岁的华罗庚在《科学》杂志上发表了名为《苏家驹之代数的五次方程式解法不能成立的理由》一文，这篇文章被清华大学数学系主任熊庆来教授看到，并得到了熊庆来的赏识。熊庆来了解到华罗庚的身世后，他破格录取华罗庚。

在清华读书时，华罗庚用了两年时间完成了别人八年才能完成的学业，再一次体现了他非凡的数学天赋。1933 年，华罗庚被学校再一次破格提升为助教，1935 年正式成为清华大学讲师。一年后，华罗庚被清华大学推荐到英国剑桥大学留学。

在英国两年，华罗庚将自己所有的时间，都投入到数学研究中，为了不浪费研究数学的时间，华罗庚甚至放弃了申请学位。付出总有回报，这两年中，他的研究成果逐渐被国际数学界重视，年轻的华罗庚在数学界声名鹊起。

报效祖国

就在他刻苦钻研数学难题时，1937 年，中国开始了近代史上最漫长的抗日战争，间接的拉开了民族解放战争的序幕。在英国留学的华罗庚听闻日本侵略者的野蛮行径后，他表现的极其愤慨。次年，华罗庚抱着报国的心思，从英国回到中国抗战的根据地，在西南联大任教。

中国抗战时期是华罗庚最为艰苦的岁月，但他还是先后完成了二十余篇论文和第一部数学著作《堆垒素数论》，该书成为数学研究中的经典著作，先后被翻译成为英、德、日、匈牙利等多个国家的语言。

华罗庚受到闻一多先生的影响，他顺应潮流，投入了如火如荼的抗日民主爱国运动当中。抗日战争胜利后，1946 年 2 月至 5 月，华罗庚受邀访问苏联。当时的国民政府见识到原子弹的巨大威力后，为了提升中国的国际地位，也萌生了研制的原子弹的心思，于是派遣当时中国科学界的一些顶尖人物前往美国考察。当年九月，华罗庚同李政道等人离开中国，先后在美国普林斯顿高等研究所、伊利诺大学担任教授。

1949 年，远在大洋彼岸的华罗庚听闻中国成立了一个崭新的新民主主义国家，充满了爱国之心的华罗庚克服了美国方面的重重阻挠，他放弃了美国的优越生活、工作条件，他带着妻儿回到了刚刚浴火重生、百废待兴的新中国。

回国初期，华罗庚担任清华大学数学系系主任，潜心为中华人民共和国培养高端的数学人才。陈景润、王元、陆启铿等世界知名的数学家，都是华罗庚的弟子，其中华罗庚和陈景润之间的师生情谊最让人感动。当 1985 年传来华罗庚死讯的时候，陈景润不顾自身病重，坚持到华老灵柩前，哀恸痛哭。

从 1952 年起，华罗庚担任中国科学院数学所所长，短短数年内，在科学研究的领域中取得累累成果，并多次参加中国社会活动，同科学考察团出国考察。之后，华罗庚代表中国数学家参加了在匈牙利召开的世界数学家代表大会。1958 年，华罗庚同中国科学院院长郭沫若率领中国科学代表团出席在新德里召开的“在科学、技术和工程问题上协调”的国际会议。

1969 年，建国 20 周年的时候，华罗庚推出了学术著作《优选学》。当时，第三次科技革命刚刚兴起计算机电子科技，具有前瞻性眼光的华老意识到电子计算机必将在人类生产历史中成为最高端的科学技术，《优选学》一书将人类生产、设计、制造等技术同计算机技术结合，带来了一场开天辟地般的革命效果。

1978 年，华罗庚被任命为中国科学院副院长。自 1979 年开始，他多次到世界上多个国家进行学术交流，将自己在数学上的研究成果毫不吝啬地同国际同行分享。华罗庚也因此受到国际上很多数学家的赞赏。

1985 年，华罗庚受到日本亚洲文化交流协会的邀请，他前往日本访问。同年 6 月 12 日下午 4 时，华罗庚在东京大学数理学部进行关于《理论数学及其应用》的演讲时，讲学完毕的华罗庚准备转身接受日本友人献的鲜花时，突然猝死在讲台上。这位为中国数学研究发展呕心沥血的数学家走完了自己坎坷、传奇的一生。

钱学森

心系祖国的航空学家

——不要失去信心，只要坚持不懈，就终会有成果

姓　　名	钱学森
籍　　贯	上海
生卒时间	1911 年 12 月 11 日~2009 年 10 月 31 日
人物评价	两弹一星、中国导弹之父、中国航天之父、中国自动化控制之父、火箭之王、世界顶级科技与工程名人。

钱学森的一生，可谓是历经风雨。他出生于中国内忧外患、被人宰割的时代。他是中国著名军事学家蒋百里先生的爱婿。钱学森为了挽救危亡中的祖国，他先是赴美留学，求取知识，等到归国的时候，却被美国强行扣留。兜兜转转数年，他终于回到祖国的怀抱，投身于祖国建设，在二战中立下赫赫功勋，也为中国导弹、航空科学的发展立下不小的功劳。

再见了，我亲爱的祖国

晚清的中国是中华民族五千年来最为黑暗的时代，当时列强瓜分中国，中国迈上了屈辱的路程。特别是甲午战争和八国联军时期，庚子之难就在这

个时候爆发,这场战役让那些不平等条约再次落在中国人民的肩上,加重了中国人的负担,使中国完全的陷入了半殖民地半封建社会。

1911 年 10 月 10 日，革命党在武昌发动了灭亡清政府的武装起义,从此拉开了中国民族革命的序幕,建立了亚洲第一个资产阶级共和国——“中华民国”。钱学森就在武昌起义的两个月后出生,出生地是在上海。

彼时的中国正处在内忧外患、风雨飘摇之中。中国大地烽火四起,列强掀起了瓜分中国的狂潮,中国内部军阀混战,百姓困苦,民不聊生。钱学森在这样的背景下过完了他的童年。幼年时期的钱学森就意识到中国积贫积弱的现象,他立下壮志要改变中国的现状,走出一条属于中国人自己的星光大道。

1923 年 9 月,钱学森 12 岁,他进入北京师范大学附属中学读书,六年后考取上海交通大学机械工程系。1934 年，钱学森取得清华大学第二届赴美公费留学生的资格。1935 年 8 月,钱学森乘坐上海一艘美国邮政船,离开了动荡不安的祖国,望着白浪翻滚的黄浦江面,钱学森思绪如潮,他在心中默默地对自己说道:“再见了,我亲爱的祖国,你现在是豺狼当道,我要到大洋的彼岸,学习最先进的科学技术,让你早日在东方复兴!”

同年九月,钱学森到了美国,顺利进入麻省理工学院航空系学习。

岳父蒋百里

钱学森曾经说过,这一生当中有两个人对他的影响最大,一个是开国总理周恩来,另一个是他的岳父蒋百里。

蒋百里曾经留学日本士官学校,被誉为“现代兵学之父”,有人说他曾经两次打败日本陆军。在日本士官学校的毕业典礼上,蒋百里靠着优异的成绩打败了所有的同学,包括后来的日军名将,例如冈村宁次、板垣征四郎、山本五十六。

蒋百里获得了象征日本军界最高荣誉、裕仁天皇御赐的樱花宝刀。在1937年抗战初期，蒋百里先生的《国防论》首次提出了持久抗战的观点。日本战败之后，很多日本军官吃惊的发现，大日本皇军几乎是在老老实实地按照蒋百里的指挥，由东到西进军，然后陷于湘西战场，最后以失败告终。

蒋百里为钱学森做出了两件影响颇大的事，一件是婚姻，还有一件是专业选择。

蒋百里和钱学森的父亲钱均是莫逆之交，蒋百里在日本留学期间曾经和一个日本女人结婚，并生下了5个女儿。他知道钱学森是钱家独子，而且没有结婚，于是有意将自己的第三个女儿蒋英嫁给钱学森。钱学森和蒋英两人在父辈的安排下，很快产生了感情。1935年，钱学森赴美留学，蒋英也到欧洲留学。两人之间虽远隔万里，但仍然互通书信，感情在分别中愈加的深厚。直到1947年，钱学森才回到上海和蒋英结婚。婚后，夫妻二人一起回到了美国，感情甚笃。在被美国扣押、迫害的日子中，两人始终相濡以沫，相互扶持。

钱学森赴美留学之前，父亲钱均对儿子选择航空科学专业十分反对。钱均认为，中国的航天工业基础十分落后，还是将飞机研制好才是当务之急。但是钱学森却坚持认为，中国的飞机制造技术落后西方一大截，只有从航空理论基础上发展，才能从根本上赶超西方。父子俩人都各自坚持自己的观点，甚至还出现了争执。

蒋百里先生听说钱家父子二人的争持后，便去当和事佬，他向钱均仔细介绍了西方航空行业的发展，跟他说航空工业是理论和工程实际相结合的产业，工程实践是要跟着理论走的，没有理论，任何实践都是空话。蒋百里的话让钱均茅塞顿开，钱均终于不再阻挠儿子学习航空理论。

钱学森回忆往事的时候，对岳父为自己说服了父亲很是感激，同时也感谢蒋百里将女儿交给他，给他一个好妻子。

留美岁月

1935年9月，钱学森进入麻省理工学院学习，学习成绩一直名列前茅。在毕业后的实习期间，钱学森充分地感觉到作为弱国国民的辛酸。当时的中国，在历经了百余年的贫弱之后，中国人在国外留学，被欧美列强国家的人极端的轻蔑，中国人饱受美国人的歧视。

1936年10月，钱学森进入美国加州理工学院学习，成为美国籍匈牙利人科学家冯·卡门的得意弟子。师生二人在长期的教学过程和科研研究中，彼此磨合，留下了深厚的友谊。当时的冯·卡门先生是刚刚兴起的航空科学中的顶尖科学家，是动力学上的教授。初次和钱学森见面的冯·卡门对这位仪表庄重的年轻人倍加赞许。他提出了很多问题，不过都被才思敏捷的钱学森回答出来。之后的几年中，钱学森先后获得了数学博士学位、航空工程硕士学位、航空博士等学位，并成为古根海姆航空实验室火箭研究小组的主要成员之一。

40年代初，钱学森和另一个航空科学家马林纳合力发表了重要的研究报告《远程火箭评论与初步分析》，这一论文成为美国研制对地导弹和探空火箭的理论基础。此外，钱学森还参加了美国核武器研制的“哈拉曼工程”。

1945年到1947年，第二次世界大战战火停息后，国内解放战争也在节节胜利，钱学森先生意识到民族解放、复兴在即，他决定要回国投身到祖国的建设中，但是归国路途确实是想象不到的坎坷和艰难。

1950年，因为怀疑钱学森是美国共产党员，美国取消了他参加机密研究机构的资格。钱学森以此为契机，用回国探亲这个理由准备回到阔别许久的祖国。正当他要动身的时候，却被美国移民当局扣押，幸好被同事以一万五千元美金保释出来。但此后，美国屡次阻扰他回国，钱学森遭到了美国当局长达五年的扣留和迫害。

据钱学森晚年时候的讲述，在美国羁绊的五年中，他时刻不忘回国，每一天都在准备着行李。由于美国政府的刻意压制，家中的生活条件很差，还要经常搬家。好在妻子蒋英贤良淑德，抚慰了他那寂寥无助的心。妻子蒋英毅然辞退家中所有的女佣，一个人包揽了家中所有的家务活。

在这五年当中，钱学森先生并没有放弃回国的打算，他在美国加州学院任副教授，在教书之余，不忘继续研究自己的学术，并在 1953 年发表了《从地球卫星轨道上起飞》一文，1954 年出版的《工程控制论》更是引起了行业领域的轰动。

出国容易回国难

1949 年 5 月 20 日和 1949 年 5 月 14 日，留美中国科学工作者协会负责人葛庭燧、曹日昌教授分别写信，他们劝说钱学森回国参加祖国战后建设。同年 10 月 1 日，新中国成立的消息传到大洋彼岸，钱学森下定主意，立誓返回魂牵梦绕的祖国。

1950 年 7 月，钱学森准备将整理好的八百公斤的书籍和科研笔记带回祖国，但遭到美国移民当局的强行拘留，并扣押了所有的资料和书籍。美国海军部高级次长表示："钱学森参加了美国很多机密科研机构，无论走到哪里，他都抵得上 5 个步兵师，我宁可将这家伙击毙，也不让他回到中国！"

钱学森在美国遭到强行拘留的消息传回国内，举国震惊！国内多位科学家纷纷声援钱学森，谴责美国政府的做法太过极端。新中国公开指责美国在违反个人意愿的情况下强行扣押钱学森，这是完全不符合美国所谓的人权、民主、自由等口号。

中国为了让钱学森早日回国，也在时时刻刻地想着法子。在日内瓦召开的关于恢复印度支那和平问题的会议上,周恩来总理表示,中国可以释放在朝鲜战场上被俘的美国十一名高级将领,为了表示诚意,中国会先释放4名美国的王牌飞行员。然而,美国坚持不让步,声称并没有证据表示钱学森想要回国。

就在谈判无以为继的时候，全国人大副常委陈叔通忽然收到钱学森的来信,信中的内容是要求祖国帮助他回国。原来钱学森通过美国的报纸看到了天安门广场上的陈叔通,而陈叔通正是他父亲钱均的好朋友,于是便决定给他写信。钱学森先是摆脱美国特务的监督,在写给比利时的亲戚家书的夹层中留下了这封写给陈叔通的信件。

陈叔通接到信后,立刻将信交给了周恩来总理,周总理以此作为美国当局扣留钱学森的铁证,美国只得以“驱逐犯人”的名义放钱学森先生归国。1955年9月17日,钱学森先生终于得偿夙愿,携带妻子和一双幼小的儿女踏上了归国的路途。当年10月8日,钱学森先生终于回到中国广州。

但是,对于美国政府以驱逐罪犯的名义将他放回,钱学森异常愤恨,他坚决表示,如果美国不就此向他道歉,他就永远不再去美国。果然,在钱学森回国后的生命中,他再也没有前往美国了。

科研狂人

回到祖国的钱学森开始了他一生中最为光辉的历程。他迫不及待地投身到祖国的航空、国防建设之中。

1955年冬，钱学森参观了陈赓大将领导下的哈尔滨军事工程学院。在交谈中,钱学森坚持一定要发展中国人自己的导弹、火箭。1956年,钱学森提出了《建立我国国防航空工业的意见书》,意见书中详细地阐述了中国导弹、火箭工程的发展、建设规划,这份意见书立刻受到党和中央的高度重视。

同年，毛主席在中南海接见了钱学森，毛主席的和蔼、亲切、平易近人，都让钱学森印象深刻。在国家政府的扶持下，钱学森随后成立中国第一个火箭、导弹研究机构———国防部第五研究院。研究院以钱学森作为众多科研学者的领头人，为了让这些从未接触过导弹的学者们尽快地融入到导弹、火箭的建设发展之中，钱学森首先给分配过来的156名大学生和教授讲述了《导弹概论》，并亲自拟定空气动力学、发动机等相关专业的学习计划。

六十年代，中苏关系迅速恶化，苏联将所有援华的科学家全部撤走，同时将支援中国的工业项目的合同全部撕毁。在这种极端困难的条件下，钱学森和众多学者一样，吃粗干粮、睡帐篷，他们同甘共苦。虽然国外技术死死封锁，但是钱学森的队伍也能攻克重重难关，终于在1960年11月5日，中国发射了第一枚导弹。这个时间距离苏联撤走科学专家仅17天，当时在酒泉发射场的聂荣臻元帅十分激动，他说："这是我国军事装备史上的转折点!"

1964年10月16日，中国自行研制的第一颗原子弹试爆成功，并在两年之后的10月27日，完成了中国装有核弹头的中近程对地导弹的发行试爆实验和中国原子弹、导弹相结合的实践，使我国的国防力量达到了世界尖端的位子，震惊了全世界。

1965年，钱学森又向中国国务院提出了建设我国人造卫星的建议。1970年，我国第一颗人造卫星"东方红"成功发射，标志着我国航天事业的发展又步上了一个高台阶。

钱学森不光是我国航空科技、导弹火箭科技上的功臣，也是我国高端军事科技的奠基人。1998年，钱学森就关于军事科学做了系统的阐述，他说："军事学是军事科技的基础理论，军事运筹学是技术理论，技术应用学是军事系统的工程理论。"

中国人，中国心

钱学森的一生是辉煌的，作为爱国者，他花费了五年的时间冲破层层阻力回到中国；作为科学家，他在新中国一穷二白的条件下，为中国科学技术的发展做出了贡献。钱学森说过，他一生有三次最为激动的时刻，第一次是在得知美国方面终于肯放他归国，第二次是在得知自己将会同焦裕禄、孟泰等人，一起列入无产阶级知识分子的行列；第三次是在建国十周年的那天，他光荣地加入中国共产党。

新中国从诞生到成长的过程中，做出贡献的科学家不计其数，然而最为光辉、功勋最为卓著、影响力最大的人物却是钱学森。那么，钱学森一生做出哪些贡献呢？

在"一·二八"淞沪抗战中，钱学森意识到中国航空力量过于薄弱，因而决定到美国学习航空科技的理论知识。在美国受到当局迫害，滞留美国的五年，他从没有放弃争取回到祖国的机会。他为二战的胜利立下不朽的功劳，曾经和冯·卡门一起完成了空气动力学的研究问题，并留下了"卡门—钱近似"公式，就连冯·卡门导师也称这个弟子的学术知识已经胜过了自己。

在担任国防部第五研究院首任院长期间，他将自己在动力、制导、气动力、结构、材料、计算机、质量控制和科技管理等领域掌握的丰富知识，运用到导弹、火箭、卫星的研发制造上。他还主持并成功地完成了"喷气和火箭技术的建立"，他还参与了对近程导弹、中近程导弹、中国第一颗人造地球卫星的研制。

钱学森被世界公认为世界航空技术的开创者、重要技术的奠基人和控制工程学的开山鼻祖，他是应用数学、应用力学等学识领域的领袖人物，他在空气动力学、航空工程、喷气推进、工程控制论、物理力学等学识上留下了创造性的贡献。

钱学森一生留下了《工程控制论》、《论系统工程》、《星际航行概论》等不朽的学术著作，这些著作先后获得中科院自然科学奖一等奖、国家科技进步奖特等奖、小罗克韦尔奖章和世界级科学与工程名人的称号。

钱学森为中国导弹、航空、火箭等科学技术的发展付出了 40 多年的努力，有着中国导弹之父、火箭大王、中国航空之父的荣誉称号。在 1991 年 10 月 16 日，国务院、中央军委授予他“国家杰出贡献科学家”荣誉称号、一级英雄模范奖章。随后，钱学森又担任中国科学家协会的名誉主席。1999 年 9 月 18 日，中共中央、国务院、中央军委又授予他“两弹一星”勋章。

钱学森一生淡泊名利，有着崇高的人格品质。他在为祖国科研实验做奋斗的岁月里，始终保持了一名爱国学者应有的崇高精神。钱学森曾经说过：“我是一个中国的科技工作者，我所学到的科学技术只服务于我的祖国，我活着的目的就是要为全体中国人民服务。如果说我有所求的话，那我想要的最高奖赏，就是全国人民对我工作的满意。”

钱学森晚年的时候仍然时刻关心着国家的安全。他是从中国贫弱的年代中走出来的，他曾经亲眼见到过祖国被列强瓜分的情形，他绝不愿意让中国再出现这样的情况，所以钱学森晚年的时候，也仍然关心着国防科技和军队现代化的建设。

当钱学森因病住院时，党和国家的高级干部到他病床前探视，钱学森紧抓着军委领导同志的手，要他们好好地发展中国军事的高端科技。随后，中共中央宣传部、中央组织部、中央文献研究室等，11 个党和国家的高级部门，联合起来组织的“100 位为新中国成立作出突出贡献的英雄模范人物和 100 位新中国成立以来感动中国人物”评选活动，钱学森被评为“感动中国的100 位人物”之首。这充分体现了钱老在中国人民心目中的地位，同时也是全体中国人对钱学森一生光辉成就的肯定！

2009 年，中华人民共和国六十周年华诞上的阅兵仪式震撼了世界，钱学森就在当年 10 月 31 日走完了他的一生，享年 98 岁。人虽死，但英魂常在，钱学森在中国人民的心目中的地位永远不会动摇。

钱伟长

忠于祖国的人民科学家

——因为爱国而放弃优越的工作待遇，这就是伟大

姓　名	钱伟长
籍　贯	江苏省无锡市鸿声乡七房桥村
生卒时间	1912年10月9日~2010年7月30日
人物评价	著名科学家、教育家、社会活动家、中国近代力学之父。

钱伟长出生于被列强瓜分、蹂躏的旧中国，他和很多中国近现代的科学家一样，有"科学救国"的伟大志向。钱伟长师从于冯·卡门教授，与钱学森是一个老师，他一生从事航天、航空领域方面的物理研究，是国际上公认的核武器理论奠基人之一。

弃文从理

钱伟长出生于1912年10月9日，他诞生于中国江苏省无锡市鸿声乡七房桥村。钱家是当地有名的书香世家，父亲致力于创建新式学堂，但却一生贫困。他的名字"钱伟长"是中国著名国学大师、他的伯父钱穆所起。

当时的中国经历了甲午战争和八国联军侵华战争，在这两场战争中，中

国以惨败而告终，列强掀起了瓜分中国的狂潮。1911 年，为挽救民族危亡，革命党人在武昌发动了起义，推翻了丧权辱国的清政府，建立亚洲第一个资产阶级共和政府。但是，这个政府并没能改变中国屈辱的局面。钱伟长就是在这种环境下成长的，从小便滋生了爱国的情怀。

最初，钱伟长在家乡七房桥小学读书，后来家乡失火，钱伟长又陆续进入荡口镇的学校读书。因为动荡不安和家庭贫困的关系，钱伟长的学业时断时续。13 岁时，钱伟长到了无锡读中学。16 岁时，父亲病逝，钱伟长在伯父钱穆的支持下到苏州读高中。

高中毕业后，钱伟长凭借着优异的文史成绩，被清华大学、交通大学、浙江大学、武汉大学、中央大学，五所知名大学录取。在钱穆的建议下，中文、历史双科满分的钱伟长进入清华大学历史系。然而，就在这一年的 9 月 18 日，中国爆发了震惊中外的“九一八事变”，拥有近三十万正规军、三百架飞机，以及配备了武器的东北军，他们按照蒋介石的不抵抗命令，竟一枪未放撤出东北，让不到两万人的日本关东军占领了整个东北。

消息传来，举国悲奋。钱伟长意识到研究历史对挽救危亡中的中国没有实际效用，于是决定转而学习物理，以求振兴中国的军力，抵御外国侵略者。但是，他转科的要求被当时清华大学物理系教授吴有训拒绝。因为钱伟长属于典型的“偏科生”，文史极具天赋，甚至双科满分，但是在物理数学上，却是差的一塌糊涂，加起来不到 20 分。但看到钱伟长的诚意后，吴有训勉强答应他试读一年。

钱伟长没有辜负吴有训给他一年试读的机会，为了赶上物理学系的课程，钱伟长起早贪黑读书学习，他认真刻苦，废寝忘食，每天大部分的时间都在图书馆、宿舍、教室中度过，一年后，他的数学、物理成绩终于赶了上来，两门都超过了 70 分。

1935 年，钱伟长考取了清华大学的研究院，跟随吴有训进行光谱方面的实验研究。1936 年，钱伟长参加了北平大学生抗日爱国运动——一二·九运动。

在热衷于物理学习的同时，钱伟长不忘提高身体素质。钱伟长是清华大学足球队的主力前锋，1937 年的远东运动会上，他出席参加运动会，并射进了一个球。1937 年 7 月 7 日，抗日战争全面爆发，钱伟长在天津耀华中学任教一年，当时天津已经沦陷，直到 1939 年，钱伟长奔赴中国抗战根据地——云南昆明。在西南联大任教，教授热力学，并且同孔祥英女士结婚。

雕虫小技戏德军

钱伟长出国留学的路程颇为曲折。1939 年，钱伟长考取了第七届中英公费留学，同年九月二日，钱伟长准备从香港赴英国留学，不巧赶上第二次世界大战，英国方面因为战事吃紧，将所有赴英国的轮船紧急军用。在这种情况下，钱伟长只得返回云南昆明等通知。就是在这个时期，钱伟长接触到了关于弹性板壳的问题。

次年 8 月，钱伟长在上海乘坐了"俄国皇后号"前往加拿大多伦多大学求学，这也是多伦多大学首次接受中国的留学生。在这里，钱伟长发表了他关于板壳理论的论文《弹性板壳的内禀理论》。据说，爱因斯坦在见到钱伟长的论文后，十分惊讶，他说："这个中国青年解开了我多年的问题。"此文奠定了钱伟长在科学界的位置，并造成几十年不衰的影响力。

两年后，钱伟长获得加拿大多伦多大学的博士学位。从 1942 年到 1946 年，钱伟长又在美国加州理工学院喷射研究所担任研究员，师从于美国导弹之父冯·卡门。

在这期间，第二次世界大战达到了人类历史上最大的规模，四大洲、六十多个国家、全世界一半的人口，先后卷入了这场世界性的战争中。由于当时的德国已经抢先研制出 V1、V2 系列导弹，就连英国首都伦敦，都成了导弹的重点袭击目标。在德国的袭击下，英国损失惨重，为免除德国导弹的威胁，英国首相丘吉尔向美国求助。

当时的钱伟长正在进行火箭、导弹方面的设计研制工作。钱伟长经过仔细分析后，他认为德国人的导弹发射架架在欧洲的西海岸，而落点在英国伦敦的东城区，由此可以判断出，德国人导弹的最大射程只能达到此处了。根据这个推断，钱伟长建议英国在伦敦城市中心区域造成被导弹击中的假象，用来蒙骗德军。英国方面经过讨论后，决定采取这个意见，果然，德国人判断失误，他们继续按照原先射程攻击英国，伦敦一直相安无事。

在丘吉尔后来的回忆录中，他回忆此事，还一再地称赞钱伟长："美国青年真是厉害。"后来才知道，用这种雕虫小技要了德军的并不是美国青年，而是我国著名科学家钱伟长。

天下兴亡匹夫有责

在美国留学的时候，钱伟长经常和钱学森等爱国科学家们聚在一起，谈论以后该怎么发展中国。钱伟长说道："等将来我们回到祖国，一定要建一个比美国加州大学还要好的学校，让美国人、德国人、英国人，都到中国来求学。"

1945 年，中国抗日战争随着日本政府的无条件投降而结束。钱伟长意识到，列强瓜分中国的黑暗时代已经过去，中国将要开始战后复兴和国家建设的任务。钱伟长便以久离家人、怀念亲人为由，回到了阔别八年的北京——清华园。初期，钱伟长在清华大学任教授。9 月份，妻子带着已经 6 岁的儿子从云南昆明到了北京，那是钱伟长第一次见到儿子。

让钱伟长气愤的是，回到中国，他没能如想象的一样投身到祖国战后重建的工作当中,而是看到了中国的内战。国民政府的反动腐败更让他对国民党政权完全失望。为了推翻反动政府，钱伟长加入到中国民主政治运动当中,1946 至 1948 年,钱伟长参加了反美扶日、反内战、反饥饿、反美援缅等爱国民主运动。

受到内战的影响,中国国内局势十分混乱,通货膨胀、秩序紊乱,百姓民不聊生,钱伟长作为教育界、科学界的精英,月工资为 15 万金圆券。十五万金圆券看似不少,但由于国民政府大力发行纸币,造成纸币的贬值,15 万金圆券只够买两个热水瓶。

钱学森从美国回到中国结婚时,见钱伟长生活贫苦,便劝钱伟长和自己回美国去。钱伟长考虑到当时自己贫困的生活局面,也准备去美国。但在签证时,美国大使馆的人问他,中美发生战事,你忠于哪个国家?钱伟长想都不想便回答说:我是中国人,自然会忠于自己的国家。因为他的这一回答,钱伟长没能取得到美国的护照。1948 年,中国解放战争取得了决定性的胜利,解放军节节获胜,腐朽的国民党政权败退到台湾。钱伟长对中国共产党和解放军表现出极大的热情,亲自骑自行车到石景山、良乡等地欢迎中国人民解放军,并见到了叶剑英等党内军队的领导人,他们带回了解放军送给清华大学的粮食补给。

建国后，钱伟长被任命为中国自然科学专门学会联合常委、组织部部长,实现了自己科学报国的愿望。

回国后,钱伟长完成了多部著作,到了 1972 年,中国科学家代表团访问英、美、加拿大、瑞典等国,周恩来总理点名钱伟长也参加此次科研访问。1979 年,钱伟长历任全国政协常委、副主任、中国文字改革委员会委员中文信息学会理事长、《应用数学和力学》杂志主编等职务。

2010 年 7 月 30 日，这位热爱祖国的科学巨擘走完了自己坎坷多难的一生,他病逝于上海,享年 98 岁。

钱三强

中国原子能科学之父

——光明的中国，让我的生命为你燃烧吧

姓　名	钱三强
籍　贯	浙江湖州
生卒时间	1913 年 10 月 16 日~1992 年 06 月 28 日
人物评价	中国核物理学家、中国发展核武器的组织协调者和总设计师，“两弹一星”元勋，中国原子能科学之父。

钱三强，中国核物理学家，早年曾经留学欧美，是波兰著名女科学家居里夫人的第二代中国学生。他和自己的妻子一同被人称为“中国的居里夫妇。”他发现了重原子核三分裂和四分裂的现象，是我国原子能事业的主要奠基人，并为中国科学院发展立下了不朽的功劳。钱三强生前极力促进中国科学界同国际学术界的交流，培养中国的科学人才。同钱学森、钱伟长合称为“三钱”。

“钱三强”的由来

钱三强出生在浙江绍兴的一个书香门第。父亲钱玄同是中国著名的语言文字学家，早年曾经留学日本早稻田大学，回国后在我国的北京高等师范大学、北京大学任教，并在同时期接受了章太炎、秋瑾等革命党人的革命主张，为推翻清政府的统治做出了一定的贡献。辛亥革命后，又积极从事新文化运动，曾担任进步刊物《新青年》的编辑。

钱三强在这样的家庭环境下成长，所以自小便接受了良好的教育和自由民主的进步思想。为了进一步培养自己的儿子，父亲将七岁的钱三强送进了由蔡元培等人创办的新式子弟学校——孔德学校。这所学校采取新式的教学方式，在主抓学习成绩的同时，还力主体、美、劳等各方面综合素质的发展。该校拥有当时最为强大的师资力量，学校任教的老师足以胜任高中的教学任务。所以，钱三强儿时的教育占尽了得天独厚的条件。

小学时的钱三强，兴趣广泛，对音乐、体育，钱三强都曾有很大的兴趣。13 岁时，钱三强进入了当地的初中。因为体格强健，钱三强成为班级“山猫”篮球队的队员。在比赛中，钱三强的集体意识和争夺荣誉的拼搏精神，受到同学们的一致好评。

钱三强的姓名本来并不是叫钱三强，而是叫做钱秉穹。一次，一个身体比较瘦弱的学生写信给钱三强，并在信中互相起外号来插科打诨。他自称“大弱”，称钱秉穹为“三强”。这封信恰好被父亲看到，便奇怪地问道：“你的同学为什么称你为‘三强？’”钱三强老老实实地回答说：“因为我在家中排行老三，平时喜欢体育运动，身体强壮，他们便叫我‘三强’。”

父亲听了沉思许久，连声叫好，说道：“三强这个名字起的很好啊，不单是指身强力壮，还是可以解释为立志要争取德、智、体的进步。”于是，在父亲的肯定下，“钱秉穹”正式将自己的名字改为“钱三强”，并按照父亲所说，极大的追求德、智、体的全面发展。

师从严济慈

1929年，钱三强在父亲的鼎力支持下，考取了北京大学理科预科班。当时，中国近代两大物理学大师萨本栋和吴有训在学校教授物理学，年少好学的钱三钱被两人的教学吸引到了精彩纷呈的物理世界中。于是，钱三强决定学习物理，报考了清华大学物理系。

当时的清华大学已经享誉国内外，并培养出一批批的优秀学子，校园内也充满了浓厚的学术氛围，学校的老师教学严谨，学风端正，激励着钱三强求学上进的心。他以吴有训的学术作风为楷模，刻苦学习，追求真理。

1936年，钱三强以优异的成绩毕业。之后，在吴有训的推荐下，钱三强进入北平(北京)研究院物理研究所，担任中国近代物理学家严济慈的助理，从事分子光谱的研究工作。能够在严济慈这样一位名师手底下工作，钱三强心中自然是无比的荣幸。

刚开始工作时，严济慈因为不知道钱三强的能力，只是将一些服务性和管理图书的工作交给钱三强。但是，认真负责的钱三强没有因为工作的繁琐细小而敷衍了事，他认认真真地做好老师交代的每一项工作，把图书馆治理的井井有条。此外，在帮助大家冲洗照片时，他把照相底板当做研究对象，并掌握了新的照相技术。

有一个周末，同学们先后离开了实验室，偌大的一个实验室只剩了钱三强一个人，他留在那里进行分子光带的分析。正巧赶上严济慈从南京国民政府教育部回来，严济慈看到钱三强聚精会神地进行研究工作时，对他的刻苦精神很是吃惊。由于研究的深入，钱三强竟未察觉到严老师已经到了自己身边，严济慈悄悄地看了他的分析结果和数据，同国外的数据大致相同，由此，严济慈对这位青年学子青睐有加。

留学欧洲

在严济慈的引导下，钱三强考取了中法基金会的公费留学生。当时他父亲病重，收拾好行囊的钱三强对父亲放心不下，不敢放心离开。就在这时，日本挑起了全面侵略中国的“卢沟桥事变”事件，国难当头，钱三强心头更加的沉重，不忍离开故土。

父亲钱玄同知道他的心思，强忍住离别之痛，跟他说道：“这是一个难得的学习机会，你应该好好地把握，为了不要堂堂中华受到别国的欺辱，只有学好科技，才能拯救中国！这路途还远得很啊，男儿立志长久，不能只顾眼前近忧！”

在父亲的劝说下，同年 8 月，钱三强在上海乘坐了前往法国的轮船。他这次一去，直到十一年之后才回到中国。也就是这十一年决定了钱三强的一生。

1937 年，在恩师严济慈的推荐下，钱三强来到巴黎大学镭学研究院的居里实验室攻读博士。这所实验室是世界著名的女科学家居里夫人所建。当时的居里夫人已经逝世，由她的大女儿伊莱纳·约里奥主持实验室的工作。受母亲的影响，伊莱纳·约里奥也是一个潜心研究科学的女科学家，她工作忘我勤奋，品格高尚，待人谦和热忱。能够同这样一位导师学习，钱三强自然是十分开心的。

钱三强当时住的地方距离居里夫人的实验室有一段距离，为了赶时间，每天天刚蒙蒙亮的时候，钱三强就早早起身，匆匆吃点东西，乘地铁赶到实验室，直到很晚的时候才回到自己的住处，每天都会坚持十几个小时的工作和学习。不过，钱三强并没有因为枯燥的研究而觉心烦，他反而乐在其中。在导师伊莱纳·约里奥的引导下从事放射源的研究工作，并写出三十多篇的科研论文。

他的勤奋好学引起了伊莱纳·约里奥对他的好感，为了让他获得更多的学习机会，她推荐钱三强到自己丈夫约里奥先生主持的法兰西学院原子核化学研究所学习。在约里奥先生的实验室中，钱三强不但学到了很多科学技术，最让他受益的是约里奥先生的科学思想、学术道德。

1939 年，在约里奥的实验室中，钱三强看到了一张原子受到中子轰击而产生碎裂的照片，这是当时世界上第一张直接显示裂变现象的照片。不久，约里奥夫人又邀请他和自己的丈夫合作证明核裂变理论。在这两位大师的指引下，钱三强完成了他《α 粒子与质子的碰撞》的博士论文，1940 年，钱三强获得了法国的博士学位。

在这两位世界一流科学巨匠的教诲之下，钱三强很快进入了世界科学研究领域的最前沿，还有幸亲眼见证了核聚变的伟大科学发现。

第二次世界大战后，钱三强和他的同行经过反复的实验研究，发现了铀核的三分裂和四分裂，这一发现不仅反映了铀核特点，而且使得人类对核聚变的研究更近了一步，为此，他的导师约里奥曾得意地说道："这是我在第二次世界大战之后，在实验室中的第一个重要工作。"为此，强三钱获得了法国科学院 1946 年颁发的亨利·德巴微物理学奖。也就是在同年，钱三强和物理学系的才女何泽慧结婚。婚后不久，夫妻二人携手投入铀核三裂变的研究工作，并且取得实质性的进展，不少西方国家的报刊杂物都刊登了此事，称赞"他们发现了原子核新分裂法"，将他们比作"中国的居里夫妇。"他二人因此被法国科学院颁发了物理学奖。

为祖国效力

1948 年，中国的解放事业取得了决定性的胜利，心系祖国的钱三强怀着激动的心情准备回国。

钱三强在法国十一年，他成为了中国留法学生中的最强的一个，并且拥有优越的工作条件。不过，这些没有阻挡住钱三强回国的决心。钱三强先是找到了中国共产党驻欧负责人刘宁一，刘宁一鼓励他回国，他说："回国定有作为。"

钱三强将自己回国的心思告诉了导师约里奥，约里奥是法国的共产党员，对中国共产党政权存有好感，对学生的回国心思表示赞同，并说道："要是我，我也会做出同样的决定。"钱三强又去向约里奥夫人告别，约里奥夫人语重心长地说道："我们夫妻经常聊天，要为科学服务，科学要为人民服务，希望你能够将我的这句话也带回中国去！"

同年五月，在导师的花园里，约里奥夫妇为钱三强夫妇饯行，带着刚刚半岁的女儿和丰硕的研究成果、珍贵的文件，钱三强夫妇回到了战火频仍的中国。

回到中国不久，就迎来了北平的和平解放。千年古都在战火中得以保全，曾在北平读书、工作过的钱三强十分的兴奋，骑着一辆简单的自行车到了长安街，进入欢庆的人海中。三月份，北平军管会主任叶剑英忽然找到钱三强，要他代表中国共产党的解放区政府远赴法国，出席保卫世界和平的会议。并在国家极为困难的条件下，中国共产党想尽一切办法拨出了五万美元，让他在法国帮忙订购一些关于原子能方面的仪器和研究资料。

当时的中国共产党尚未正式建立国家，经历了八年抗战和三年解放战争，被战火破坏的中国条件艰难让人难以想象，在这样的情况下，中国共产党仍然存有发展中国科学事业的远见，让钱三强对中国共产党更多了一份好感。从法国回来后，在十月一日的开国大典上，钱三强应邀登上了天安门。

1955年1月14日，钱三强和地质学家李四光应国家总理周恩来的邀请，到了总理办公室，当时中国正准备自主研制原子弹，而研究原子弹最重要的资源便是铀。周恩来找他们来，从他们口中听取了我国铀矿资源的勘测情况和对原子核科学技术的研究状况。第二天，毛泽东、刘少奇、周恩来、朱德、陈云、邓小平等人前来听二人讲述原子能的问题。李四光先讲了铀矿资源同原子能之间的关系，钱三强则汇报了世界上几个主要核原子能大国的发展概述，以及这几年世界核武器的发展概况。这次会议让国家下定了发展核武器的决心。

1959 年 6 月，苏联拒绝了中国要求的提供原子弹的相关资料和教学模型。两个月后，中苏彻底决裂，苏联撕毁两国签过的技术协定，撤走了所有支援中国原子弹研究的苏联专家，并讥讽中国说："没有苏联人的援助，中国人 20 年也搞不出原子弹，只能守着一堆钢铁发呆。"

苏联人的讥讽激怒了中国人，为了打破苏联人的断言，中国的科学家们紧紧地团结在一起，无数海外学子回到中国参与主持关于原子弹的理论与实验研究工作。为了研究一种扩散分离膜，钱三强成立了一个研究小组，经过四年夜以继日的研究，中国成为继美、苏、法之后，第四个能够独立制造扩散分离膜的国家。同时，钱三强研制了我国第一台大型通用计算机，用来承担中国第一颗原子弹的内爆分析和计算工作，为我国核武器的发展做出了卓越的贡献。

晚年的钱老，身体日渐衰弱，却仍然坚持担任着中国科学协会副主席、中国物理学会理事长等职务，时时不忘中国核事业的发展。1992 年 6 月 28 日，钱老因病在北京逝世，享年 79 岁。国庆五十周年前夕，中共中央国务院为了表彰钱老对中国核武器发展的贡献，追赠了他一枚 515 克纯金铸成的"两弹一星勋章"。

卢嘉锡

中国最为杰出的科学狂人

——只有勇于面对挑战，才能实现人生的价值

姓　　名	卢嘉锡
籍　　贯	台湾省台南市
生卒时间	1915 年 10 月 26 日~2001 年 6 月 4 日
人物评价	卢嘉锡是著名的科学家、原中国科学院院长，同时也是中国优秀的中共党员。

卢嘉锡的科学研究，主要涉及物理、化学、结构化学等多种科学领域。尤其在结构化学研究工作中，贡献尤为杰出。曾提出固氮酶活性中心的结构模型，进行结构与性能之间的研究，促进了中国原子簇化学的发展，同时，对新技术晶体材料的研究也有卓越的成果。卢嘉锡在国际上享有盛誉，是中国近、现代杰出的科学家。

出身贫寒

卢嘉锡祖籍在中国宝岛台湾，在他出生之前的二十年，清朝政府同日本发生了甲午战争，清政府在国力、海军军力都全面优于日本的前提下，结果

竟然以一败涂地告终。北洋水师在海战中未能击沉一艘敌舰。清政府为了自保，只得将卢嘉锡的老家中国的宝岛台湾，割让给了日本政府。后来，大将刘永福等人进行了保台抗日战争，但仍然没能挽救台湾被瓜分的命运。

卢嘉锡的祖父卢立轩对清政府割让台湾、苟且求和之事甚感愤慨，为了不在侵略者的铁蹄下苟且偷生，于是便举家迁往内地，到了福建的厦门重新安家。由于家境贫寒，为了养活一家老小，卢嘉锡父亲卢东启在村子中设立私塾，教书育人。

· 卢嘉锡于在1915年10月26日出生。虽然卢家家境贫寒，却是台湾的书香世家，可谓是家学渊源。卢嘉锡受到家族影响，自幼随父亲读书，在读书上，卢嘉锡体现出学习的天赋。年纪虽小，但所做的诗词颇有可观之处，尤其是擅长写对联、做对子。这一切让父亲大为欣喜，对儿子寄予厚望，希望他将来读书能有成就，能够改变家庭贫困面貌，进一步挽救民族危亡。

少年时代的卢嘉锡见证了旧中国的积弱成贫的状况，在列强入侵的时代，政府的软弱让年少的卢嘉锡过早地体会到弱国弱民的心酸。看到帝国主义列强在中国土地上横行霸道，看到外国侵略者在中国的国土上拥有这样那样的特权，卢嘉锡便立下了救国的壮志，为了实现自己的理想，年轻的卢嘉锡表现出勤奋刻苦的学习精神。

1926年，卢嘉锡在公立小学上过一年学后，在1927年，先后去了厦门育才中学、大同中学读书，1928年，年仅十三岁的卢嘉锡考入厦门大学预科班。两年后，15岁的卢嘉锡进入厦门大学化学系学习，四年后毕业。在大学四年期间，卢嘉锡曾经先后担任学校文化学会的会长和数学学会的副会长，毕业后，因为在校期间表现优异，卢嘉锡被留在学校任助教。

1937年，抗战爆发前夕，卢嘉锡考取了中英庚款公费留学，进入伦敦大学学院学习，师从于著名科学家S.萨格登，在他指导下，卢嘉锡开始从事人工放射性研究，两年后获得伦敦大学物理、化学、哲学专业的博士学位。1939年，卢嘉锡从英国转道到了美国的加州理工学院，同两度获得诺贝尔奖的L.鲍林从事化学方面的研究工作。

次年夏，卢嘉锡本想回中国，为抗战中的中国提供科学帮助，但在鲍林教授的热情挽留下，卢嘉锡又在美国多停留了五年。在这五年之中，卢嘉锡发表了一系列的学术论文，其中有不少论文成为结构化学方面经典的著作。

第二次世界大战的战火被点燃，战争波及大半个世界，美国也被卷入战火之中。为了尽早地打败法西斯，结束这场世界性的大战，美国将所有的工业潜力都爆发了出来，整个国家都纳入了战时轨道，同时大力发展军工科技。卢嘉锡在此时受到美国邀请，参加军事科技研究。在此期间，卢嘉锡在燃烧与爆炸的研究工作中做出了突出的贡献和出色的成绩。为此，卢嘉锡获得1945年美国科学研究与发展局颁发的“科学研究与发展成就奖。”

扬名世界

1945年冬，第二次世界大战刚刚结束，卢嘉锡意识到，列强休养生息后可能会再次卷起瓜分中国的狂潮，于是带着“科学救国”的热忱，迫不及待地回到了中国，准备用自己掌握的科学技术为抗战后浴火重生的中国发展建设，提供自己的力量。但让他失望的是，抗战后的中国很快又陷入内战之中。意识到国民党政权的专制与腐败后，卢嘉锡对国民党政权彻底失望。

回中国前夕，卢嘉锡最初想在中国国内研究结构化学，希望开辟出结构化学新纪元。可惜，当时的中国内战战火纷飞，加上中国科研技术水平和学术落后，这一想法很难落实。于是卢嘉锡放弃了自己的计划，将所有的希望寄托于教育事业中，以教书育人为己任，以改变中国当时科学教育水平落后的现状。

他先是受聘于厦门大学，任厦门大学化学系教授兼系主任，后来又两度受到浙江大学竺可桢校长、理学院胡刚复院长的聘请，到两所学校讲授化学、物理的课程。卢嘉锡本就是一位才华横溢、工作勤奋而教学又严谨的人，他上课从不死板，将课上得生动有趣，他对化学见解独到，在黑板上板书时，粉笔字写得格外工整清晰，受到学生们的一致好评，成为当时厦门大学最受学生们欢迎的教授之一。他讲的课或者开设的讲坛，每每都是座无虚席。

1949 年，新中国成立。1950 年之后，卢嘉锡先后历任厦门大学学院院长、副教务长、研究部副部长。在卢嘉锡的努力推动下，因为化学教学成绩突出，使得厦门大学跻身中国重点大学的行列。1955 年，卢嘉锡被选为中国科学院化学部部长，同年，被高等教育部聘为教授。建国初年，中国缺乏高端人才，卢嘉锡是当时全中国最年轻的学部委员和一级教授之一。1956 年，卢嘉锡加入了中国共产党，两年后，根据党组织的决定，到福建筹建福州大学和中国科学院福建分院，并在后来担任该校校长。

创办福建物质结构研究所的同时，卢嘉锡还组织和领导了关于金属络合物和一些簇合物、硫氮系原子簇化合物等方面的研究，并且取得了傲人的成功，令世界瞩目。七十年代之后，卢嘉锡组织和领导了我国化学模拟生物固氮研究，同样取得了重要的理论成果，并以这些成就为契机，进一步发展了我国原子簇化学。

1972 年，卢嘉锡着手进行恢复福建物质结构研究所的科研队伍和科研设备，亲自指导这个研究所的有关结构化学、晶体材料、催化金属腐蚀和防护等科学领域的研究工作，使该研究所在短时间内成为一所具有鲜明特色的研究所，并在原子簇化学和新技术晶体材料方面取得了举世瞩目的成就。

1978 年，卢嘉锡基于自己对国际化学前沿领域向前发展上的敏锐洞察力，和自己在从事化学模拟生物固氮研究所取得的研究成果，以及研究过程中取得的研究经验，再综合了自己早期在硫氮原子簇化合物方面实践经验，卢嘉锡开始极力地倡导过渡金属元素的化合物研究，并在这一个研究方向上展开了深入、系统的研究工作。最终，卢嘉锡的科研小组，在合成了象征两百多种新型醋合物的基础上，发现了原子簇化学的两个重要规律，也就是所谓的“活性元件组装”、“类芳香性”，这个发现在国际原子簇化学上引起了重大轰动，对国际原子簇化学的发展进步产生了重大的影响。

1981年5月，卢嘉锡出任中国科学院院长，在任职的近六年里，他认真贯彻党中央关于科学技术工作的指导方针，领导中国科学院采取了一系列重大改革措施，诸如建立科研课题的同行评议制度；实行择优支持的经费管理办法；创建开放研究所和开放研究室；率先在中国科学院设立青年科学基金；加强与院外的横向联系、组织全国性联合攻关项目；稳定我国基础研究工作等等。他还为加强中外科技界的友好交往与合作做了大量工作，为提高我国科技界在国际科技界的地位做出了贡献，卢嘉锡也在这当中成为享誉世界的著名科学家。

感恩戴德

1956年，卢嘉锡到北京参加制定中国科学的发展规划。在北京饭店乘坐电梯时，意外地同周恩来总理相遇。让他没有想到的是，日理万机的周恩来总理竟然认识自己，而且亲切地叫出了自己的名字，并亲切地同自己进行交谈。第一次的偶遇，让卢嘉锡对周恩来总理的亲切温和、儒雅可亲留下了深刻的印象，同时对周总理这样一位伟人，卢嘉锡由衷地崇敬。

在“文革”中，卢嘉锡被迫停下了手中所有的工作，但不论遇到怎样的困境，他依然坚持自己实事求是、正直严谨的态度。1969年，让卢嘉锡没有想到的是，文革委员会忽然宣布允许卢嘉锡“下厂锻炼劳作”、“搞科学研究”的决定，这让卢嘉锡如丈二和尚摸不着头脑。后来才知道，原来是周恩来总理的关怀才让自己躲过了“文革”。

周总理的关怀让卢嘉锡十分感动，他对周总理高尚的人格魅力和情操更加地敬佩。因此，当传来周总理逝世的消息后，卢嘉锡十分地悲痛，并改用李白《赠汪伦》中的名句来怀念周总理。“桃花潭水深千尺，不及周公对我情！”

亲人眼中的卢嘉锡

在亲人眼中，特别是自己的子女，他们对这位父亲评价不一。

卢嘉锡的长子卢嵩岳说：“在学习上，父亲是一个勤奋的教书匠，常教育自己孩子学无止境，多读、多写、多学、多练，这样才能在学习上有所成就。”提到父亲的教学，卢嵩岳称父亲讲课十分地生动。他说“父亲在课前从不做教案，课堂上大多是临场发挥，但再枯燥的课程，在父亲口中，就变得生动有趣起来。听他的课从来没有人打瞌睡，每次父亲演讲或者开讲座时，学校最大的问题就是没有足够的课堂，以至于每一次听讲的人都排到教室外面。”

他的次子卢咸池则称：“家中的父亲既是严厉又是慈祥的，对任何事情从来都是用说服教育的方式，发扬民主家风。”他表示，卢嘉锡在儿女们的升学志愿上，表现得十分开明，从来不强迫自己的子女，最多也就是指导一下自己的儿女们。

在妻子的眼中，丈夫是一个不会做家务、却很疼惜妻子的好丈夫。

此外，卢嘉锡是一个十分简朴的老人。2001 年 6 月 4 日，卢嘉锡走到了自己生命的尽头，弥留之际还不忘嘱咐自己的儿女，将自己一生所得的科学奖金全部捐献给科研机构，以鼓励、发展中国的科学人才。

为了纪念卢嘉锡，他的子女们 2006 年 8 月于农工民主党中央、中科院、厦门大学、福州大学、福建物质结构研究所，共同创建了“卢嘉锡科学教育基金会”，下设“卢嘉锡化学奖”、“卢嘉锡优秀导师奖”和“卢嘉锡优秀研究生奖”，厦门市还另外设立了“卢嘉锡青少年创新奖”，以鼓励科学的创新进步，和对科学研究人才的培养与支持。

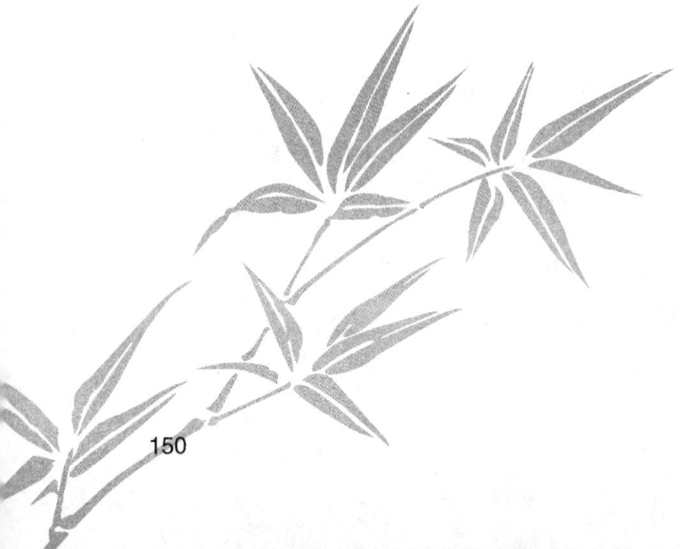

杨嘉墀

中国自动化工业的领航人

——不是我一个人在奋斗，功劳是属于中国人民的

姓　　名	杨嘉墀
籍　　贯	江苏省吴江县
生卒时间	1919 年 7 月 16 日~2006 年 6 月 11 日
人物评价	中国自动化学科、中国自动化学会和中国仪器仪表学会的创建人之一，国际宇航科学院院士，中国科学院院士。

杨嘉墀一直为中国科学技术和航天事业付出努力，他参与了中国空间技术的规划和指定，是中国科学院早期专家之一。杨嘉墀设计出人造卫星姿态测量系统，使得中国成功地研制、发射了第一颗人造卫星，让中国立马变为国际先进技术国家。同时，杨嘉墀也指导了原子弹爆炸试验检测技术等重大科研项目。

奋斗是为了中国

1919 年 7 月，素有江南五大桑蚕镇之一的江苏吴江县震泽镇诞生了一个小男婴，他就是杨嘉墀。杨家在当地是有名的丝业世家，杨嘉墀的祖父思想开放，对子女、孙儿都采用新式教育。他不要求后代必须读四书五经，但是一定要学英语。这位老人家和别的家长思想相差甚大，他不会留任何财产给子孙后代，但为了孩子能够继续上学，即使倾家荡产也愿意。

当时那个社会，缫丝行业比较原始，从养蚕到缫丝，都需要人们亲手完成。杨嘉墀就是在这样一个生产和经营落后的环境中长大。1930 年，中国丝织业日渐衰落，而杨嘉墀祖父的产业也受到波及。但是老人家不吝啬在孩子们的教育上出钱，所以杨嘉墀一直没有辍学。

1937 年，杨嘉墀考入了上海交通大学，这一年，日本发动了侵华战争。上海在战争中沦陷，昔日的繁华烟消云散，四处都是狼烟。杨嘉墀在这样的环境中度过了大学四年，这些惨痛的经历让他更加努力的学习知识，希望科技可以救国。

大学毕业后，杨嘉墀去了西南联大担任助教，后来又被推荐到中央电器器材厂工作，主要是研制载波电话。这一待就是两年多，他凭着自己的努力和智慧，做出了属于中国人自己的载波电话机。看到自己的成果后，杨嘉墀觉得，以前点着蜡烛，忍受虫咬的日子都是值得的。因为杨嘉墀的工作成绩突出，他获得了参加留美实习考试的资格。杨嘉墀一考即中，成功地考上了哈佛大学。在哈佛，杨嘉墀努力地学习外国的先进技术。1949 年，他以《傅里叶变换器及其应用》一文顺利毕业，并且获得了哈佛大学哲学博士学位。

新中国成立的消息传到了大西洋的彼岸，杨嘉墀听到这个消息，激动万分，恨不得马上飞到自己的国家。于是，他申请回国，但是却遭到了美国的无理阻挠。无奈之下，杨嘉墀只得去宾夕法尼亚大学生物理系工作。在美期间，杨嘉墀研制出了一台自动记录光谱仪。这台机器不但结束了光谱仪手动的历史，更让杨嘉墀获得了美国颁布的专利证明，之后被专家命名为“杨氏仪器”。

1950 年至 1956 年，杨嘉墀先后被聘任宾夕法尼亚大学副研究员和洛克菲勒研究所的高级工程师。四年中，他参与研制了高速模拟电子计算机，将电子技术和自动控制技术与医学研究结合，创造了医学电子这门科学。打破了医学界死板的一面，带动了医学的发展。

1955年，美国过程仪器公司与杨嘉墀签订了生产合同，每生产一台仪器，给杨嘉墀100美元发明金。1956年，中国留美学生终于争取到回国的权利，杨嘉墀携妻女回到了祖国。回国前，杨嘉墀的光谱仪还在生产，于是，他将发明奖金交给了哈佛的同学、日后的电脑大亨王安保管。王安妥善保管着这笔钱，等到停产时候，已经累积到2000美金。20年后，杨嘉墀与王安相遇，两人内心十分激动，王安提起旧事，想将2000美金归还。不过，这也是后话了。

杨嘉墀回国后，他去了中国科学院工作，他为中国制定了二十年的科学发展规划。其中电子学、自动化、计算机技术和半导体等都是重点发展项目。1958年，杨嘉墀参与了国内工业自动化和仪器仪表的调查研究工作，他提出了自己的看法，想要提升这一块的技术，那么首先就是要在仪器仪表和培养人才两个方面下工夫。当时的中国工业部自动化仪器的质量差，于是，杨嘉墀建议中国发展标准化、系列化和单元组合化的仪器。建议被采纳后，工业部门开始研制和批量生产DDZ系列的仪表。60年代后，这类仪表被石油、化工、冶金和电力部门广泛使用。

功劳是全中国人民的

1957年，杨嘉墀参与筹建中国自动化学会，并且参加了国际自动化控制联合会的成立大会，中国自动化学会是该会十八个成员国之一，杨嘉墀曾经担任过该组织的委员会主席。同时，杨嘉墀也积极地参加国际学术活动，利用出国的时间去访问一些别的国家科研单位，吸取别人的长处。在杨嘉墀的建议下，中国自动化学会组织了很多国内的学术交流会，为广大青年提供了参加国际会议的机会。

1958 年 10 月，杨嘉墀参加了以中国科学院地球物理所所长赵九章为团长的“中国科学院高空大气物理代表团”，一同去苏联学习空间科学技术。同年 12 月，杨嘉墀回到了祖国，这一次出访，受益颇多，他根据中国国情向中国科学院提出了自己的建议，该建议是关于研制探空火箭的中国空间技术。建议被采纳，使得中国在 60 年代初期的时候就取得了傲人的成果。

1959 年，杨嘉墀为了配合国防建设，他在中国科学院展开了自动化检测的研究工作。在苛刻的工作环境下，杨嘉墀没有妥协，他和团队进行自动化研究和检测，最终得到回报。杨嘉墀成功的研制出用于发动机试车的高温压力计、涡轮流量计、晶体加速度计和火焰温度计等仪表。1960 年，国防部门向中科院自动化研究所提出了“151 任务”，要求研制出热应力加热加载测试系统，杨嘉墀担任此次的总设计师。因为参加工作的还有其他部门的科技人员，所以杨嘉墀组建了一个总体室。

杨嘉墀分析，热应力加热加载测试系统包括三个分系统，根据实际情况，杨嘉墀提出了程控前馈加热方案、程控液压加载方案和以半导体晶体管模数转换方案。在当时的中国，开展这项工作必须要克服很多关于元部件方面的困难，系统中的部件都是和所内其他单位一起协作研制的。1963 年，整个系统和试验样机通过了国防部的检测，圆满地完成了工作。

1963 年，杨嘉墀担任《自动化学报》创刊的副主编，认真执行编委会制订的编辑方针。杨嘉墀一直担任到 1990 年，在他的推动下，该报社已经出版了英文版，由 Allerton 出版公司在美国出版发行。之后，中国科学院提出了“返回式卫星姿态控制系统”的方案，杨嘉墀提出了一系列先进可行的设计思想。在研制期间，杨嘉墀不分昼夜的工作，在 1975 年，顺利完成了中国第一颗返回式卫星的飞行试验，为中国空间技术作出了重大贡献。

在杨嘉墀晚年的时候，有人问他，为国家做出这么多贡献，有什么样的感受。而杨嘉墀只是说了一句，他说：“不是我一个人在奋斗，功劳是属于中国人民的。”

独立的思想，独立的主张

1975 年 11 月 26 日，中国第一颗返回式卫星“太空游子”由“长征二号”运载火箭发射升空。当时世界上只有美国、苏联掌握卫星收回技术。杨嘉墀主持研制的卫星姿态控制系统将决定这颗卫星能否成功返回。

电视机前，上千万的眼睛注视着卫星的运行，到第七圈时，突然出现了问题。因为当时大气气压下降过快，卫星会因耗尽能源而提前返回。“新中国火箭之父”钱学森紧急召集近十名专家分析目前的现状，杨嘉墀也在内。在研究对策时，大部分专家认为，在这种情况下“太空游子”运行三天后返回是不可能的，大家主张早些收回卫星。但是杨嘉墀坚决反对，他认为，如果提早召回卫星，那么他就会降落在河南西部，该地区人口稠密，疏导不当的话，必定会带来严重损失，当时众人才想到这个问题。同一时间，中央下达了硬指标：不管飞行几天，卫星顺利发出去，必须顺利收回来，这样才算成功。

杨嘉墀沉默了一会儿，根据他的计算，卫星环球运行三天是没有问题的。钱学森异常相信杨嘉墀的判断，他向中央报告，说卫星按原计划三天后返回的。1975 年 11 月 29 日，“太空游子”成功回收，使中国成为全球第三个掌握卫星回收技术的国家。听到这样一个喜讯，中国人民激动万分，世界各宇航国惊呼：“中国空间技术已获得重大突破！”

1975 年至 1987 年，中国成功地发射了 10 颗返回式卫星，卫星上使用的都是杨嘉墀主持研制的三轴稳定姿态控制系统。上世纪 70 年代，全世界的同行都为中国科学家所取得的成就而惊叹。1979 年，杨嘉墀在国际自动控制联合会第八届空间控制讨论会上，他发表了题为《中国近地轨道卫星三轴稳定姿态控制系统》的论文，这篇论文得到国际同行的好评。

"闻道有先后，术业有专攻。"在培育人才方面，杨嘉墀有自己的一套方案。他在研究所内开设讨论班，同时也为清华大学自动化系的学生们讲课。1958 年，中国科学院建立了中国科学技术大学，该校设立自动化系，杨嘉墀担任授课老师，为学生们讲述绝对专业化的知识。从 1980 年起，杨嘉墀开始招收研究生，并开始招收以航天控制为背景的"自动控制理论与应用"专业的硕士生和博士生。近十年来，杨嘉墀一共培养了 5 名博士和 6 名硕士，为培养中国自动控制高级科研人才作出了贡献。

"863 计划"

1983 年，各国开始一场"起航星际"的浪潮，各国都在探索神秘的外太空。美国在当时提出了"星球大战"的计划，这项计划的主旨都在把握和控制世界航空领域和科学技术领域。随后，世界各国也都纷纷制定科技发展计划，欧洲提出了"尤里卡"计划，中意利用"天狼星"卫星进行通信试验。1983 年，杨嘉墀当选为国际宇航联合会副主席，连任两届。在这段时间里，杨嘉墀为促进中国与世界各国在航天技术领域的交流和合作倾注了大量精力。1985 年他两次出国考察，美国和欧洲的计划使他深受震动。

次年，杨嘉墀在著名科学家王大珩的倡议下，他与王大珩、王淦昌和陈芳允等四人一起联名致信党中央，呼吁中国经济建设不仅要着眼近期效益，提出了要抓住当前世界新技术革命的时机，瞄准高技术的发展前沿的重要思想。这封信受到党中央的高度重视，邓小平同志作了重要批示，他在建议书上批示：此事宜速作出决断。并且给予了具体指示：军民结合，以民为主。随后，国务院主持制订了"863 计划"。此后，杨嘉墀一直在为这个计划献计献策。

1985年，杨嘉墀获国家科技进步奖特等奖。1990年起享受政府特殊津贴，1991年被航空航天部批准为有突出贡献的老专家，1999年被授予了“两弹一星”功勋奖章，同年获何梁何利基金科学与技术进步奖。

2003年10月22日，杨嘉墀带着一颗激动的心会见了中国航天员，他看到了祖国在航空领域发展与进步，真心地为中国高兴。2006年6月11日12时，杨嘉墀因病医治无效在北京逝世，享年87岁，终结了他的科学研究路程。杨嘉墀院士遗体告别仪式在北京八宝山第一告别厅举行，当时，国家重要领导人和中外科学界的大师们都来为这位科学家悼念。杨嘉墀虽然去世了，但是他为国家做出的贡献不会磨灭，他的精神将会鞭策着新一代的科学家们继续努力，而杨嘉墀也会永远活在我们心中。

吴孟超

中国肝胆外科之父

——医德永远比医术更重要

姓　名	吴孟超
籍　贯	福建省闽清县
出生日期	1922 年 8 月 31 日
人物评价	他是中国著名的肝胆外科学家，中国科学院院士，师从于中国著名外科学家裘法祖，2005 年获得“国家最高科学技术奖”，被誉为“中国肝胆外科之父”，他开创了中国肝脏外科的关键理论和技术体系，奠定了中国肝脏外科的研究基础。

吴孟超出生于中国福建，出生不久后，又随家庭侨居马来西亚。1937年，中国爆发了全面抗击日本的民族解放战争。海外华侨为了支援中国抗战，纷纷捐钱捐物，吴孟超所在班级也向中国共产党延安边区政府捐献了很多钱物，并且受到八路军总部和中共中央的赞许。2011 年 5 月，为纪念和表彰吴孟超，中国国家天文学院将新发现的 17606 号小行星，命名为“吴孟超星”，2012 年 2 月，吴孟超被评为“2011 年感动中国人物。”

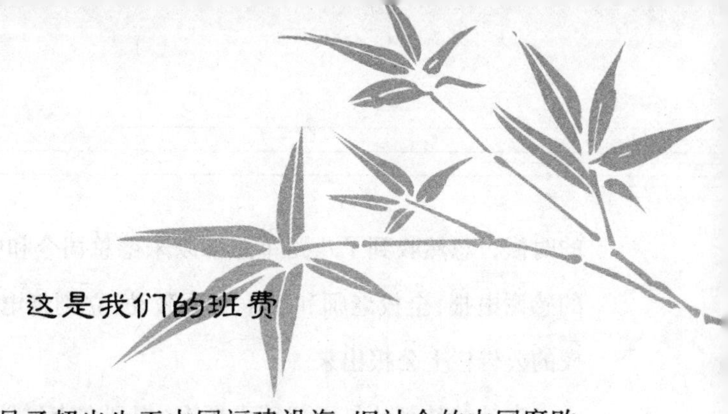

这是我们的班费

1922年8月31日，吴孟超出生于中国福建沿海。旧社会的中国腐败、落后，百姓生活贫困，加上帝国主义的侵略，中国人民一直生活在内外压迫的困苦中。吴孟超一家也未能幸免，为了全家能够吃上饱饭，吴孟超的父亲选择了下南洋谋生，到了马来西亚，以开采橡胶为生。

1927年，尚在蹒跚学步的吴孟超跟随母亲到马来西亚，投奔在那里打工的父亲。幼年时，吴孟超一面刻苦读书，一面帮助父亲收割橡胶。因为长期劳作，初中毕业时，吴孟超双手已经长满老茧，一把收割橡胶的铰刀玩得十分熟练。

当时的中国历经了长达百年的贫弱时期，列强随意瓜分中国，华人普遍被外国人歧视。吴孟超在马来西亚期间，便深深地感受到华人世界的心酸。1937年，吴孟超正在上中学，突然听闻中国和日本全面开战的消息。为了支援中国抗战，海外华侨掀起了捐钱捐物的浪潮，甚至回国参军、投身抗战之中，海内外炎黄子孙团结一致抗击日本。在抗战宣传的感染下，吴孟超的爱国之情也被点燃。初中毕业时，按照当地习俗，校方和学生家长要集中一笔财务，供毕业生聚餐用。当钱收集齐后，作为毕业班班长的吴孟超突然提议，为何不将这笔钱捐献给祖国那些浴血奋战的抗日战士们呢？

吴孟超的提议受到全班同学的支持。当时的中共在延安落脚后，通过爱国华侨在南洋等地的宣传，中共政府比国民政府要清廉的说法已经在南洋地区被华人知晓。经过全班同学讨论后，吴孟超找到正在海外为祖国抗战筹集资金的爱国华侨陈嘉庚，他以“北婆罗洲萨拉瓦国第二省诗巫光华初级中学39届全体毕业生”的名义，将这一笔抗战捐款辗转送往中共的政治中心——延安边区政府。然而，让吴孟超没能想到的是，在他们举行毕业典礼的时候，忽然收到了八路军总部以朱德总司令和中共中央毛主席联名发来的感谢电报,全校老师和学生十分激动,立刻将电报抄成大字报,然后在学校的公告栏上公报出来。

意外的鼓舞让吴孟超等人振奋,想到在南洋地区常常遭受的歧视、轻蔑的待遇,吴孟超萌生了回国抗战、报效祖国的念头。他将自己的想法跟自己的同学们说了出来,全班同学群情激奋,有六位同学当场同意回国抗战。于是,他们一同离开了南洋,辗转到抗战的大后方——云南昆明。

求学之路

在这里,吴孟超遇上了以前的同学,并且患上了痢疾病症,腹泻不止,后来在朋友们的相助下,住进了昆明的同济大学附属医院。病好了之后,在朋友的劝说之下,吴孟超决定放弃北上延安、参加抗战的决心,他决定报考同济大学的附属高中,将来凭借医学科学救国。

可是,考试的结果不尽如人意,吴孟超未能达到同济附中的录取线。天无绝人之路,在朋友的帮助下,吴孟超找到了同济附中的郭惠生老师,恳求之下,吴孟超获得了旁听生的资格。直到一年后,才获取正式生的位子。当时,同济附中位于昆明城区百里以外的宜良狗街。那里还保存着古朴民风,环境清幽宜人,四季花果不断,学校周围百花丛生,山茶花、油菜花齐齐盛放。而且很少有车马嘈杂的声音,是个十分适宜读书的好地方。在这里,吴孟超刻苦勤学,努力学习国文、德文。

昆明作为中国共产党的根据地,常常遭到日军航空军的轰炸,为了躲避日军的空袭,学校曾经有过搬迁的意思,但最终还是留在了宜良狗街。1941年,日本海军偷袭美国太平洋舰队,挑起了太平洋战争,紧跟着日本南方军队在日本海军的支持下,横扫太平洋,马来西亚很快被日军占据。吴孟超家在马来西亚，战争让一家人失去了经济来源，吴孟超只得每天早晨很早起来卖报，那段日子是吴孟超一生中最为困苦的时期，他卖一个早上的报纸，只能换得一块洋芋粑粑。太平洋事变之后，日军侵占了香港，国民政府四大家族中的孔祥熙垄断了中国航天公司，他将自己在香港的私人财物送往重庆，停止了载客，致使中国西南联大师生，以及很多著名文人无法及时从香港撤离。

不久，重庆《大公报》将此事披露。国民政府的腐败行径让西南联大师生极为愤慨，1942 年 1 月 7 日，西南联大学生发起“爱国讨孔”的示威游行，一时间，整个西南地区抗议孔祥熙的声音不止。同济附中也参与了西南联大的示威行动，身为班长的吴孟超，也带着全班同学上街抗议。蒋介石在重庆得知此事后，大为震怒，他命令云南的龙云“负责取缔，严予禁止”。当时的昆明城墙上士兵林立，四处架起了机关枪。但因为龙云同蒋介石的中央政府有嫌隙，他对蒋介石的命令“阳奉阴违”、“出工不出力”，最终在镇压学生运动时，“雷声大雨点小”，以“等因奉此”应付交差。

随着战火的扩大和绵延，日军加大了对中国云南昆明的空袭力度，吴孟超见识到了战争的残酷性。当时，同学们常常在上课时听到空袭警报，很多来不及躲避的学生被炸死。那段时间，进防空洞成了家常便饭。在这种情形下，同济附属中学终于迁到较为安全的小李庄。1943 年，吴孟超得偿所愿，进入了同济大学。当时的同济大学是全中国办学条件最好的医科大学之一，在这里，唐开元、金问淇、宋明通、王宝楹、陶桓乐、李宝实等教授都在，吴孟超被他们那种在国难当头的时刻还保持的科学精神和教学育人的精神感动，他立志要成为和老师们一样有用的人。

1945 年 8 月 15 日，侵华日军无条件投降，历经八年抗战之后，中华民族解放，终于迎来胜利，这意味着中华民族将浴火重生，结束了百年来的屈辱。学生们欣喜无比，他们上街狂欢，庆祝战争的胜利。

不鸣则已，一鸣惊人

抗战胜利后，中国没有多少时间可以喘息，立马陷入了内战。1949 年，中国共产党建立了中华人民共和国，各个产业百废待兴。

当时，吴孟超正在第二军医大学任校长，在吴孟超的要求下，第二军医大附属的长海医院建立了研究小组，开始了对肝胆外科的研究工作。肝胆外科研究基础是肝脏的结构和血管的动态，然而，研究小组成立一段时间后，没有半点的进展。就在急得团团转的时候，1952 年，中国运动员在第 25 届世界乒乓球锦标赛上夺得冠军，这个消息让中国人大为振奋。这个消息也让吴孟超意外地激发了研究突破的灵感。

他猜想，小小的乒乓球是什么做的呢？于是他将买来的乒乓球剪成碎片后放入装有丙酮液的瓶子里，等着小球溶解。第二日，丙酮液变成一种胶状物，吴孟超将之放在桌面上，不一会儿便凝成固态。之后，吴孟超的研究小组从乒乓球厂买来了赛璐珞，在里面加入红、蓝、白、黄几种不同颜色的色料，再分别从肝动脉、肝静脉、门静脉和胆管注入，充满肝脏内部的每一处粗细血管。待其凝固后，再用盐酸腐蚀肝表面组织，最后用刻刀一点点镂空，剔除干净。就这样，肝脏血管构架清楚地呈现出来了。他们终于取得了重大的研究成果--我国第一具结构完整的人体肝脏血管模型终于灌注成功。至 1959 年底，他们共制作肝脏标本 108 个、肝脏固定标本 60 个。通过制作标本，吴孟超信心十足，他坚信中国对肝胆外科的研究会走在世界领先的行列。

1960 年 6 月，在全国第七届外科学术会议上，吴孟超正式提出："以中国人的肝脏大小及活动规律，普通人肝脏解剖可按内部血管走向分为五叶六段，在外科临床上则分为五叶四段。"他首次提出的"五叶四段"的新型肝胆解剖理论，让在场的中国一流科学、医学大师重视起来，对这位年轻人予以高的评价，这是吴孟超第一次在国内科学界露脸。

1978 年，北京召开了全国科学大会。在会议上，吴孟超亲耳聆听了邓小平的开幕词，邓小平提出的“科学技术是第一生产力”的说法，让吴孟超备受鼓舞，同时对邓小平十分崇敬。在大会上，吴孟超发表了《肝外科新成果——正常人肝脏解剖的研究》的演说，受到科学家们的一致好评。吴孟超也荣获中国最高的科学大会奖。

吴孟超经过了几十年的科研研究和临床实践，掌握了重大的科研成果，吴孟超时刻想着，怎样让中国的科研水平走出国门、面向世界？

1979 年 9 月，美国旧金山举行了第 28 届国际外科学术会议，英、法、美、德、苏等来自六十多个国家的科学家们都参加了此次会议，这些人都是世界医学界的顶尖人才。中国也派了代表团参加会议。团长吴阶平，团员包括陈中伟、吴孟超、杨东岳，他们都是中国外科界的专家。

当时，中国的科研水平比较落后，外国人对中国怀着轻蔑的心理。吴孟超为了改变受国际同行轻视的境况，他将自己十八年来手术切除、治疗原发性肝癌的经验进行了总结。当他走上台准备演讲时，大会执行突然宣布：因为时间关系，将原定的十五分钟演讲缩为十分钟。吴孟超的发言绝不能超过十分钟。

面对这种情形，吴孟超和代表团的战友出面斡旋，经过一番解释后，大会主席才同意给吴孟超的发言延长五分钟。吴孟超一口流利的英语让参与大会的科学家们刮目相看，接着，吴孟超演讲自己的科研和工作经历：1960 年 1 月至 1977 年 12 月，共计手术切除治疗原发性肝癌，有 181 例，手术成功率在 91.2%，死亡率仅占 8.8%，生存率达 16%，6 例已生存 10 年以上……

他的报告让参与大会的科学家们很吃惊，演讲结束后，科学家们纷纷报以热烈的掌声，并提出了一些疑问，吴孟超以流利的英语进行了回答。这次会议让吴孟超享誉全世界，同时，让中国的肝胆外科达到了世界领先的位置，为中国争夺了荣誉。

如今的吴孟超老先生已经是年近九旬的老翁，但他仍然是思维敏捷，精神奕奕，坚持每天做 1 至 3 例手术。

2011 年，胡锦涛同志提出“向吴孟超同志学习”的口号，并指示，加强对吴孟超事迹和高尚医德的宣传。当年五月，中国将新发现的 17606 号小行星命名为“吴孟超星”。2012 年 2 月，吴孟超被评选为“2011 年度感动中国人物之一”。吴孟超从医近七十年，一直将党和人民利益摆在第一位，他无私奉献、救死扶伤的崇高品德感动了无数的中国人。

杨振宁

荣获诺贝尔奖的物理学家

——成功的奥秘在于多动手，多动脑

姓　名	杨振宁
籍　贯	安徽省合肥市
出生日期	1922 年 10 月 1 日
人物评价	中国著名的科学家，物理学家，1957 年获得了诺贝尔物理学奖。

1957 年，因为和李政道共同提出宇称不守恒理论，两人共同获得了诺贝尔物理学奖，成为华人世界中最早获得诺贝尔物理学奖的科学家。

最年轻的大学生

1922 年 10 月 1 日，杨振宁出生在安徽省的合肥。父亲是当地的中学数学老师，曾经出国留学过，是受过西式教育的新型知识分子。杨振宁从小受到父亲的熏陶，很早就接触到了西方先进的科学知识，后来父亲到北平（北京）任教，杨振宁跟着父亲去了北平。

当时杨振宁所处的时代最为黑暗，中国任人宰割、任人鱼肉。外有帝国主义的入侵，内部各个军阀之间都在混战。中国百姓困苦不堪，不是死于战火，便是因为贫苦饥饿致死。因为国家陷入危难的缘故，杨振宁的父亲对当时五四运动流传下来的《中国男儿》这首歌十分地喜爱，受到父亲的影响，杨振宁也十分喜爱这首歌，后来在西南联大读书时，经常在学校内唱这首歌。

1938 年夏天，中国多个地区沦陷，好几所学校都迁往了中国抗战西南根据地，由于学子很多，国民政府教育部下达了一项指令：所有学生，可按同等学力报考大学。

杨振宁在父亲的鼓励下，报考了西南联大的物理系，并且顺利地进入西南联大，成为该学校中年纪最小的一个学生。

早在中学时代，杨振宁便聪明早慧。考取了西南联大之后，有一天，他突然信誓旦旦地向父亲表示：将来有一天，我要取得诺贝尔奖！父亲淡淡一笑，鼓励儿子好好学习。这件事情很快在西南联大中传开，同学们开玩笑说："杨振宁父亲杨武之的数学非常好，为什么儿子不随父亲继续攻读数学而读物理呢?哦，原来没有诺贝尔数学奖！"

1942 年 7 月，杨振宁从西南联大毕业。当时因为各种现实的原因，一起考进西南联大的学生中途退学的很多，最终只有 9 人取得了物理系的学位，杨振宁是其中之一。完成本科学业后，杨振宁又报考了学校物理系的研究生。在报考研究生期间，杨振宁先后结识了凌宁、金启华和顾震潮等日后中华民族科学界的精英。当时由于中国抗战战火猛烈，学校条件特别差，不仅缺乏实验器材，学校的物理教学工作也一直偏重于理论。杨振宁全家迁往昆明后，一家七口的生活更是困苦，全靠父亲那一点点微薄的工资度日。

从 1939 年开始，日本对中国抗日根据地进行了一轮又一轮的轰炸，当时的昆明少不了三天两头地被扔上几颗炸弹，在那段时间，杨振宁全家和联大师生，跑防空洞是家常便饭的事情。1940 年 9 月 30 日，杨振宁在昆明的住房被飞机炸毁。为了躲避日本人飞机，全家搬到昆明郊外居住。抗战末期，为了帮补家用，杨振宁还为在昆明的美国军方人员教授中文。在这样艰苦的环境下，杨振宁一面兼职赚钱，一面艰苦地学习。仅仅用了六年时间，杨振宁便完成了在西南联大的求学任务，取得了研究生的学位。

这六年是杨振宁人生中最为重要的六年，在这六年中，杨振宁同物理学结下了不解之缘，并养成了刻苦学习、勤奋工作的精神。

同年八月，杨振宁考取了公费留美资格。按照当时的规定，以公费留学的学子要先等待一段时间。在等待留学的日子里，杨振宁在西南联大附属中学教书。没想到，在这段教书历程中，杨振宁遇上了一份意外的感情。

在高二的学生中，有一个名字叫做杜致礼的女学生。他可能不知道，这位杜小姐的来历可不简单，她是当时中国远征军副总司令、国民党五虎上将之一、国民党五大王牌主力之一第五军军长杜聿明中将的千金。杜大小姐对这位年轻的小老师很喜欢，暗暗埋下了爱情的种子，后来两人在美国相遇，并在美国结了婚。

促进中美交流

1945 年，杨振宁进入美国芝加哥大学学习，三年后荣获博士学位。1949 年，杨振宁进入普林斯顿高等研究所进行博士后的研究工作，并在这期间同李政道相识，开始一起合作，进行物理研究。当时学院的院长奥本海默说，他最喜欢看到的事情，就是两人和和气气一起走在学校的草地上。

之后，两人一起进行关于物理粒子的研究工作，他们在研究期间遇到了很多迷惑的现象和不能解决的难题。为此，两个年轻人大胆地提出自己的怀疑，并用充足的论证来进行分析，最终完全地否决了宇称守恒律。这项发现让两人一同获得了 1957 年的诺贝尔物理学奖，这是华人世界首次出现的两个诺贝尔物理学奖的获奖者。这件事在华人圈子中引起了极大的轰动。

1964年，杨振宁加入美国国籍，事情传到父亲耳中，这让国界界限分明、思想顽固的父亲怎么也不能接受，在无法让儿子改变心意、退出美国国籍的情况后，父亲宣布同杨振宁断绝父子关系。一直到父亲去世，都没能原谅杨振宁加入美国国籍的事情，这让杨振宁引为憾事。

1966年以后，杨振宁在美国纽约州立大学石溪分校任教，杨振宁首创该校的物理理论研究所。1971年夏天，杨振宁首次回国访问。虽然杨振宁加入美国国籍的事，一生未能得到父亲的谅解，但是杨振宁时刻谨记父亲杨武之的遗训："有生应记国恩隆。"杨振宁曾经说："作为一名有中国血统的美国科学家，我有责任让这两个跟我生命休戚相关的国家，建立起一座相互了解、和平友谊的桥梁。在中国科技未来的发展道途中，我也应该贡献出一些我自己的力量。"

他说这些话并不是空言、作秀，之后的六年中，杨振宁频繁地往来于中、美两国之间，做了很多推动两国学术交流的工作，他本人也先后被中国的北京大学、复旦大学、中国科学大学、中山大学、南开大学等多所国内知名大学，授予名誉教授的头衔，同时也是中国科学院高能物理研究所学术委员会委员。

1977年，杨振宁和他的好朋友梁恩佐等人，在波士顿组建了"全美华人协会"，用以促进中国和美国之间的关系，同时让美国更好地了解中国和华人。1986年，杨振宁又出任香港中文大学博文讲座教授。2003年年底，杨振宁回到中国定居，居住在北京清华园中。

两段婚姻

提起杨振宁的感情生活，也不算过于复杂。他一生有两位妻子。第一任妻子是杜致礼女士。2003年10月，相伴一生的杜致礼因病去世，这时的杨振宁已经八十一岁了，对妻子的去世，他十分伤心。

2004 年年底，杨振宁同年仅 28 岁的广东外语外贸大学翻译系硕士生翁帆偶然相识。翁帆的美貌、青春，让暮年的物理大师又一次心情萌动。深受美国民主自由思想熏陶的杨振宁，不顾及中国社会较为保守的思想，对比自己小近 54 岁的翁帆展开了爱情攻势，终于如愿抱得美人归。在 2005 年初，杨振宁再一次携手走进婚姻殿堂。两人这场婚礼在社会中引起了轰动。

在一次访谈节目中，杨振宁自爆了自己的求婚之路和翁帆的夫妻生活。他们婚后的生活除了旅游外，基本上就是居家的简单生活。他说，他相信早晚有一天，中国人对他和翁帆的感情之事，不会像今日这样避讳极深，而会觉得很浪漫。

彭加木

失踪荒漠的罗布泊之魂

——生命不息，奋斗不止

姓　　名	彭加木
籍　　贯	广东省番禺市
生卒时间	1925 年~1980 年 6 月 17 日
人物评价	彭加木是个敢作敢为、勇于奉献的人，同时也有着强烈的爱国思想，是个不屈不挠的革命烈士。

1980 年 5 月 8 日到 6 月 17 日，彭加木在第三次考察罗布泊的时候，因为缺水，他离开考察队营地找水时失踪，并最终确定遇难，追赠为“革命烈士”。然而，三十几年来，国家耗费无数精力，却始终未能在罗布泊一带找回彭加木的遗体，同时他的失踪也成为一大谜团，长期以来纷说不断。

读书不易

1925 年，彭加木出生在广东省佛山市番禺县一个贫困家庭之中，父亲经商。由于彭加木是早产婴儿，再加上家中贫困，所以彭加木自小缺乏营养，故而十分的瘦削弱小，被当地人称为“猫仔”。

彭加木原名彭家睦，是家中的第五子。当时彭加木老家曾经流传着这样一首七律古诗：“昂藏七尺志常多，改造戈壁竟若何？虎出山林威失恃，岂甘俯首让沉疴！”诗中的豪迈之情和佛山当地居民的彪悍民风，都深深地影响了彭加木性格的发展。

儿童时代的彭加木正处在中国最黑暗的年代。当时的中国情势急迫，外有帝国主义列强侵略，掀起瓜分中国的狂潮；内有中国封建主义和官僚资本主义的欺压，甚至勾结帝国主义压榨中国贫苦农民。在这样的背景下，彭加木度过了他的童年，他牢牢记住中国人的辛酸与苦难，立誓要为国家做出贡献。

他幼年曾在当地念过小学，后来又跟着父亲到佛山读书。小学毕业后，进入当地颇有名气的华英中学读书。

1937 年，日本发动了侵略中国的战争，中日战争全面爆发。蒋介石政府被迫实行抗战，但因为国民党军政的双重腐败，国民党军队迅速溃败，大半个中国惨遭沦陷。1938 年 10 月，佛山也被侵华日军占领。彭加木在这期间饱受颠沛流离之苦，为了躲避残暴的日军，华英中学被迫迁往英国在中国的殖民地——香港。好景不长，太平洋事变后，日军继而占领了香港。彭加木只好跟着一群难民，历尽千辛万苦，长途跋涉，终于再次回到了故乡。彭加木一回到家乡，一个犹如晴天霹雳般的消息传入耳中。原来父亲早已经去世，家道中落，就连家乡故居也被侵华日军霸占，彭加木走投无路、穷困潦倒。

天无绝人之路，彭加木的二哥从重庆国立中央大学毕业，在二哥彭浙帮助之下，彭加木去了广东韶关，进入广东仲元高中读书学习。在这里，有一位廖老师十分赏识彭加木，廖老师的教诲对彭加木的一生造成了深远的影响。当时，彭加木对廖老师也是十分的崇敬，他多次向老师求教做人的真知，廖老师送了他一幅山水画，画上题下了四句诗：“千章古木，一片秋声，悠悠客肆，天际危亭。”这幅画被彭加木一生珍藏。

次年，彭加木在仲元高中完成了高中学业，并考取了重庆国立中央大学农学院。据闻，当年的国立中央大学只有五个系，每一个系只招收一名学生，彭加木能够考进去，足见他的学习能力强。在重庆读大学的期间，彭加木为了能有一个安静的学习场所，他从学校宿舍搬了出来，住在简易的土房子中。他住的地方在夏天里相当燥热，蚊虫叮咬频繁，冬天四面漏风，吃的也很差，不过彭加木却安之若素，便如宋濂《送东阳马升序》中所说，“以中有足乐者，不以口体之奉不若人也。”意思就是，虽然吃住很差，不如别人，但是这其中还是有乐趣存在的。

1945 年，历经八年抗战的中华民族终于迎来了浴火重生的历史机遇。为了战后的和平，毛泽东在蒋介石三次电邀之后赶到重庆，同国民党进行谈判，并在次年的政治协商会议中通过了《和平建国纲领》。饱经苦难的中国人民终于看到了国家民族复兴的希望，看到了光明在望的新起点，所以重庆各界人士举行了规模庞大的庆祝游行活动，彭加木也参与了此次游行。

但是好景不长，和平纲领签订不到半年，蒋介石便撕毁约定，命令全副武装的国民党部队向解放区发动了进攻，内战全面爆发。1947 年，彭加木对国民党政府完全失望，他参加了京沪苏杭地区“挽救教育危机”的联合大行动，这个行动由六千多名师生组成。1948 年 4 月，彭加木又参加了上海等大型城市的“反内战、反饥饿”的示威游行。在同一年内，彭加木辞去了中央大学助教的职位，考取了中央研究院技工，开始研究生物化学。

新中国成立后，彭加木进入中国科学院生物化学研究所工作，并在 1950 年加入中国共产党社会主义青年团，3 年后又光荣地加入中国共产党。

抗争病魔

1956 年，彭加木获得了去苏联学习核磁共振新技术的机会。但是彭加木得知了中国科学院正在组织考察队到中国边疆普查资源的消息后，他将这次到国外学习新技术的机会让给了其他人，他写信给中国科学院院长郭沫若，表达自己要加入考察队的决心。郭沫若大为感动，写下了一首《满江红》的词来褒扬彭加木，并批准彭加木的请求。同年三月，彭加木随着考察队远赴新疆、青海、戈壁滩、海南岛等边疆偏远地区，参与考察的任务和活动。

彭加木的工作精神很强。考察队的医生检查出彭加木有心脏病，便嘱咐他多注意休息。但彭加木未将医生的话放在心上，他笑称自己与疾病无缘，依旧十分忘我的参加工作。1957 年初，彭加木被确诊患有癌症，他被送回上海静心休养。半年之后，彭加木的身体稍有好转，坚决回到工作岗位，远赴新疆等地参加考察工作。彭加木的足迹遍及新疆、云南、福建、广东、陕西、甘肃等十余个省份，为我国的植物病毒的研究立下了汗马功劳。

彭加木曾经十五次进入新疆，他为中国科学院建立新疆分院。中国科学院新疆分院刚刚建立时，院内资源底子薄，彭加木为了分院的发展，可谓呕心沥血。从楼房的筹建到仪器的购置安装，再到人才的引进和培训，每一件事情彭加木都亲力亲为。

1962 年，我国第一台高分辨率的显微镜在上海安装调试完成，随后又在广州、福州、乌鲁木齐等地建立电子显微镜的实验室，这些成就都是彭加木不顾癌症，以顽强的毅力指导完成的。

1964 年 3 月 5 日至 3 月 30 日，彭加木和一些科技研究工作者第一次考察了罗布泊，在环绕了罗布泊一周后，经过采样分析，彭加木等一些科学家认定，在罗布泊附近有中国紧缺的重要资源。但是，由于考察时间短暂，彭加木最终还是空手而归。

1979 年，彭加木担任中国科学院新疆分院的副院长，并在当年再次考察了罗布泊。经国务院批准，中日两国决定拍摄一部关于丝绸之路的历史纪实片，彭加木被约为剧组顾问。为此，彭加木先行对罗布泊进行科学考察。此次考察，彭加木取得了傲人的成果，填补了我国关于罗布泊一带科学资料的空白，纠正了很多国外冒险家对罗布泊的错误论断。彭加木还为剧组发现了进入楼兰古国的通道，这是我国考古学中重大的历史发现。

蒙难沙漠

距离第二次考察罗布泊已经有半年之久，次年5月8日，彭加木和中国科学院新疆分院的汪文先、马仁文、阎鸿建、王万轩、包纪才和驻地部队的无线电发报员肖万能等人组成考察分队，他们第三次考察罗布泊地区。

这一次，彭加木和他的考察队首次穿越了长达450千米的罗布泊湖盆，考察了大量的土壤标本和矿物化石，这些珍贵资料成为后来我国开发罗布泊的前瞻性资料。1980年6月5日，彭加木考察队纵横罗布泊干涸湖底，到达了考察的终点站——米兰，也就是罗布泊的东大门。按照计划，他们在米兰的农场休息一阵子后，准备沿着中国古代的丝绸旧路，再次从南到北穿越罗布泊，然后取道敦煌，完成这次考察。

但是，在6月16日，考察队走到库木库都克以西8千米处时，他们所携带的水和汽车所用的汽油都已经用尽。按照考察计划，这段考察路程还有400多公里。为了摆脱窘境，彭加木等考察队员们决定就地取水。但沙漠太干旱，没有给他们提供任何的水资源。忙碌了一个下午的考察队队员回到宿营地，经过讨论，他们决定发无线电报，向附近的中国驻军求援。

据说，彭加木本来是反对向附近驻军求救的，因为附近驻军向他们提供援助的话，要花费七千元的费用。彭加木不愿意让国家再承担这样一笔不小的开支。但他又顶不住考察队内队员们的压力，只得答应向驻军求救，并亲自起草电文。他在电报中将考察队所遇到的困境告诉给了附近的驻军，并在电报中说道："我们缺少水和石油，只能坚持到明天上午。"

第二日上午9点，彭加木和他的考察队收到回信，部队同意为彭加木的考察队提供紧缺的物资，要求他们向部队提供准确详细的坐标。当日下午一时，考察队忽然发现，彭加木失踪了！在考察队配备的车厢内，彭加木留下了这样一封信：“我向东面去找水井。彭。六月十七日十时三十。”

看到这封信后，考察队员们大吃一惊，当时的罗布泊沙漠气候干旱，燥热异常，温度达到50多度，而且频发风暴，在这种情况下，彭加木独自一个人出去找水，情形凶险，可想而知。果然，彭加木在广袤无垠的沙漠中一去不复返。为了搜寻彭加木，国家先后四次派出几十架直升机、侦察机、几十辆吉普汽车，以及数千人的营救、搜索队，对彭加木消失的地域进行拉网式的搜索，不过没有发现半点讯息。

考察队员和一些知情人士分析，彭加木很有可能是在找水的过程中旧病复发，并遇上大风暴，最终被淹没在风沙之中。实际上，在这次穿越罗布泊之前，彭加木的身体就已经很不好了，一直没有断过药。进入罗布泊考察之后，彭加木也时常感叹“老毛病又犯了”之类的话语。种种迹象表明，在外出找水前，彭加木的恶性肿瘤已经复发。

难解的疑云

关于彭加木的最终下落，三十几年以来，各方说法争论不休。主要有以下几种说法：

1.被外星人救走；

2.逃往美国；

3.被直升机接到了苏联；

4.被考察队中同彭加木有矛盾的人杀害；

5.迷失方向；

6.陷入沼泽被吞没；

7.被突然坍塌的雅丹砸中；

8.葬身狼腹；

9.到芦苇包中避暑昏迷，随后被风沙掩埋；

10.掉进空间隧洞；

11.被仙人掌扎死。

第一种和第十种说法，听来有些玄妙，可以不足为信。第二种意见，彭加木并没有什么罪责，他为什么要往美国逃亡呢？被直升机送到了苏联，这也没有其他证据证实。其余几种说法，也都站不住脚。

为了搜寻彭加木的下落和平息社会上的一些不实谣传。1980年11月，在彭加木失踪五个月后，中国科学院党组织决定，再一次组织搜救队，搜救彭加木同志。这一次的搜救工作准备的极为充分，由中国科学院新疆分院、新疆军区、通信兵部队、汽车部队等八个单位组成了规模空前的搜救队，队内有14名科技人员、15名中国人民解放军士兵、通讯人员7名、司机20人和9个后勤联络人员。

新疆分院副院长、党委副书记王熙茂担任搜救队的总指挥，全权负责搜救彭加木同志的行动，指挥部设在甘肃敦煌，跟随搜救队行动的，还有彭加木的妻子夏叔芳和儿子彭海，上海生物化学研究所办公室主任朱相清也跟随搜索队一起前往罗布泊。

这次搜救，党组织做了大量的准备工作，新疆军分区和新疆科技分院为搜索队配备了水罐车、油罐车、物资车、吉普车等十八辆车，以及4个基数的信号弹、电台3部、帐篷6顶，还有大量的生活用品。这一次的搜救工作时间长达41天，搜索范围广，达1011平方公里，出动的搜索人次在1029人次，平均每人每日的搜索范围达到了1平方公里。然而，这样高密度、高范围的精密、仔细搜索，也未能搜寻到彭加木的下落。彭加木整个人好似从人间蒸发了一样,不光找不到他的人,连他的尸体也无法找到。

2007 年 6 月 2 日,探险爱好者刘先生和他的三个朋友,在位于哈密大南湖戈壁与罗布泊相接部位,发现了一具干尸,他们认为,这应该就是彭加木先生的遗体。他们的理由主要有以下三点:

第一,根据彭加木留下的纸条,彭加木是到库母塔格沙漠罗布泊镇附近以东找水去了。而刘先生发现的干尸,就是在库母塔格沙漠罗布泊镇附近以东。

第二,有文献记载,彭加木生前是宽额头,1 米 72 的个头,而他们发现的干尸,也正好是一米七的个头,额头也很宽,这符合彭加木的身材特点。

第三,从穿戴上来分析,据当时的司机王万轩老人介绍,在彭加木生前有两条衬衣,一条白色,一条蓝色,失踪时穿的是蓝色长裤,手腕上戴了一块上海牌的手表。而刘先生一行人发现的干尸,正好符合穿着要求。那具干尸上所穿的是白色衬衣,是 20 世纪 80 年代最流行的服饰。

那么,如果这具干尸真的是彭加木的遗体,为什么高密度的拉网式搜索,都未能将他的遗体找到呢?

专家们认为,很有可能是因为山体往上生长的缘故,或者是哈密的大风造成了尸体的移动。当年的哈密发生了几次大风,大风将沙吹走,遗体从沙子中露出来,这存在很大的可能性。此外,沙丘的移动也有可能造成干尸的移动,当然,这个移动的距离不会很大。

彭加木遗体被找到的消息一经传出,立刻在整个社会引起了极大的反响。彭加木的老家白云区槎龙村得到消息后,村中的男女老幼议论纷纷。帮助彭加木看守彭家祖屋的彭加木干妹妹吴杏英老人表示,希望干哥哥的亡灵能够早日“归家”,希望在自己有生之年,还能够见到哥哥的遗体。

在彭加木老家,彭家的相亲邻居,都将彭加木当成了彭氏家族的骄傲。在彭家老屋附近,当地人为彭加木建造了一座铜像,至今还受到乡邻们的敬仰和崇拜。彭加木的遗体的消息被彭加木的儿子知道后，他不相信发现的干尸是父亲的尸首。彭加木的侄女打电话给堂哥，她表示：这些年关于尸首被发现的谣传实在太多了，她很希望能够找到彭加木的尸首，但是当失望的次数越来越多，以至于到最后，不再抱有任何的希望了。

刘先生等人发现的干尸，立即被敦煌博物馆保护起来。但是，彭加木生前的合作伙伴、著名科学家夏训诚表示，这具干尸是彭加木遗体的可能性很小。首先，干尸发现的现场有改动的痕迹，而且所穿衣着，也不好分别出干尸的性别。本来有关机构想要进行 DNA 的采样分析，但是由于缺乏专业知识，加上后期保存不善，造成了 DAN 鉴定失败。

最终，经过各方面专家的研究分析，他们认为刘先生发现的干尸并不是彭加木。虽然，彭加木先生的遗体至今没有找到，不过，这并不能影响他在中国人心中的位置。中国科学院新疆分院在罗布泊建下了一座纪念碑，并在碑上刻下了这样一行字："1980.6.17.彭加木同志进行考察不幸遇难。"

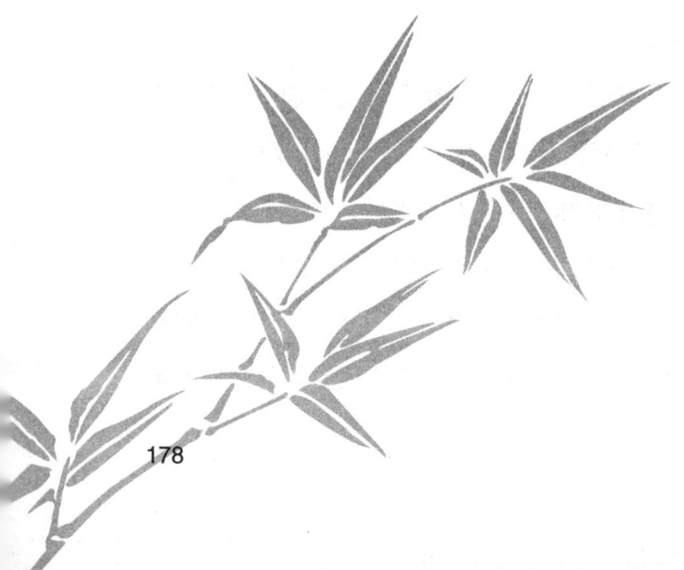

李政道

心系祖国的物理学家

——*在动荡中成长,在成长中进步*

姓　　名	李政道
籍　　贯	江苏苏州
出生日期	1926年11月25日
人物评价	著名物理学家、教育家、诺贝尔物理学奖的获得者。

李政道出生于旧中国的上海,在1957年,他与杨振宁提出"宇称不守恒定律",获得了诺贝尔物理学奖,两人成为华人世界中最早获得诺贝尔奖的科学家。之后,李政道一直担任芝加哥大学的物理系教授。如今,年过九旬的李政道仍然活跃在世界物理研究领域的最前沿,先后在量子场论、基本粒子理论、天体物理方面的研究中取得巨大成就。

要书不要命

李政道祖籍江苏苏州,祖父李子义是江苏苏州博习书院(后改名"东吴大学",现在为"江苏大学")的主要创建人,在大学内担任教务处长,一直在岗几十年,李政道的伯父也在该校任教。父亲李骏康是金陵大学农化系的首届毕业生。

李政道受到长辈们的影响，自小勤奋好学。中学时，先后就读于东吴大学附属中学、江西联合中学等学校。年少时的李振道十分的好学，酷爱读书，经常手不离卷，有时候上厕所，手纸都忘记带，却没有将书落下。1937年，抗日战争突然爆发，受到战火的影响，李政道未能完成中学学业。几经辗转，李政道于1943年到了贵州，进入了当时因受到日军战火威胁而西迁的浙江大学。

这段时期，李政道的生活一直动荡不安，为了躲避战火而四处迁徙，中途多次同家人失散，饱尝了悲欢离合。他身上的衣物行李时常丢得精光，但手上的书却是一本没少，甚至越来越多，让家里人对这个“要书不要命”的书呆子，也是无可奈何。

由于战火的影响，浙江大学当时的条件极端的困苦，但在校长竺可桢的领导下，全校师生发扬爱国精神，为民族教育事业艰苦拼搏，为祖国培养了一大批的人才。竺可桢注重吸收人才、扩大师资队伍和对教授的保护，浙大凝聚了当时中国各个领域的顶尖大师，比如数学家苏步青、物理学家束星北、王淦昌等等。受到王淦昌、束星北等中国近代著名的物理学大师的影响，李政道对物理的科学研究产生了浓厚的兴趣，由此走上了物理学的研究之路。

1944年，日军发动名为“一号作战”计划，目的是想打通中国大陆交通动脉，国民党军迅速溃退，一部分日军侵入贵州省境内，昔日的革命根据地也立刻成为抗战的大前方，浙江大学只好继续内迁。刚刚在浙大落脚一年多的李政道，因此失学，再一次陷入颠沛流离中，后辗转到了中国的抗战首都重庆。

在这里，李政道的物理成绩引起了亲戚梁大鹏的关注，在梁大鹏的介绍下，李政道去了昆明，找到了北京大学物理系教授吴大猷先生。吴大猷当时对这个胖胖的、聪明上进的青年很是喜欢，推荐他到西南联合大学旁听。

由于当时正值一个学年的中期，按照规定，应该经过转学考试，才能入学。不过，吴大猷和学校的一些主事教授商议后，决定让李政道先在西南联大二年级旁听一年，如果成绩合格，就让他在暑假后正式转学。

西南联大是中国抗战爆发后，先后西迁到云南的北京大学、清华大学、南开大学以及私立的云南大学联合组建的，师资力量雄厚，集聚了当时中国教育界的精英，学术氛围浓厚，教学严谨。虽然条件艰苦，却仍为中国培养出了一大批的科学名家，如邓稼先、杨振宁等。在这里，李政道学习到了更多的物理知识，进一步培养了对物理学的兴趣。当时，李政道虽然是大二的旁听生，但却能听得懂大三、大四的课程，只要参加考试，无论多难的难题，都没有他不会做的。

吴大猷先生后来回忆这段往事时，对李政道给予了极高的赞誉。他说："李政道为了学到更多的物理知识，每天在课余时间，都要到他的住处去，借阅他家中的藏书。"李政道很孝顺，因为吴大猷长期教学，让上了年纪的他留下了风湿的毛病，恭顺谦逊的李政道便主动地给他捶背、捏腿，还帮他处理打扫房屋等各种琐事。对这位孝顺懂事的学生，吴大猷自然很是满意。吴大猷给了他很多的物理学资料，布置了很多难题给他。但是吴大猷先生发现，不论题目多难，到了李政道的手中，很快便解决完了。他才思的敏捷让吴大猷先生也为之吃惊。

对恩师吴大猷，李政道后来回忆描述：自己和吴大猷老师相处的时间虽然只有短短的一年零两个月，但是那一年的时间却是他一生中受益最多的时期。吴大猷人格涵养，对知识、学术的奉献精神，都对李政道的一生产生重大的影响。并表示，他和吴大猷之间的关系十分的深厚，不是一两句话就能够说清楚的。

与杨振宁的合作

1945年，国民党政府正着手组建中国的军事科学事业，吴大猷提出，应该先成立有助于国防科学的研究机构，培养相应的工作人才。并提出选派优秀青年出国留学，学习物理、数学等科学知识。在推荐出国留学的学生名单时，吴大猷毫不犹豫地推荐了李政道去国外学习物理。

1946年，李政道乘上了前往美国留学的轮渡。当时已经20岁的李政道只有大二的学历，经过严格的考试，竟然被美国芝加哥大学录取。三年后，李政道以一篇有《特殊见解和成就》的论文获得了博士学位，被芝加哥大学的同学们誉为"神童博士。"

在李政道到美国前，吴大猷早已给在芝加哥的物理学家杨振宁打过了招呼，要他好生照看李政道。杨振宁便为李政道在大学的国际公寓预定了房间，李政道刚到美国，便和这位高出他两届的西南联大校友成为好朋友，之后两人常常联名发表论文，关系十分的亲密。次年夏天，还一起乘坐花钱买来的轿车到美国西部游玩。

1950年，李政道到伯克利加州大学任教，1951年，杨振宁偕妻子到了普林斯顿高等研究院，师从美国"原子弹之父"奥本海默，没想到的是，他能够和李政道再次相遇。此后，两人进行两维伊辛模型的磁化研究，当时两家比邻而居，开始了两人的合作生涯。

1951年秋天，两人联名发表了关于统计力学的论文，首次给出了不同热力学函数的定义。次年，两人见到了当时世界上最伟大的科学家爱因斯坦，爱因斯坦对这两位中国的物理学家给予了很高的评价。

当时李政道、杨振宁二人在研究院通力协作，并且取得了卓越成就，以及他们两家人之间，关系变得亲密起来，被研究院的工作人员传为佳话。但是，很快两人之间关于论文署名前后顺序而产生了矛盾。当时按照国际惯例，署名顺序应该按照合作者姓氏的英文首字母顺序排列，李政道应该排在杨振宁的前面。

可是，有一次，杨振宁突然提出，按照年纪排列，因为他比李政道大四岁，希望署名能够排在李政道的前面。对此，尽管李政道是百般地不乐意，却仍然捏着鼻子认了。后来，在联合发表论文时，李政道费尽口舌之利，勉强劝服杨振宁按照字母顺序排名。

但是署名的问题，让两人亲密无间的关系产生了裂痕。不久，李政道离开了普林斯顿研究院，去哥伦比亚大学任教，三年后，担任该校物理系教授，当时的李政道还不满三十岁，他哥伦比亚大学建校两百年来最年轻的教授。

1953 年，李政道对杨振宁和美国物理学家米尔斯合作发表的《同位旋守恒和同位旋规范不变性》论文产生了疑问。后来，杨振宁到哥伦比亚大学看望李政道，李政道就向他表明了自己的疑问。两人经过探讨，杨振宁最终被李政道说服了，并且发表了一篇联合署名的论文——《重粒子守恒和普适规范转换》，李政道的名字排名在前。

这件事情，让两人重拾合作机会。一直到 1962 年，两人共同发表了三十多篇论文，其中共同获得诺贝尔物理学奖的科研成果，也是在这个时期诞生的，他们发现的“宇称不守恒定律”，被称为“二十世纪的物理学革命。”

心系祖国

李政道对祖国十分的关心，从 1972 年，中美两国关系逐渐缓和，李政道经常访问中国。为了促进中国物理学的发展，1980 年起，他又在美国几十所高校招收中国的研究生，为祖国培养了很多青年物理学家，在教育上做出了重大贡献。李政道先后被中国科技大学、复旦大学、暨南大学、清华大学等国内高校授予名誉教授的头衔。

李政道对中国几千年的历史文化十分喜爱，他曾积极倡导将科学文化同文艺相结合，本人也经常随笔作画。他认为，培育人才，必须要从小开始。

1974 年 5 月 30 日，李政道接受了毛泽东的会见，两人谈论中国的教育问题时，李政道提出在中国科技大学开设少年班的建议，毛泽东主席采纳了他的意见。1979 年，李政道去安徽合肥科技大学访问时，便去看望了少年班的同学，并亲笔题词："青出于蓝，而胜于蓝，"以鼓励少年班的学子们。

在注重培养科技人才的同时，李政道也十分关注基础科学的研究，并极大地促进了中美两国在高能物理方面的合作，他曾经建议和协助中国建造北京正负电子对撞击的研究工作，建议成立自然科学基金会，建立博士后学位制度。在李政道的带领下，中国先后成立了高等科学技术中心、北京大学、浙江大学等高校，这些学术机构都是以近代物理为中心。

中国第二代领导人邓小平，他在 1985 年 7 月 16 日会见了李政道，他感谢李政道对中国科学技术的发展提出了这么多好的建议。

1998 年，李政道将他毕生所得积蓄的 30 万美元，以他和已经故去了的夫人秦慧君的名义，设立了"中国大学生科研辅助基金"，用于资助中国北京大学、复旦大学、兰州大学、苏州大学等高校的教育发展。

李政道心系故土，对中国教育事业的发展竭尽全力，他拿出了一个炎黄子孙应尽有的精神，李政值得中国人永久地称颂和感激。近年来，李政道转向研究高温超导波色子特性、中微子映射矩阵等方面，虽然年事已高，却仍活跃在物理研究的第一线，不断地发表有重要见解的科学论文，取得了重大的成就。

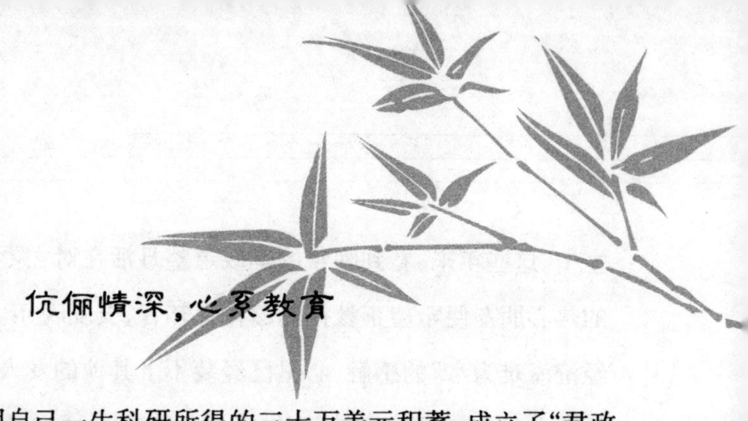

伉俪情深，心系教育

1998 年，李政道用自己一生科研所得的三十万美元积蓄，成立了“君政基金会”，作为发展中国科学教育事业之用。同年一月，李政道从美国赶到北京，邀请中国北京大学、上海大学、苏州大学、兰州大学四所高校的校长，到北京参与商议成立“君政基金”的协议，并举行成立仪式。当时李政道妻子秦慧君已经去世。

中国国家领导人和中国的科学界对“君政基金”的成立十分地重视，当时的副总理温家宝，著名科学家周光召、宋平、陈至立、朱光亚、钱伟长都出席了成立仪式。在大会上，温家宝同志还极大地称赞李政道夫妇对中国科学、教育事业的伟大奉献精神，鼓励各大高校落实好“君政基金”的各种工作，要充分发挥“君政基金”的作用，更加努力地为国家培养人才。此外，温家宝同志还在大会上宣读了当年总理朱镕基的亲笔信，信中对李政道夫妇二十年来，为中国科学教育事业做出的贡献，给予了高度评价。

李政道听了朱总理的信后十分地激动，几番恳求下，将朱总理的这封贺信带回了美国，放在妻子的灵位前，让故去的妻子能够含笑九泉。李政道将妻子秦慧君的灵位和遗像放在自己的床头，小小的灵案上安放着自己用来纪念爱妻而创作的小幅画像，为了表达妻子永远在自己心中，他还镌刻了“竹君文心”字样的图章。李政道做了一首悼念亡妻的悼亡诗：“去岁此日君我笑，今日同时不见君。瞬目已是一周年，生死两地影茫茫。心想抚，情相连。”这些举动都充分地体现了李政道对亡妻秦慧君的殷殷深情。李岚清副总理也送了他一首诗：“昔日伉俪还故里，炎黄馆中论科艺。今朝与公再相晤，痛失秦君不得归。挚友众，分哀思。”

李政道便将这两首诗，悬挂在自己和秦慧君一起居住了几十年的工作室中。这些年来，看到晚年的李政道整日活在对亡妻的沉湎中，很多海内外的热心朋友便希望李教授能够再觅知音，安度晚年。然而李政道却大有“曾经沧海难为水”的感触，心里已经装不下其他的女人了，对那些想给他找伴的朋友，李政道总是婉言谢绝。

这几年中，怀着对亡妻的深情，李政道时常关注着“君政基金”的实施情况。他不顾年老力衰，每年都要回国访问，亲自参加每年对“君政基金”实施情况的总结报告会。各校回报的领导说，自从“君政基金”实施以后，各校师生反响强烈，申报基金会的学生超过了基金名额的三到五倍。在这些基金的资助下，学生们积极地参加一些课题的研究实践，大大增进了学生们对科学的理解和对科学研究的兴趣、享受基金毕业的学生，近百分之七十，都选择了从事科学研究工作。

在听取各大高校校长的报告同时，李政道还听取同学们利用基金进修的体验，并亲自作学术报告，大大地激励了学生们科学研究的积极性。

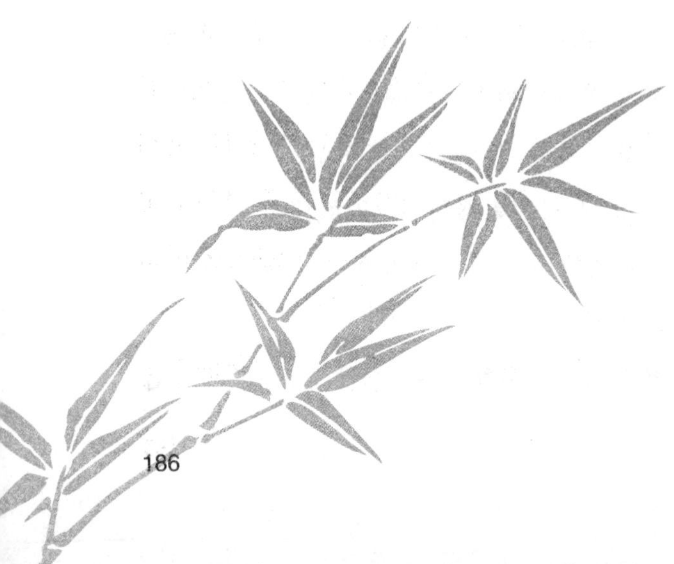

周光召

研制“两弹一星”的功勋科学家

——我只不过是研究原子弹的几万个科学家之一罢了

姓　名	周光召
籍　贯	湖南长沙
出生日期	1929 年 5 月 15 日
人物评价	著名的赝矢量流部分守恒定理的奠基人，同时也是闻名遐迩的理论物理学家、粒子物理学家。

周光召是中国新一代科技领军人，他在我国军事上做出了很大的贡献，他参与了中国第一颗原子弹和氢弹的理论设计，并且成功地研制出属于中国人自己的核武器，因此，周光召荣获“两弹一星功勋奖章”。同时，周光召拥有崇高的爱国情怀，他在研制核武器的期间，所经历的磨难是常人无法想象的，不过这些困难都被他和研究组成员们一一解决，因为他们只有一个信念，就是让我们的祖国更加繁荣富强。

少年多才识

1929 年 5 月 15 日，周光召生于中国湖南省长沙市。父亲名叫周凤久，曾在湖南大学任教，担任物理系的教授，并担任国民政府公路总局的局长。周光召受父亲的影响，自小对神秘的大自然产生了浓厚的兴趣，从小立志要揭示大自然各种神奇之处。

1937 年，日本帝国主义发动了蓄谋已久的侵华战争，中日战争全面爆发。由于国民党军队的退让，战场迅速失利，美丽富饶的湖南很快陷入战火之中，在局势动荡之中，周光召过完了自己的童年。

1942 年，周光召离开了湖南长沙，前往重庆南开中学读书。在这里，周光召勤奋好学，在老师的教育下，他的视野和知识面不断地开拓，并在数学老师唐秀颖先生的影响下，对数学知识产生了向往。周光召十分喜欢分析数学题目，在数学学习中，他常常另辟蹊径，解开了一个又一个的数学难题。在中学期间，周光召养成了独立思考、踏实进取的精神，这对他以后的人生之路带来了很大的影响。

1946 年初，周光召回到了抗战后的湖南长沙，在当年秋天，他考取清华大学先修班，一年后正式进入清华大学学习。1951 年 7 月，周光召从清华大学毕业，之后又考取了北京大学研究生，次年秋进入北京大学研究院，跟随中国著名的理论物理学家彭桓武教授学习，进行基本的粒子物理学研究。三年后，周光召以优异成绩完成了研究生的论文答辩，并走上工作岗位，初时在北京大学物理系任教。

1957 年初，周光召被国家派去苏联首都莫斯科，进入苏联杜布纳联合原子核研究所，在里面进行高能物理、粒子物理学等方面的研究和学习。当时的周光召年纪不满三十岁，就已经在研究所中担任中级研究员，并取得了丰厚的成果。

1958 年，周光召在国际上第一个提出粒子的螺旋态振幅，建立了与之相对应的数学解答方法，引起国际物理学界的轰动。年纪轻轻的周光召成为颇有名誉的青年理论物理学家。

参与核武器的研制

1961年2月,周光召听从祖国安排,回到中国,三个月后进入中国第二机械工业部第九研究所担任理论部的副主任,进行相关的核应用理论研究。由于中苏关系破裂,苏联原先答应中国的工业援助,特别是对原子弹等核武器的研究,全部被撤销,这让中国对核武器的研制陷入了极大的困境中。

当时,美、苏等国对中国极端仇视,国外对原子、核武器方面的知识,采取了高度的保密制约措施,对原子武器进行垄断。各国核武器知识重重封锁,中国唯一能够可供参考的资料是苏联总顾问遗留给我国介绍原子弹情况的一份简要记录。可惜的是,这份口授的记录在数据上有个别的错误,这些错误引起了很多参与原子弹研究的科学家们的争议。一些对苏联科研专家过分迷信的中国科学家们坚信,苏联人留下的资料记载是正确的。

周光召凭借着自己独有的敏锐和自己在数学、物理上的智慧,做出了“最大功”的计算,从而解决了资料上的错误和漏洞,结束了中国人内部的激烈大争论,让很多对苏联专家过分迷信的中国人及时醒悟。

周光召建立严格的科研程序,他培养科研人才,为提高科研工作的系统性和严谨性,做出了大量组织工作。他的这些措施为核武器理论设计工程的发展打下了基础。

此后的十多年中,周光召围绕核武器的理论发展而努力工作。他亲身参与并开展爆炸物理、辐射流体力学、高压物理、二维流体力学等多个物理理论领域的研究工作。在进行核武器理论研究的同时,周光召不忘举行专题讲座,亲自撰写讲义,他的课程深厚学生们的喜爱。

周光召坚持真理,同时也不固执己见,他尊重客观规律,追求实事求是的科学态度。周光召与邓稼先展开对核武器各个方面的研究时,周光召集思广益，采纳正确意见，取得了很多具有重大价值的成果。这些成果为我国核武器的理论设计奠定了基础，为我国第一颗原子弹的成功爆炸立下了不小的功勋。

1964 年，中国第一颗原子弹试爆成功，表明中国的国防力量已经跻身世界先进行列，打破了苏联人所谓："没有苏联专家，中国休想造出原子弹"的狂妄论断。当原子弹试爆成功之后，无数国人为之振奋，很多人称周光召对研制原子弹做出了重大的贡献。周光召却谦虚地说道："科学事业是集体科学家的事业。研制原子弹，好比一篇读起来惊心动魄、让人热血沸腾的文章。这篇文章是无数工人、解放军战士、工程师和众多的科学技术人员一起写下来的，我完成的部分不过是这篇文章的十万分之一而已。"之后，周光召又参与了我国第一颗氢弹的研制工作，没多久，氢弹也在广阔的高原上爆破。因此，周光召和彭桓武、邓稼先等八位科学家，一同获得了 1964 年度的国家自然科学奖一等奖。1999 年，周光召又获得了"两弹一星"的荣誉勋章。

驰名中外

数十年的物理理论学的研究，让周光召成为享誉世界的物理学家。他曾经先后发表过 104 篇研究论文，这些论文让他的科学生涯可以划分为四个阶段。

第一个关于阶段从五十年代开始，周光召主要从事高能物理方面的研究。在苏联研究院工作期间，周光召共发表了三十三篇论文，很多论文受到国际物理学界的一致好评，尤其是"极化粒子反应的相对论理论"和"静质量为零的极化粒子的反应"两篇论文。这些成功，在当时世界达到了领先的地位，周光召被国际物理学界所重视。此后，周光召又在《中国科学》杂志上陆续发表了 12 篇科研论文。

第二阶段从六十年代开始，中苏决裂后，周光召在中国核武器的研究上的贡献突出。

第三阶段是在1976年之后，周光召将自己的科学研究转入到了对粒子物理学上。他组织领导了很多青年，进行了CP破坏、超对称性破缺等性质的研究工作，这些都取得了卓越的成就，再一次引起国内外学者的瞩目。在1987年，周光召以"量子场论大范围性质的研究"论文获得了"重大科技成果奖一等奖。"

第四阶段从1987年开始，周光召在科学研究中，他坚持实事求是的严谨作风和科学态度，凡是都要经过严密、严谨的科学研究程序来进行论证，绝不凭借主观上的臆想而妄下定论。担任中国科学院院长后，周光召表现了他非凡的科研能力和管理才能。他治理中国科学院的主要管理方针为"奉行勇于开拓精神，在中科院内形成民主、团结、融洽、活泼的学术氛围，为在科学院工作的科学家们，提供一个舒适、愉快的工作环境。"周光召认为，"学术民主和百家争鸣，是繁荣科技的唯一途径"，中国科学院"绝对不会利用行政手段，干涉学者们的学术自由。"他的这些民主措施执行后，形成了浓厚的学术氛围，为培养科学人才奠定了良好的基础。在这一阶段中，周光召的科学研究取得了突出性的成果。

这些成果让周光召在国际上名气越来越大。1980年，周光召应邀前往美国弗吉尼亚大学、加州大学任客座教授。他受到了美国物理学界的热烈欢迎，国外的很多物理学研究的同行，都将周光召当做是中国理论物理学界的代表性人物。美国著名的高能物理学家、美国物理学会主席马夏克教授，为了欢迎周光召，亲自在弗吉尼亚理工学院举行一次学术会议，国际上很多的知名物理学家都前往参加了这次会议。在这次大会上，周光召在自己的演讲中，表达了希望同美国进行科学友好合作的强烈愿望。演讲之后，周光召又被美国纽约大学授予荣誉科学博士的学位。

长期以来，周光召一再强调科学是不分国界的，但是科学家是有国界的，在担任中国科学院的院长后，周光召也多次跟科学院的院士们一再这样强调。因此，记者访问周光召怎么看待自己的这一荣誉时，周光召对记者说："我认为这不光是我个人的一个荣誉，同时也是中国全体科学家共有的荣誉。这表明，中国科学家这些年的成就，已经得到了国际学术界的普遍认可，这对我才是最大的荣誉和成就。"周光召的回答让记者和很多国际物理学的大师们，对这位热爱祖国的中国物理学家更加地钦佩。

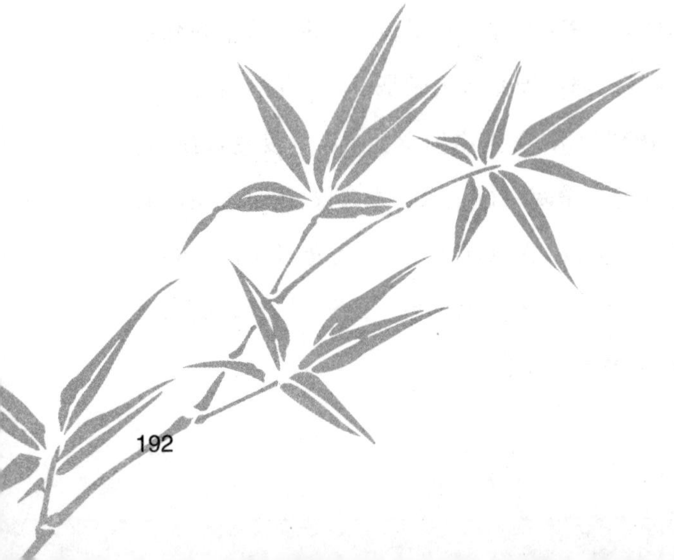

李振声

中国小麦远缘杂交之父

——中国人是可以自己养活自己的

姓　　名	李振声
籍　　贯	山东淄博
出生日期	1931 年 2 月 25 日
人物评价	李振声是著名的遗传学家，被称为“中国小麦远缘杂交之父”。

提起研究杂交农作物的科学家，人们便会想起“杂交水稻之父”袁隆平。他研究出来的杂交水稻，育种成本低廉，多产、高产，为解除世界饥饿做出了重大贡献。然而，中国还有另外一位科学家——“中国小麦远缘杂交之父”李振声。李振声出生于饥馑难食的旧社会，他尝遍了忍饥挨饿的痛苦，他立志要让所有中国人都能吃饱饭。虽然他的名字不像袁隆平那样如雷贯耳，但他所取得的成绩也同样是相当惊人的。在 2006 年，他的杂交小麦获得了国家最高科学技术奖。

小麦癌症

常言说道：“民以食为天，食以农为本”，吃饱饭是农民最基本的要求，同时也是社会稳定、人民安康的根本。纵观历史，每次天下大乱，都和百姓吃不饱饭有关系。中国人口众多，农民占有很大比例，所以，解决众多人口的温饱，变成了历代政府的要事。

1931年，李振声出生于中国山东。当时的中国正处于最黑暗的时代，国家内忧外患，蒋介石领导下的国民政府没办法解决中国人民的温饱问题，甚至全国有四分之三的人口处于饥饿的状态。李振声就是在这样的社会背景下过完了饥一顿饱一顿的童年。虽然生活并不富裕，但李振声却是一个有志气爱学习的孩子，他尽自己最大的努力完成学业，并且在1947年考入了山东省的农业大学，于1951年大学毕业。

新中国成立后，中国工农业均处于落后状态，解决百姓温饱问题，成了新中国政府最基本、最重要、最现实的问题。中国百废待兴，像李振声这样颇有学历的知识分子，很快就在社会中找到自己的职责与位置，并且取得了一定的工作成就，有了优越的生活和工作条件。

1956年，中共中央做出建设大西北的决议，李振声毅然放弃了在北京的优越生活，响应国家的号召，随着部队去了大西北的荒漠，支援大西北的建设工作。李振声从此与风沙为伴，开始了在大西北长达31年的科研历程。

李振声到了大西北后，便在中国科学院西北农业生物研究所内开始了小麦育种的研究。当年，中国出现了“小麦癌症”的现象，大量小麦被感染，农作物产量极低。众所周知，癌症是人类的绝症，患上晚期癌症的人只能一天天地等死，用“癌症”来形容小麦的病症，可见这种病症的危害之大。

“小麦癌症”病症发生区域极广、流行频率极高、危害损失极大，这些都造成小麦产量严重低下，甚至造成小麦的绝收。当时新中国成立没多久，农民温饱问题根本没有解决，现在小麦遇到这种疑难杂症，无疑是给新中国的一个沉重的打击。李振声对此忧心忡忡，于是，年仅25岁的李振声，决心从事小麦的改良研究工作，为中国的农民们培养出一种更为优良的抗病小麦。李振声的想法是好的，可实践起来却是难题众多。李振声自己说：“小麦病菌的变异速度极快，据25个国家统计，“小麦癌症”症状平均五年半就能产生一个新的生理循环，最快要八年才能培育出新的小麦品种。因此，想要培育出更加优良、抗病毒的小麦品种，是一个世界性的难题。”

李振声没有在这个世界性难题的面前退缩，为了让更多的老百姓吃饱饭，李振声夜以继日地研究。经过多年的观察，他发现牧草具备良好的抗病毒性，于是就萌发了通过牧草与小麦杂交的方式，将牧草的抗病毒基因转接给小麦的想法。这个想法因为是“远缘”的嫁接，所以被称为“远缘杂交小麦”。就像马和驴杂交产生骡子这种新品种一样，其中的难度是相当大的。

李振声通过对小麦历史的研究，他坚定了这一想法，他的这种大胆想法得到了植物学家和植物病理学家们的支持，于是，李振声开始了对远缘杂交小麦的深入研究和探索。经过近二十年的努力，李振声终于完成了牧草和小麦的远缘杂交实验，创出新型的小麦品种——小偃麦。该系列小麦具有抗病毒能力强、产量极高、品质质量极好的特点，这种小麦迅速地在黄淮流域推广开来，很多农民都种上了小偃麦。当时，中国农村流传着这样的民谣：“要吃面，种小偃。”

在小偃麦品种的研究过程中，李振声和他的研究小组自然不可能一帆风顺，先后遇上了小麦远缘杂交不亲和、杂交小麦不育的难题。好在问题都被解决，并先后育出小偃4号、5号、6号、54号、81号等新型杂交小麦的新品种。其中小偃6号被1.5亿亩粮田种植，产出40亿公斤的粮食。至今为止，小偃麦系统共计衍生出70多个良种小麦。李振声无愧于中国“小麦远缘杂交之父”的赞誉。

面对百姓的称赞，李振声笑着说：“我们今天能吃到良种小麦做成的馒头和面包，最应该感谢的是我们生存的大自然，当然，也要感谢给小麦提供了优良基因的牧草。”直到今日，我们食用的小麦仍然是小麦和各种牧草、山羊草杂交而成的新品种。

解决粮食危机

1985 年至 1987 年,中国再度出现了粮食危机。同一时期的中国,人口在大幅度地往上增长,而粮食的产量却呈现出减产的趋势,中国出现了粮食危机,为解决粮食低产带来的窘困局面,李振声带领中国科学院农业专家,进行了三个月的调查研究。

研究表明,黄淮地区粮食产量低下,李振声建议前往黄淮地区整理农田。当时中国科学院院长周光召鼎力支持。李振声带领中国 400 多名农业科技人员,他们联合各地政府,投入到对河南、河北、山东、安徽等四个省的中下产量的农田治理工作当中。

当时,山东是以禹城试验区为治理重点,实验区包括 14 万亩盐碱地和北丘洼、沙河洼、辛店洼,可谓是"一片三洼"的治理区域,实验区为黄淮地区中低下产区粮田的治理积累下了宝贵的经验。

1988 年 2 月 26 日至 29 日,中国科学院同山东德州地区联合举行了"科学技术与生产见面会",在会议上,李振声进行了动情的演讲,他介绍了中国科学院 24 个研究所的 251 项重大技术,并且与 13 个省市县、乡镇干部的领导 600 余人进行了交流。在李振声的鼓励下,当年的 3 月 8 日,山东省委副书记陆懋曾、副省长马忠臣,在禹城辛店洼召开了万人劳动会,参加山东地区工作的 24 个研究所内的 300 名科研人员,他们从 8 个方面展开更全面性的工作,在数年内就取得了重大的成果。

原来的重灾低产区是鲁西北、豫北、皖北、河北等八个地区,1993 年,在李振声的带领下,粮食净增 56 亿公斤,增产 34.6%,年平均增产量 5.81%。李振声解决中国粮食危机,使得全国农业综合开发全面展开,起到了引路和带头的作用。

1998年，全中国粮食产量上升至5000亿公斤，黄淮地区的粮食产量也取得了显著的成就。“黄淮海”地区的农业成就是中国科技人员艰苦奋斗的成果，这里面也包括了广大农民群众的顽强意志，表明中国已经不需援助，中国凭着自己的技术也能养活得了自己。

中国人可以自己养活自己

在1994年，美国农业和环境问题专家莱斯特·布朗在《世界观察》的杂志上发表了一篇名为《谁来养活中国》的文章。在文章中，莱斯特·布朗悲观地认为，到了2030年，中国庞大的人口需要消耗难以计数的粮食，将会使得中国养不起中国人，世界也养活不了中国人。他还表示，中国建设占据了大部分的土地面积，当下的粮田面积根本养不活中国人。

不过，李振声随后在博鳌论坛上发表声明，直接辩驳布朗的说法是不正确的。李振声指出，首先，中国已经意识到人口增长太快带来的危害，已经通过行政立法的手段来干预人口增长，通过计划生育的宣传，中国人口增长的速度已经比以前缓慢了近三分之一。第二，中国人均耕地面积的减少速度，也不像布朗所说的那样夸张，通过中国政府对耕地的保护，中国耕地面积受到控制，并且耕面积增长了36.9%。第三，中国粮食15年的进出口量总和基本持平，净进口量只有不到总消耗的0.6%，进口粮食的份额微不足道。

李振声的说法受到社会各界人士的响应。2006年，李振声获得了国家最高科学技术奖，现年八十一岁高龄的李振声仍旧是中国科学院院士、第三世界科学院院士。

陈景润

攻克哥德巴赫猜想的数学家

——学好数理化，走遍天下都不怕

姓　　名	陈景润
籍　　贯	福建省福州市
生卒时间	1933 年 5 月 22 日~1996 年 3 月 19 日
人物评价	中国著名数学家，中科院物理学数学部委员，在世界著名数学难题哥德巴赫猜想的研究上取得了突破性进展的人。

陈景润先生出生于忧患年代，成名于新民主主义革命成功后的中国。他对哥德巴赫猜想上的成就，完全可以摘取世界数学史上最巅峰成就的桂冠。世界顶级数学家、美国著名数学学者曾经说过："陈景润先生做的每一件事情都好似行走在喜马拉雅山脉，失败，就将坠入深渊；成功，将影响无数代世人。"

少年辛酸泪

1933 年，当时的中国正处于内忧外患的双重劫难中。"九一八"事变后，日本对中国发动战争，蒋介石政府采取不抵抗政策，30 多万东北军一枪不放，眼睁睁地看着不到两万的日本关东军占领了整个东北。得到东北三省的日本人并没有满足，他们将目光放到了全中国。中日战争，一触即发。在此关头，国民党政府却热衷于内战，集结百万大军到江西"剿共"，同时对内欺压百姓，压榨贫苦百姓，善良的中国农家人生活更是难以为继。

陈景润就是在这样一个背景下出生的，他出生于福建省福州市的一个贫困家庭。陈景润是家中的第二个儿子，父亲在当地邮局做工，微薄的工资根本养不活家中三个儿子。陈景润出生时营养缺乏，母亲甚至连奶水都没有，陈景润是靠小米粥喂养才活下来的。

当时陈家的大儿子在附近的小学读书，三岁的陈景润负责在家里面照顾刚刚出生的小弟。就在这个阶段，陈景润对数学表现出极大的兴趣，经常掰着手指头数数。当哥哥放学回到家中后，陈景润便缠着哥哥教自己数学。后来陈景润一天天长大了，他便下田帮着母亲干活。当时的陈景润仍然不忘学习数学，在农忙的间隙，他也演练数学、学习写字。陈母见他求学心切，就从吃饭钱中一省再省，将他送到城关小学读书。

进入学校之后，陈景润更是如饥似渴地学习，虽然家境贫寒，但是陈景润学习成绩一直在班级中名列前茅。同时，在学校中，陈景润也进一步感觉到贫苦农村家小孩的辛酸。因为，当时学校中不乏一些大户人家的子弟，这些"大少爷"、"小皇上"哪有心思刻苦读书？

这些富家子弟偏偏嫉妒出生贫苦、成绩很好的农村孩子，陈景润就是其中一个，常常三五个一伙的富家孩子找陈景润的麻烦，对他拳打脚踢。身体弱小的陈景润打不过他们，经常被欺辱，浑身青紫交错。饱受委屈的陈景润便向母亲哭求着从学校退学。母亲也倍感心酸，她苦口婆心的劝说陈景润要坚持下去，只有读好书才能改变家里贫苦的局面，只有摆脱目前的贫穷，才能不再受到那些人的欺负。被母亲教育过的陈景润擦掉眼泪，自此更加努力的学习，发誓早晚有一天让家里过上好日子。

三位恩师

小学毕业之后，陈景润以全校第一名的成绩考入三元县公立初级中学。在这里，有两位老师影响了陈景润的一生。

第一位是六十多岁的老教授，老教授面对中华民族被小日本一步步逼入绝境的情形，倍感痛心，但是自己年事已高、本领低微，他改变不了中国的现状，所以将希望放在了下一代人身上，努力地向学生们灌输民族意识。他向自己的学生讲述中华民族5000多年的光辉文明史，激励他们为民族的早一日复兴努力奋斗。其中刻苦勤奋、聪明好学的陈景润，更是受到老教授的关注。

另一位是年纪在三十左右的数学教授，他毕业于清华大学，学识渊博，尤其在数学一块小有成绩。自小对数学感兴趣的陈景润在数学上表现了极大天赋，当时老师发下来的厚厚数学书，陈景润不到两个星期就全部做完了，这让年轻的教授十分的意外，于是对他十分的关注，经常独自给他上课，并且进一步激发他的民族意志。他跟陈景润说："自然科学的发达才是一个国家、民族复兴的根本希望，而数学又是自然科学的基础学科。"陈景润在初中疯狂的学习数学知识，在初中三年里，陈景润一直保持着数学成绩的优异。

1945年，中华民族经历了八年民族解放、抗日战争之后，终于迎来了浴火重生的时刻，那就是新中国即将成立。陈景润就在此时进入了福州英华书院读高中。在这里，陈景润又遇上了一位彻底改变了他一生的人——沈元老师。

沈元曾任北京清华大学航空系主任，他当时是陈景润的班主任，同时也兼教数学、英语两门学科。在沈元的数学课上，他出了一道难度比较大的数学题，衣衫褴褛的陈景润很快就算出了答案，他的心算速度与才思敏捷得到沈元老师的赞赏。沈元为陈景润讲述了古代中华民族在数学上的辉煌成就，并跟他说：“‘哥德巴赫猜想’是数学史上至今无人能解的一道谜团，它就像是王冠上的明珠。”从此，陈景润与“哥德巴赫猜想”结下了不解之缘，他发誓要复兴中国数学的辉煌，早一日摘取数学中的“王冠明珠”，解开“哥德巴赫猜想。”

之后，陈润景进入厦门大学，在读书期间，陈景润利用课余时间，攻读了中国著名数学家华罗庚先生的所有著作。为了能够更好地吸收国外数学知识精华，他又学习英语、俄语、德语和西班牙语等多门外语。在大学期间，陈景润每天都泡在图书馆当中，身上带了两个窝头，饿了就啃窝头。有一次，他读书读到忘我的境界，以至于忘记了图书馆关门的时间，图书馆管理人员不知道还有人留下，竟把陈景润锁在了图书馆当中。

1953年，陈景润在厦门大学毕业，随后在北京四中任教，因为他口齿不清的缘故，陈景润没能上台讲课，只是为学生批改作业。之后又调回福建厦门，在厦门大学担任资料员。在这期间，陈景润从没有放下对数学的研究，他对华罗庚、苏联数学家N.M.维诺格拉多夫等人的专著有很大的理解和看法，这些看法引起了华罗庚教授的注意。在华罗庚先生的力荐之下，陈景润进入科学院数学研究所，从此迎来了陈景润人生的辉煌史。

与华罗庚的师生情

陈景润的一生饱经沧桑，这和华罗庚十分相似。华罗庚力荐陈景润进入科学院数学研究所，这成为陈景润一生的转折点，使得陈景润由狭小的图书馆空间进入了广阔的数学世界。

在科学院数学研究所内，数学名家齐集。在华罗庚教授的指导下，陈景润视角逐步地开阔起来，充分地领略、吸收了当时世界上最先进的数论研究成果。在这期间,陈景润写下了关于华林、圆内整点问题的数学论文,获得了极大的成功,同时和华罗庚结下了深厚的师生情谊。陈景润自己也说,自己的每一项成就都离不开老师的亲切指导,是华罗庚的指导,使他逐渐的掌握到世界前沿的数学知识。

20 世纪 70 年代到 80 年代,陈景润多次受邀到国外讲课,每次临行前,陈景润都要到华罗庚的住处辞行,以表示对老师的尊重。1985 年,受邀前往日本讲课的华罗庚得知陈景润竟然和自己一样,患上了帕金森综合征,对此十分的伤心,在临行前,他去医院看望自己的弟子,他说:“医院的王院长查出来我也可能患上了帕金森综合征,等回来咱们一起在这里住院。”

谁能想到,师生俩这一别竟成永诀,同年 6 月 12 日,在东京大学的讲坛上,华罗庚心脏病复发猝然倒地,不治身亡。消息传回国内,陈景润哀恸之下泣不成声,嘴里不住地念叨:“支持、爱我的老师走了,引导我的恩师不在了……”

当日,华罗庚的遗体从日本接了回来,安葬在为祖国解放事业付出生命的革命烈士公墓中。陈景润当时已经抱病许久,他却仍然坚持拖着病体赶到八宝山公墓,拜祭恩师灵堂。整个追悼会历时四十多分钟,陈景润啜泪不止,扶棺痛哭,他二人之间的师生情谊当真是令人动容。

对华罗庚老师,陈景润有过很高的评论,他说:“华老师要是在第二次世界大战之后选择留在美国,以美国的条件,华老师在数学上的成就和贡献,肯定要大得多,但中国的数学也就别想发展到今天的地步了!”

生命中的另一半

陈景润和所有的名人一样,也是饱经磨难。儿时的困苦经历自然就不用再说了,成年之后的陈景润身体很不好,经常住进医院。1977 年,在全国科学大会上，邓小平同志对陈景润关怀之至，会议结束后，便将陈景润送入北京解放军309医院高级干部的病房中养病。

有一句话叫做“福兮，祸之所伏；祸兮，福之所倚。”陈景润没能想到，年近半百的他，会在这里遇上生命中的另一半。

陈景润在医院时，他已经是国际上声名大振的数学家了，可是生活中的陈景润，却是不折不扣的糊涂虫，在日常生活中，连普通日常商品的分类都弄不清楚，一些普通的日常商品，连名儿都叫不出来，由此，陈景润又被人们戏称为“痴人”、“怪人”。连生活当中的小问题陈景润都没注意过，何况是女人呢?陈景润当时已经44岁，在他过去的生活当中，似乎没有想过结婚生子。

医院里住着这么一位声名不小的数学家，让整个解放军医院轰动不小。医院里头有不少对陈景润崇拜的人。这当中就包括刚刚由武汉解放军医院分配过来进修的女医生——由昆。当时的由昆还有些腼腆，她是被同伴拉着过去看这位大数学家的。由昆回忆道:“自己从未想过会和这位数学研究中的大家，诞生出一段感情。”

当时的陈景润第一眼见到由昆，也是眼前一亮，很少接触女同志的他，客气地请他们进屋来坐。无独有偶，后来由昆被派到陈景润的病房当值，这就为两人提供了契机，陈景润大为振奋，开始了自己的爱情攻势。他先是放低身份，亲切的和她交谈，由昆也对这位声名显赫，却平易近人的数学家产生了好感，两人渐渐成了好朋友。当两人相处日深后，陈景润又小心翼翼的试探由昆一些私人问题，得知由昆并没有成家后，陈景润更是大受鼓舞。终于在连番的感情攻势下，抱得美人归，两人在1980年正式结婚。

婚后，两人生活还算美满，只是相聚时间比较少，陈景润还是一如既往地，将大部分的时间奉献给了他的数学研究。让由昆还算满意的是，每当早晨自己离开家上班的时候，陈景润总是送她到门口，晚上下班回来，陈景润便迎出书房。

陈景润对时间很是吝啬，他不想影响自己花在数学研究上的时间，但又想抽出些时间来陪陪妻子逛公园、逛大街，于是便想出一些“两全其美”的“好办法”。陈景润每天凌晨五点，带着由昆坐公交车到北京植物园游玩一番，七八点钟，公园内游人多的时候，陈景润已经和妻子回到家中了。陪老婆逛街的时候，陈景润总是先将身上的钱掏个干净，说是带钱购物太浪费时间，今天先陪她到超市里转转，想买的东西，第二天她自己带钱来买。对此，由昆是哭笑不得。

最让由昆感动的是，孩子出生时，陈景润对她十分关心。当时医院希望家属能够在手术单上签字，可陈景润却坚持要医院能够保证妻子的生命安全才肯签字。签了字之后，陈景润还在名字下面写上这样一行字：“务必保证我妻子手术后，能够身体健康、正常工作。”医院又问他，如果出现紧急情况，是保大人还是保婴儿？陈景润当时毫不犹豫地说要保大人。当时的陈景润年纪已经大了，按道理来说，他该保住小的，将来好有人送终养老才是，可是陈景润却是要大不要小，这让由昆很感动，更加肯定嫁给陈景润是自己一生中所作出的最正确的决定。

儿子出生之后，陈景润给儿子起名为“陈由伟”。两岁时的陈由伟，已经很聪明伶俐，一岁学儿歌，两岁背单词。在孩子出生前，夫妻两个曾经不止一次的讨论儿子的教育问题。陈景润表示，如果生的是男孩，那就继承父亲的志向，继续学习数学；如果是女儿，就让她继承母志，学习医术。可是，当儿子真的出生后，陈景润却表现得很开明，他说，儿子将来愿意干啥就干啥，决不强求。对儿子的教育，陈景润表现得很民主，从来不打、不骂、不罚，小陈由伟唯一一次挨打是因为出于调皮，将家中壁纸乱涂乱画，陈景润便轻轻打了他屁股三下。

陈景润在半生磨难之后，在生命的晚年得享天伦之乐。据说，陈景润在看报纸的时候，由昆会给他按摩，儿子给他捶腿。由昆还会将外面世界的一些见闻说给丈夫听，儿子跑前跑后，端茶递水，一家人生活的其乐融融。后来，由昆回忆往事的时候说，那一段时光是她最为怀念的。

全民偶像

从1958年至1990年，三十多年的时间里，陈景润发表了研究论文50余篇，出版专业著作4部，在关于“哥德巴赫猜想”的数论研究中，取得了辉煌的研究成果，并多次应邀前往英、法、美等国讲课。

陈景润为了数学研究奉献了一生，时间在他眼里是最珍贵的东西。在最初的日子中，为了早日摘取解开“哥德巴赫猜想”的桂冠，陈景润住在一间不足六平方米的小房子中，夜以继日的探索研究，光是用来计算的草纸，都装了几麻袋。陈景润艰辛努力，终于获得了回报，他发表重要论文《表达偶数为一个素数及一个不超过两个素数的乘积之和》，这是“哥德巴赫猜想”研究中里程碑式的著作，受到国际数学家们的高度赞赏和重视，并被英国数学家哈伯斯坦和德国数学家黎希特定名为“张氏定理”。英国数学家赫胥黎对陈景润的成果十分赞叹，在写给陈景润的信中，他称赞说：“啊，你移动了一座大山，使它向前推进！”

1974年，在周恩来总理的极力推荐之下，陈景润成为第四届人大代表。之后又担任第五届人大代表，并当选全国人大常委。1979年，陈景润的《算术级数中的最小素数》再一次在数学上取得突破，将最小素数由的80推到16，引起国际数学界的轰动。1980年，47岁的陈景润，被推选为中国科学院数学部委员。

陈景润虽然是驰名中外的数学家，但他非常谦虚，他曾经说过“科学的坎坷大陆上，我只是翻过了一个小小的山包，真正的高峰我还没有攀上去，我还要继续努力才成。”

陈景润先生的一生可谓是坎坷，1984 年 4 月 27 日，在横穿马路时，陈景润先生不慎被一辆飞驰而来的自行车撞到，本就身体很差的陈景润，因此诱发了帕金森氏病。1996 年 3 月 19 日，陈景润病发住院，经抢救无效后死亡。

尽管陈景润不幸逝世，但他对中国数学发展所作出的贡献，至今不可磨灭，在中国人民心中，陈景润永垂不朽。为了纪念陈景润的功绩，中国邮政局发行了陈景润邮票。紫金山天文台发现的一颗行星，也被命名为"陈景润星。"

在陈景润逝世后，中国大地再一次掀起了"陈景润旋风"，一夜之间，陈景润几乎成了科学的代名词，科学家、数学家成了人人向往的职业，"学遍数理化，走遍天下也不怕"，这句话成为了大众们的口头禅。这一切都表明陈景润在中国人民心中存在着十分强大的生命力、影响力！

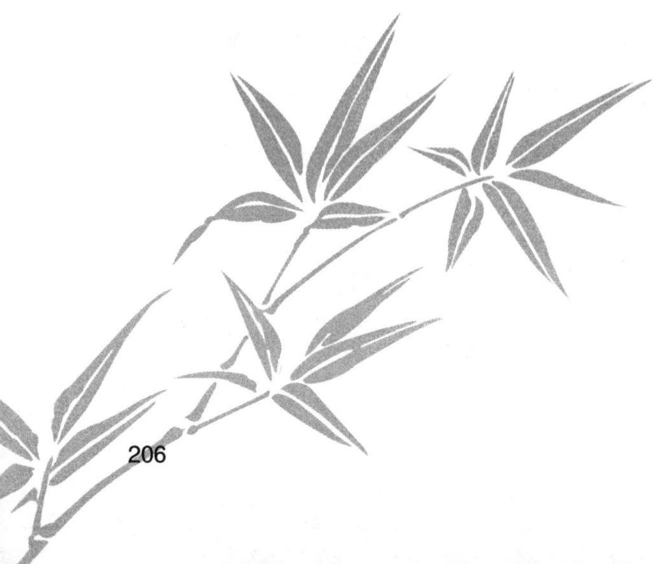

欧阳自远

中国“嫦娥之父”

——进入太空不只是外国人的专利

姓　　名	欧阳自远
籍　　贯	江西吉安
出生日期	1935 年 10 月 9 日
人物评价	中国著名的月球探测工程的首席科学家、有着“嫦娥之父”的荣誉称号，同时也是中国著名天体学家、地球化学家。

欧阳自远是中国现代天体化学的开创者，他通过对各类地外物质（包括陨石、月岩）和比较行星的研究，首次提出了铁陨石形成过程的假说。他利用宇宙陨石留在地球的尘埃，划分了宇宙尘成因类型，他的假说被国际社会公认，并引起了不小的轰动。此外，欧阳自远积极参与、指导中国探月工程，首次设计出中国对月球的科学探测目标和方案。他是我国对月球探测工程的首席科学家，被国内众多科学家誉为“嫦娥之父”。

不愿继承祖业的“逆子”

欧阳自远祖籍在江西上饶，出生于钟灵毓秀的江西吉安。1935 年农历的九月份,一个小男孩在这天就要出世了,欧阳自远的母亲在分娩的时候遇到难产的情况,痛苦折磨了母亲一天一夜,最后在西医先生的帮助下,用产钳将欧阳自远钳了出来。

家人在给他起名字时,侧房中的舅父正在读孔子的《论语》,正好念道:“有朋自远方来,不亦乐乎?”父亲便问舅父孩子该取个什么名字,舅父想到欧阳自远如此艰难才来到人世,结合实际,就给取《论语》中的“自远”二字。没想到舅父起的名字,竟是一语成谶,欧阳自远后来在很年轻的时候就离开了家乡,一走四十多年没再回来,研究的课题也是离人类生活很神秘遥远的天空。

欧阳自远出生于一个医药世家,他们家为革命做过贡献。他出生时,中国大地正遭受着空前的屈辱,外有敌人入侵,内有国民党腐败政权当政。为推翻国民党反动政权,共产党举行了武装起义,并在欧阳自远的家乡不远处井冈山建立红色根据地,以求实现共产主义,改变中国落后混乱的局面。

欧阳自远的外祖父对共产党很是佩服,他全力支持共产党,面对国民党对革命根据地的疯狂围剿行动, 外祖父曾经偷偷地将一些稀缺药材送到根据地。后来事情败露,父亲为了救外祖父,替外祖父去蹲了一段时间的牢房。欧阳自远生活的江西吉安是宋朝文学大儒、“唐宋八大家” 之一欧阳修的故乡,巍峨高耸的井冈山,翠竹苍松,泠泠清泉,清秀壮丽的大自然山水让欧阳自远见识到了大自然的鬼斧神工,这也对他的童年时代带来了深刻的影响,一方水土哺育了他对地质学的热爱。

欧阳自远有着强烈的好学之心和好奇之心, 年纪幼小的他对大自然中的一切旖旎风光,都充满了疑问。经常两手托着下巴,望着天空,眼睛不停地转悠, 脑袋里全是琢磨不透的奇怪问题: 太阳为何能够永生永世地照耀地球?月亮皎光为何总是晶亮?什么时候,人类能够从这个地球中跳出去?

在上中学时,欧阳自远对天文学产生了浓厚的兴趣。夏夜,当他凝望漫天繁星之时，脑海中呈现出“嫦娥奔月”、“牛郎织女”等神话，他盼望着自己哪一天能够飞上天空，探寻天空的奥秘。

之后，欧阳自远随着全家搬到了永新县居住，当时，欧阳家的“九州药房”在当地很有名气。欧阳世家希望欧阳自远能够继承先辈的基业，而且欧阳自远天性聪慧，正是学医的好材料，家族中都很希望能出一个正统医科出身的医生。可惜的是，欧阳自远却选择了另外一条路，完全地拒绝了父辈们让他从医的要求。1952 年，欧阳自远高中毕业，当时的中国，刚刚成了代表中国无产阶级利益的新中国政权。在历经了一个世纪的国家屈辱和内战后，中国正处于百废待兴的历史时期，中共政府急于发展和恢复中国的国民经济，以及民族工业。而发展工业最重要的是就是地质资源。所以国家提倡和鼓励学生报考地质专业。欧阳自远响应党内的号召，舍弃了父亲希望他学医的愿望，舍弃了“上天”的遐想。为了帮助祖国实现工业化，唤醒埋藏在祖国地下深处的宝藏，欧阳自远在高考填报志愿时，选择了报考北京大学地质学、南京大学天文学、北京大学化学系。

1952 年 9 月，欧阳自远如愿以偿，进入了北京地质学院，在那里，欧阳自远凭借着自己勤奋、刻苦、好学的精神，被评为全校优秀学生和全北京市的“三好学生”。在北京地质大学毕业时，欧阳自远的毕业论文《寿王坟矽卡岩型铜矿的成因》，因为论据充分、准确，并且有独特见解，被评选为优秀毕业论文。

四年的大学生活，不仅培养了欧阳自远必要的基础知识和分析问题、处理问题的能力，还培养了欧阳自远对地质学的兴趣以及热情的情操。在大学毕业后，欧阳自远又考取了中国科学院地质研究所矿床学专业硕士研究生，师从于以学风严谨著称的矿床地球化学家涂光炽教授。之后，欧阳自远主要从事长江中下游的铜、铁等矿床物质的研究。

在这里，欧阳自远再一次发扬了刻苦学习、工作的精神。从 1957 年开始，欧阳自远机械化地每天重复着自己的生活：每天准备一壶水、两个白面馍馍，背着两只大袋子，到那些凹凸不平的坑道中观测矿脉，采集样品。

那些坑道是地质采矿时留下的，当时有的还正在施工，有的甚至还要进行爆破，在那里进行考察，欧阳自远的生命时刻面临着危险，但是欧阳自远却始终没当一回事，继续自己的研究。为了弄到第一手的资料，往往都要通过摄像机去拍摄。当时的拍摄功能很差，没有闪光照，所以只能选择用灯泡照明。

每次在进入坑道前，欧阳自远都事先准备好三只灯泡，拍摄一张照片就要炸掉一只灯泡。所以欧阳自远总是要反复选址，选中最佳位置才能保证每一个灯泡都会拍到有科研价值的照片。每次从坑道中爬出来后，欧阳自远身上都是又湿又脏，但他却毫不在乎，常常为了一些新发现而欣喜不已。每次回北京时，他身上总是携带大批量的资料，甚至拉回十几箱子的石头。

研究生毕业后，欧阳自远在著名的地质学家侯德封的领导下，从事地质学的研究工作，当时侯德封对欧阳自远十分重视，认为欧阳自远治学态度严谨，派他到中国科技大学学习了一年的核物理，然后又到中科院进修了半年的加速室。侯院士和涂光炽教授的谆谆教诲影响了欧阳自远的一生，使欧阳自远对中国的国防与科技事业的发展拥有了极为敏锐和超前的意识。

1964 年初，中国也在研制核武器，所以需要建设核武器场地。欧阳自远在国防科委的委托下，为了打破核武器垄断的局面，他组建了一支庞大科研队伍，这支队伍人才齐全，都是国内顶尖的地质学者这支队伍在欧阳自远的带领下，承担了中国地下核试验场和实验前后地质综合学的研究，确立了中国第一个地下核试验场。随后，欧阳自远参与，并完成了第一次、第二次地下核试验、高空核爆炸、触地核爆炸等多方面的研究，为祖国争夺了荣誉，同时也为中国的核武器研究和国防科技水平的提升做出了不可磨灭的功绩。

探月工程

1957年，苏联第一颗人造卫星顺利升空，整个社会主义体系的国家十分兴奋。同样，中国也为此庆祝。这件事情让欧阳自远受到了极大的刺激，他敏锐地觉察到，人类将迎来“太空时代”，于是毅然放弃了手头的工作，投入对天体的研究中。

1978年，美国国家安全事务顾问布热津斯在访问中国时，颇为玩味的送给中国国家领导人一件礼物，那是一个月球岩石样品。中国当局对此极为重视，立刻将这块岩石送到了中国天体研究工作者的领头人欧阳自远手中。

欧阳自远后来回忆，他拿到岩石样品时说道：“美国人曾经六次登上月球，这一块岩石是美国人什么时候登上月球采集的?是在月球的哪一处地面采集的?对于这些，我们都一无所知。我小心地将半块岩石留下来作为研究对象，将另外半块送到了北京天文馆，希望我们中国人民也能够亲眼见识到月球的一部分。为了研究这块只有0.5克的石头，我们先后发表了40多篇相关的论文，最终得出这块是‘阿波罗17号’采集的，并确定出，这块样品岩石的采集地点，以及采集地是否受到了阳光的照射等答案。”

在美国登上月球之后，很多国家纷纷制定并宣布出自己国家的探月工程计划，欧阳自远从1994年开始，也在极力劝说中国应该开始展开探月工程的项目计划。在此之前，1992年前后，很多科学家已经提出了“嫦娥奔月”的想法。1997年，因为中国为了迎接香港的回归和提升香港回归的政治影响，中国一些学者提出，利用火箭运载往月球上发射一个象征中国的铁质标志的想法。但是，当时的中共中央考虑到此举只是政治举动，对中国的科学研究没有任何的实际价值，因此经过讨论之后，这一提议被中央否决。

后来的“863”计划专家组邀请欧阳自远递交一份正式探测月球的科研

报告，到 1994 年，专家组通过了欧阳自远的报告，欧阳自远得到了一笔用于探测月球的科研经费，这也是中国第一笔用于月球的钱。

2003 年年底，欧阳自远关于月球探测工程的科学报告被送进了中南海，次年 1 月 24 日，温家宝总理在报告书上签字，国家正式批准了“嫦娥一号”的计划方案，经过近十年的准备，欧阳自远的“嫦娥工程”终于得以实施，欧阳自远是该工程的首席科学家。

说到探月工程的计划，欧阳自远将他的奔月畅想曲总共分为三个阶段。

第一个阶段，即“探”。研究小组发射一些不载人的月球探测器，探索月球的奥秘；

第二阶段“登”，即载人登月阶段。研究小组发射一些航天工具，向美国一样，正式登上月球；

最后一个阶段，“驻”，即人类在月球上设立月球基地，创造可供人类居住、工作、生活、实验的地方，进行长期的“驻”月科学考察活动。

第三阶段看上去还很遥远，至少对当代的中国人来说，还是遥遥无期。至于登上月球的第二阶段，也不是短期内可以实现。至于近期对月球的科学探索阶段，则又分为三期实施：

第一期，绕月探测。2007 年，中国发射第一个月球探测器，也就是“嫦娥一号”月球探测卫星，绕月飞行一年，对月球进行全球性的综合探测，除了达到科学目标和工程目标外，还要初步建立中国对月球探测技术的研制体系，培养相对应的月球探索人才，进一步推动对月球的探索活动。

第二期则计划在 2009 年到 2015 年，对月球进行多次着陆探测，用登陆的月球车逐步地勘测月球的地形地貌、地质构造、岩石成分、月球土壤层的厚度、结构，展开对月基本的天文观测，为将来建立月球基地收集基本数据资料。

第三期是在 2015 年之后，月面自动采样工作完成，并返回地球，再发射小型的采样返回舱，进行就位勘察，采集关键性月球样品返回地球。在完成这第一阶段的工作后，中国就将展开登陆月球的计划。

勤奋的工作精神

几十年的工作学习，让欧阳自远形成了艰苦、勤奋的工作态度。古人说大禹治水，三过家门而不入。在四十年的工作生涯中，欧阳自远也是多次经过故乡，而没有回去看看。为了科学研究，欧阳自远曾经两次拒绝朋友们的从政邀请。

上世纪八十年代初，在贵阳中科院地化所工作的欧阳自远，受到当时贵州省委领导的赏识，推荐欧阳自远出任管理贵州省教科文工作的副省长，当时的欧阳自远年近四十，正是壮年的时候。不过，欧阳自远却委婉地拒绝了省委从政的要求，自谦地说道："我没时间，更没有能力担当副省长的重任。"几年后，欧阳自远再一次以同样的理由，婉拒了贵州省委从政的邀请。直到90年代，盛情难却的欧阳自远担任了两届贵州省委。

据说，欧阳自远虽然年近古稀，但是勤奋艰苦的工作作风仍然不改。据他的妻子说，欧阳自远在家中甚至常常分不清擦脸布、擦脚布，每天一下班回到家，就直奔书房，他对自己每顿饭吃什么、每个月拿多少工资，都不在意，甚至也不清楚。常常一件衣服，一连穿几十天也不知道换。

到上世纪六十年代末，为了祖国的核武器发展，欧阳自远一连好几年都没有回家，是他的妻子邓筱兰女士在家中含辛茹苦地抚养孩子。因为孩子很少见过爸爸，欧阳自远回到家时，孩子都不认识爸爸，等妈妈回家时，竟告诉妈妈家中来了陌生的叔叔。

提到对后代的教育，欧阳自远很是开明，他坦言，学习地质学是一件非常辛苦的事情，所以不希望自己的儿子和后代跟自己一样学习地质学。三个孩子在妻子的教育下，都取得了了硕士、博士学位。

如今，欧阳自远虽然年事已高，却仍然不忘祖国的探月工程工作。2008年北京奥运期间，欧阳自远还亲自传递奥运圣火，成为了在贵州省传递时的第一位火炬手。

丁肇中

不忘祖国的美籍华裔

——人什么都可以浪费，除了时间

姓　　名	丁肇中
籍　　贯	山东日照
出生日期	1936 年 1 月 27 日
人物评价	享誉全球的著名物理学家，1976 年的诺贝尔物理学奖获得者，J 粒子的发现者。

丁肇中多次远渡重洋，到国外进行学术交流和学术访问，努力地促进国际和中国在物理学上的交流。丁肇中虽然在美国，但是心里惦记着祖国，他说："中国有着五千年的文化，在人类自然发展史上有过卓越贡献，今后将会做出更大的贡献。我希望在短时间内，为中国培养更多的人才。"

读书狂人

1936 年，丁肇中的父亲丁观海同妻子王隽英，受邀到美国进行学术访问。在访问的期间，早就怀有身孕的王隽英意外早产，在美国生下了丁肇中。

丁肇中祖籍在中国山东日照，父母当时都在大学中任教，出生于学术氛围浓厚的家庭。丁肇中的祖辈也是人才辈出，往上数几代，丁家人在大清朝的时候，曾经出过很多进士、举人，丁家在当地是有名的书香门第。

丁肇中的外祖父，曾经是孙中山领导的同盟会会员，为反封建、反帝国立下了不少功劳。甚至为了革命散尽家财，后来事情败露，外祖父被清朝政府砍头。

在美国，提前来到人世的丁肇中，三个月后随着父母回到了多灾多难的中国。因为抗战的爆发，中国大片领土丢失，丁家为了躲避战乱，随着国民政府四处逃难，就像是一家子难民一样。因为动荡，这时候的丁肇中自然没能受到任何正规教育。

1948 年，国民党内战的节节败退，使丁肇中全家随着国民政府迁到了台湾。到了台湾后，丁肇中才算能够安稳地读书。

受到家庭和父母的影响，丁肇中自小学习刻苦努力，对任何学科都带有一丝不苟的严谨精神。他不放过任何一个学习的机会，遇到难题的时候，丁肇中表现出了极高的耐心，为了解开一些谜团，丁肇中几乎整天将自己关在图书馆当中。这对他后来在物理学上的研究，起到了不小的作用。

丁肇中是在台中读了一年小学，随后考入台北成功中学，1950 年又考入台湾建国中学，在那里，丁肇中受到十分严格的正规教育。同时，在这一阶段，丁肇中同物理学结下了不解之缘。在建中读书期间，丁肇中的数学、物理以及历史成绩都非常优秀，尤其是历史，因为丁肇中十分喜爱中国历史，所以经常考满分。

1955 年，丁肇中从建中毕业，考入了成功大学机械工程系。次年，刚满二十岁的丁肇中依依不舍地离开了父母，远渡重洋去美国学习。丁肇中进入美国密歇根大学，攻读物理和数学。并在 1960 年获取硕士学位，两年后取得博士学位。在这期间，丁肇中经常打破理论知识的局限，到现实当中去理解物理现象。

丁肇中原本立志成为一名理论物理学家，但导师乌伦伯克教授的一番话改变了他的志向。当时，乌伦伯克教授对这位虚心好学、勤奋务实的中国留学生十分喜爱，一再告诉他物理实验的重要性，一个有用的物理实验要比多条物理理论来的实用。当年夏天，丁肇中和两位教授进行物理科学实验，这让丁肇中理解到实验的乐趣和重要性，丁肇中从此改变了最初的志向，决定转型成为实践物理学家。

一举成名天下闻

完成博士学业后的第二年，丁肇中获得了福特基金会颁发的奖学金，到日内瓦欧洲核子研究中心工作。1964 年到 1967 年，三年的时间内，丁肇中一直在美国的哥伦比亚大学工作。

在此期间，丁肇中完成了测量电子半径的重要物理实验，使得丁肇中成为享誉全球的物理学家。他的实验结果推翻了之前所有科学家们的实验结论，将之前关于电子半径的研究成功完全否定。同时，丁肇中理解到，做物理实验，一定不能盲目地屈从于那些所谓的专家们的观点。

1967 年，丁肇中在美国麻省理工学院担任物理学系的教授。1975 年，他当选为美国科学院院士，主要从事粒子物理学、量子电动力学、电弱统一理论等方面的研究工作。1974 年，丁肇中发现了 J 粒子，这使他迎来了人生的巅峰。这一发现让丁肇中站在了物理学的制高点，并让他获得了科学界最高荣誉奖项——诺贝尔物理学奖。这个发现被物理学界誉为物理学发展史上的里程碑。

丁肇中在总结这段历史的时候，感慨地说："做基础研究，一定要有自信心，认为正确的事情，就应当坚持去做，不要在乎多少人会反对，也不要在乎其他人怎么看待。"J 粒子的发现在科学界引起了不小的轰动，它将人类对物理学关于微观世界的研究引入了另一个新天地，被科学界称为“物理学的十月革命。”

除了J粒子外，丁肇中在物理研究领域也取得了其他一些举世瞩目的成就，主要包括：反氘核的发现；胶子喷注的发现；胶子物理的系统研究等等。

同时，丁肇中也热衷于培养物理人才。1981年，丁肇中组建和领导了一个国际合作组织——L3组织，L3组织成员包括中国在内的世界13个国家，组织内有数百名物理学家，这些物理学家都是顶尖的人才。

心系祖国

“树高千丈，落叶归根”。尽管丁肇中早已经加入了美国国籍，但他对祖国始终不忘。比如，在诺贝尔奖的颁奖仪式上，丁肇中坚持用汉语发表获奖演说，他一口流利的中文，让全球华人为之骄傲！因为这是自诺贝尔奖项设定以来，第一次使用汉语！这次演说再一次体现了丁肇中先生的爱国之情，和他对汉语的热爱。

同时，丁肇中时时刻刻不忘祖国物理科学的发展进程。

1977年，中国接受了美籍华裔科学家丁肇中的访问。在访问期间，丁肇中对祖国科学事业的发展表现了很大的热心。他向当时的国家领导人邓小平提出了派遣科学家来自己的科学实验小组工作的建议，这个建议被邓小平当面采纳。从第二年开始，一直到之后的十多年中，丁肇中的科研实验小组共接纳了上百名中国科学家。

丁肇中说：“和祖国的合作令人愉快而又满意。”他表示：“这几年当中，中国科研人员的素质有了很大的改善和提高。而且，从科研小组的领导到一般的科技人员，他们都大大地年轻化了。科学，尤其是自然科学的发现，都要靠年轻来人实现。像著名的科学家牛顿、法拉第、李政道、杨振宁等等，他们的重要科学发现和贡献，基本上都是在年轻时候发现的。因此，对科学院年轻的科学家们，我都是抱有十分大的希望。”

在接纳大批的中国科学家的同时，丁肇中不忘帮助中国培养科学家，尤其是物理学家，他努力地促成中国的物理学家同国际上的物理学家们多接触和交流，并担任了中国科技大学名誉教授等职务。

丁肇中对家乡有股别样情怀，山东日照一直是丁肇中心中魂牵梦绕的地方。2002 年，丁肇中第二次回到故乡祭祖，这距离 1948 年离开家乡已经有大半个世纪，回到故乡的丁肇中心中唏嘘不已，同时也很后悔没能带儿子来，他说，他应该让儿子知道，他的根，在这里。2005 年 6 月 18 日，丁肇中携妻带子再一次回到故乡山东日照，他即将祭祖扫墓的消息让很多日照人大为震动。在丁肇中故乡，人们前来欢迎这位闻名中外的科学大师，他荣归故里，让日照人民大为激动，丁肇中内心也激起了澎湃之情。

参观过父母生前居住过的地方后，丁肇中应大家要求，决定题字留念。他考虑了一会，还是让自己的美国妻子苏珊先写。这位金发碧眼的西方女士，完全没有东方人的婉约娇羞，她表现出美国人民的豪迈大方，提起毛笔在白纸上，用英文写下：“对于丁氏家族而言，今天是一个特殊的日子，用中国的那句古话：树高千丈，落叶归根。苏珊，2005 年 6 月 18 日。”妻子写完之后，丁肇中又从爱妻手中接过笔，先让儿子克里斯托弗签上名字，最后才在最后一行，署上自己的大名：丁肇中。

丁肇中有三个孩子，当时唯一跟随父亲回乡祭祖的只有克里斯托弗·丁，当时克里斯托弗只有十九岁，正在美国密歇根大学读大二。爷爷丁观海对这个年轻的中美混血孙子十分喜爱，特意为他起了一个中文名字丁明童，还为两个没见过面的孙子也起好了名：丁明美、丁明明。

对父亲的家乡，年轻的丁明童很好奇，丁肇中希望自己的儿子能够和自己一样，热爱自己的故乡，所以每到一处参观的时候，丁肇中便用英语为儿子解说。他用英语告诉儿子，他说“美国人喜欢到欧洲，那是因为他们的祖先在欧洲；你来中国，也应该找到你自己的祖先。”丁肇中的努力最终达到了目的，丁明童也很快地爱上父亲的故乡。在故乡之旅结束后，丁明童回忆当时的情形，颇为感慨地说道：“这一次我去了爸爸和爷爷的家乡，参观了故居，从中我了解到父亲几代人的生活情景，这将是我一生最难忘的经历。”

天才是怎样炼成的

丁肇中因为长期从事科学研究，所以形成了自己的学术思想。他研究物理学的思路很特别，他坚持在科学研究中重视物理学的实验。他认为，物理学就是通过实验和理论基础的相互结合而发展起来的。理论知识能够向前发展，需要用有力的实验事实来验证它的真实性，并且，实验中的新发现可以对接下来的物理研究作出预言。特别是当物理学理论和实验结果相矛盾的时候，就会产生物理学的革命，还会造成物理学新理论的形成。

对此观点，丁肇中结合重要的物理学历史和自己的亲身经验，他指出了实验的重要性。他根据实验发现了很多的物理现象。例如，k 介子在衰变中，它的电荷复合对称性不守恒；J 粒子的发现；高温超导体的发现。这些都奠定了现代物理学的研究方向。

丁肇中对学术研究的态度也让人起敬。在大陆、台湾读书的时候，丁肇中就养成了一丝不苟的精神，对每一道难题，丁肇中都坚决不放过。曾经为了一些难题，他不知疲倦地苦苦思索一整夜。当他终于揭开答案了，他又跑到图书馆当中翻阅各种资料，希望可以找到验证自己的解题方法是否正确的书籍，直到确定自己的解题方法的的确确没有错误后，丁肇中才欣然离开。他的这种求学态度和古代陶渊明读书不求甚解的态度不同，丁肇中对所学知识要求一定要熟练掌握，这样才肯满意。

在课堂上，丁肇中总是认真听讲，认真思考，不论有没有答对老师提问，丁肇中都举手回答问题。课间的时候，丁肇中总是和大家一起讨论课上讲解过的题目，巩固而知新。课余的时间，丁肇中总是去图书馆，和那些资料书籍为伴。当同学们在一起进行打球、游戏、看电影等娱乐活动的时候，丁肇中却将自己泡在书海里，他认为："最浪费不起的就是时间，一寸光阴一寸金，光阴比寸金还要贵重"。

青少年时代刻苦学习、求知的经历，深深地影响了丁肇中日后的科研研究。曾经在自己的研究室内，丁肇中带领的研究小组遇到了一个十分棘手的问题。为此，丁肇中曾经这样比喻："在雨季，一个像波士顿这样的城市，一分钟之内也许要降落下千千万万粒雨滴，如果其中的一滴有着不同的颜色，我们就必须找到那滴雨。"为了早日将"那滴雨"找到，丁肇中带领他的研究小组夜以继日地工作。辛勤的劳作，最终换来了不菲的成就。

此外，丁肇中先生崇高的人格也让人敬佩。在 2004 年 11 月 7 日，南航的报告厅中，学子们对丁肇中先生钦仰许久，报告会开始后，大厅中座无虚席。报告会结束后，按照惯例，参与听讲的学生向丁肇中提出了一些疑问。可是，让学生们没有想到的是，丁肇中"一问三不知"，一口答了三个"不知道"。

丁肇中在回答"不知道"时，态度诚恳自然，绝非矫揉做作。他表示，不知道的事情，完全不能以主观臆想去胡乱地猜测。对丁先生"知之为知之，不知为不知"的严谨教学精神，学子们报以热烈的掌声。如今，年事已高的丁肇中仍然没有放弃学术研究，人们希望丁肇中可以在晚年再登科学高峰！

李远哲

舍弃美国国籍的化学家

——无论生活还是研究，必须认真，打破沙锅问到底

姓　　名	李远哲
籍　　贯	台湾新竹市
出生日期	1936 年 11 月 29 日
人物评价	他是第一位获得诺贝尔奖的台湾人，他在化学动力学、动态学、分子束及光化学方面贡献卓著。同时还推进两岸文化、学术的交流，培养了无数学子。

李远哲在化学动力学、动态学、分子束及光化学等方面研究成绩斐然，在 1986 年同美国化学家约翰·波兰伊、赫施巴赫共同获得当年年度的诺贝尔化学奖。1994 年，李远哲毅然放弃美国国籍，回到台湾，成为中国台湾地区首位获得诺贝尔化学奖的科学家。

诺贝尔奖得主

李远哲的祖籍在中国东南沿海福建南安地区，后来迁居台湾，父母均出生在台湾地区。李远哲的父亲是台湾当地有名的画家，父亲出生于台湾新竹

县武昌路，母亲是台湾小学教师，出生在台中的梧栖镇。

李远哲于1936年11月19日生于台湾新竹县，当时的台湾正值日本殖民统治时期，李远哲在日本人的暴政下，度过了他的童年。1943年，7岁的李远哲进入日本殖民当局建立的新竹国立小学，李远哲在学校当中积极参加棒球队、乒乓球队等活动，在小学期间，他认识了妻子吴锦丽。

1945年，抗战胜利之后，台湾光复，中国恢复了对台湾的统治权。1949年，国民党内战战败，不得已将政府迁到了台湾地区，同年，李远哲进入台湾"国立"新竹中学，他在学校任校乐团长号手。中学毕业后，李远哲进入台湾大学，在大学期间，年轻的李远哲对化学的研究产生了浓厚的兴趣。

1959年，台湾大学毕业后，李远哲进入台湾"清华大学"，在原子科学研究所放射化学的硕士班学习新知识。毕业后，他留在"清华大学"助教一年，并且与C.H.Wong教授进行X射线结构的研究工作。次年，李远哲赴美留学，在美国加州大学柏克莱分校攻读化学博士，在美国留学期间，他与离子、分子间的相互作用以及分子散射的动力学研究结下了不解之缘。

1965年，李远哲从加州大学柏克莱分校毕业，取得了博士学位。1967年2月，他继续前往美国最著名的哈佛大学，在美国著名科学家赫施巴赫处从事化学方面的研究工作。次年十月，李远哲担任芝加哥大学化学系以及佛兰克研究所的助理教授，四年后，他升任芝加哥大学的副教授。

1972年，李远哲返回中国台湾，之后多次往返与美国、台湾之间。1973年，他在台湾"清华大学"任化学系教授，半年后，李远哲再次回到美国，任美国芝加哥大学教授。1974年，李远哲回到加州大学柏克莱分校，任化学教授，并且在同年取得了美国国籍，以美国国民的身份在美国从事化学方面的研究工作。他当时从事的是分子束科学的研究，是一种新型科学技术，这项研究从1960年开始，到1967年他已同赫施巴赫教授一起使分子束学发展成为一门研究化学反应的重要科技手段。

此后的十几年中，李远哲不断地改进自己的技术，进行技术革新，设计出“分子束碰撞器”、“离子束碰撞器”等科研工具，这些工具都是用来研究大分子的反应现象，使人们可以深入地了解到各种化学反应的每一个阶段现象，为人工控制化学反应提供了科技支持。凭此项技术，李远哲获得了1986年度的诺贝尔化学奖。

这一消息传出后，在中国引起了重大轰动，他所在的柏克莱加州大学的师生们得知消息后十分兴奋，纷纷表示祝贺，赞扬李远哲刻苦学习和勤奋钻研的精神。1996年，李远哲放弃美国国籍，回到了中国台湾。

多年来，李远哲一直同中国科技大学进行着学术研究和活动交流，被中国科技大学、上海复旦大学、中国科学院化学研究所等多家知名学府授予荣誉教授的头衔。李远哲推动了海峡两岸的科研研究与交流，为培育人才做出了重大贡献。

教育与荣耀

李远哲在研究学术的同时，他还热心于社会活动和国民教育的改革。1994年9月，李远哲担任“中华民国”行政院教育改革的审议委员，兼任召集人，着力进行教育的改革行动。

李远哲生平获得过很多的荣誉奖项，曾先后被授予美国化学学会的哈里逊豪奖、彼得·德拜物理化学奖、英国皇家化学奖。最大的成就自然是1986年获得的诺贝尔化学奖，这项奖项是李远哲一生科研成就中最大的成果，也是他人生达到制高点的证明。

此外，李远哲还先后获得中国以及国际上很多学术团体、知名大学授予的荣誉博士、教授、荣誉讲座、杰出校友、学者等头衔，加在一起共有几十项。李远哲发表了近两百多篇学术著作，积极参与一些国际学术团体，美利坚联邦政府、加州政府、大学等一些私人和国家的学术性组织，担任各种委员会的咨询工作。

李远哲代表华人取得了科学奖项中的桂冠——诺贝尔奖，并放弃美国优越的生活、研究条件和美国国籍，备受华人好评。

崔琦

1998年诺贝尔物理学奖获得者

——适当地放松，会更有利于问题的解决

姓　　名	崔琦
籍　　贯	河南省平顶山市宝丰县
出生日期	1939年2月28日
人物评价	世界著名物理学家、第七位获得诺贝尔奖的华人。

崔琦出生于战火纷飞的抗战时期，是土生土长的河南人，1958年赴美国留学，九年后获得芝加哥大学博士学位，在电子研究学上成就斐然。1998年10月13日，因电子量子流体的发现，崔琦同美国科学家罗伯特·劳克林、德国科学家霍斯特·施特默，共同被瑞典皇家科学院授予诺贝尔物理学奖，成为继杨振宁、李政道、丁肇中、朱棣文等人之后的第七位获得了诺贝尔奖的华人。

母亲的影响

崔琦出生于抗战时的中国农村，当时的中国人民身上压着"三座大山"，遭受着封建主义、帝国主义、官僚资本主义的三重压迫，生活得十分困苦，即使是在抗战胜利之后，农村人民的生活依然没能改善。因此，少年时代的崔琦，经常在乡下耕田、割草、放牛，帮补家用。母亲省吃俭用，坚持让他上学读书，不然，崔琦就可能像大多数的中国农民一样，一辈子，除了结婚生子，就没大事了。

崔琦的父亲是一个目不识丁的典型农民，然而母亲王双贤却是深有远见。她出生于晚清的一个封建地主家庭，家中拥有数百亩良田。王双贤是崔琦外祖父膝下的唯一一个女儿，秉承"女子无才便是德"的古训，王双贤虽然没能跟她的3个哥哥一样入私塾读书，但是封建教育将王双贤养成了一个大家闺秀，自小文静善良，凡事不喜欢和别人争执。

她的三个哥哥成就不凡，大哥王治军曾留学日本，接触到孙中山同盟会的革命思想，在辛亥革命中立下大功，1912年被北洋军阀反动政府暗杀。二哥王治安是当地有名的教书先生，三哥王治寰是中学校长。后来，王双贤嫁入农家，尽管生活艰苦，她还是坚持要求让自己的4个孩子好好学习。在母亲的坚持下，崔琦的三个姐姐先后大学毕业，在当地轰动一时。

王双贤人如其名，处处显出大家闺秀的贤惠，村中人提起王双贤都是赞不绝口，称她是难得一见的好人。她十分重视孩子们人格品质的教育。据说，当时崔家的家规极严，在当地是出了名的。若是孩子们不听话、顶嘴，或者对父母的吩咐有懈怠的地方，就会挨竹板。可是当地了解崔家的人又说，他们家中没有哪个孩子挨打，因为崔家的孩子都很听话，能够自觉地按照父母安排去做事情。而且，崔家的家教存在着民主气息，父母允许孩子做任何事情，但是必须要解释自己这么做的理由。

由于严格的家教，崔琦至今仍然念念不忘，向他人提起当年发生在自己身上的"家庭冤案"，各种滋味百感交集。

当时，一位邻居家的老太太，听信别人传言，说崔琦和几个小孩放学归来的时候，偷了自家地里的瓜。于是，老太太便在王双贤面前告了崔琦一状。母亲非常生气，等儿子放学回来后，严厉地质问儿子是否偷人家东西了？崔琦不敢出声，母亲就当他默认了，处罚他到墙角跪着。见他受到这样的处罚，那位告状的老太太反倒觉得有些不好意思了，便又过来为他求情。可惜气怒难消的母亲，并没有这样轻易地饶了崔琦。让他跪了很久之后，才叫儿子到她跟前来，问他以后还敢不敢偷人家的东西了？崔琦却说道："我以后再也不和他们一路上学了。"

后来母亲才知道，其实那次崔琦并没有偷瓜，只是碰巧在放学的时候和偷瓜的同学走到了一块。母亲就问他为什么不解释？崔琦十分诚恳地说道："当时妈正在气头上，哪里听得进别人的话？再说，我当时的的确确和那些偷瓜的人在一起，再怎么解释也说不清楚，索性就认了。况且妈这样要求我也是为了我好，偷人家东西的小孩到哪里都丑，我也不想让妈因为我难看。"

崔琦出生时，父亲已经四十二岁了。中国农村有着根深蒂固的香火观念，所谓"不孝有三，无后为大。"可是母亲在嫁到崔家后，却一连生了三个女儿，到崔琦出生时，母亲已经三十七岁了。中年得子，让全家人十分高兴，不过，母亲却没有因为他是家中唯一的一个儿子，而对他有任何的宠溺。受到"穷养儿子富养女"的传统教育思想的影响，崔琦稍微大一点的时候，就开始帮家里干活。农忙时，在地里帮父亲撒肥、锄地、浇灌秧苗。农闲时，给家中的老驴割草，在地里捡柴火。母亲深知，只有从小吃苦，长大了才能不会好吃懒做。

同时母亲还教育儿子要与人为善，不论有多大的本事，多大的成就，都要谦和待人，只有尊重别人，别人才会尊重你。她身体力行，给儿子做示范，处处以诚信待人，平善地对待乡邻。

当时，农村生活条件贫困，村中很多正在长个的小孩子吃不饱饭，相对来说，崔家生活条件要好一些，那些吃不饱饭的孩子便经常跑到崔家来玩，其实是想从他们家中找点吃的东西。王双贤知道这群孩子的心思，只要他们一来，就将家中的东西拿给孩子们吃，有时候连剩菜剩饭也拿出来。母亲与人为善的行为，潜移默化地影响着崔琦，在后来的人生道路上，崔琦始终保持着与人和善、为他人解忧的良好品质。

在崔家附近200米的地方，有一处池塘。每年盛夏季节，很多小孩喜欢到池塘里洗澡。调皮捣蛋是小孩子的天性，在洗澡时，总是喜欢做出一些作弄别人事情，不是猛地扎到水底，抓一把淤泥涂别人一脸，就是趁同伴们不注意，将他们按到水里"老牛饮水"，甚至还往过路的女孩子身上泼水，常常闹得女孩子们红着脸。好玩是每个小孩的天性，崔琦自然也是池塘的常客，母亲便叮嘱他，游泳时千万不要做出让人为难的事情，也不要在水中和别人打闹。于是崔琦在洗澡时，总是一个人静静地洗。

1958年，崔琦赴美留学。当时，他父亲崔长生已经卧病在床，作为唯一的儿子，崔琦本来应该立马回国到病危的父亲身边尽孝。但是为了让儿子能够在美国安心地读书，王双贤没有将父亲的病情告诉他，并嘱咐他的三个姐姐，也不得泄露这件事情。直到父亲1959年夏天去世，崔琦都不知道。在之后的几年中，不论母亲遭受到多大的罪，吃了多少苦，都没有让儿子知道。1967年，崔琦在美国获得芝加哥大学的博士学位，次年，母亲便走完了她的一生。她离世的时候，只有大女儿崔颖一个人在她身边。

后来，崔琦提及自己的这些经历时，时时提起母亲对他的影响，想到自己没能尽孝道，时常泪流满面，泣不成声。

少年多才学

少年时的崔琦，聪明好学，多才多艺。土改时期，新中国政府将没收的地主土地平分给中国的贫苦农民。因为崔琦能写会算，在分地时，村民们也将他带上。无论是三角形的地，还是菱形、梯形土地，在计算面积时，都难不住崔琦。当时，有一个在当地十分有名的会计，故意找了一块不规则三角形的地形来为难他。谁知道，崔琦几乎不费力气就算出了正确的结果，在场的人们全部目瞪口呆。

新中国成立前夕，崔琦在新宝镇石桥区的小学毕业，由于当地没有中学，在当地任中学校长的三舅全家移民澳门，崔琦没办法，只好辍学归家。在此期间，他曾经和大姐崔颖一起担任妇女识字班的教书工作。由于他讲课生动，深受大家的欢迎。他还多次配合当时的革命形势，积极参加各种文艺活动。当时的农村宣传队到处宣传封建地主的罪恶，经常排演一些话剧。崔琦所在的村子排演《血泪仇》，但是由于时间紧迫，找不到合适的主人翁。正巧从外婆家回来的崔琦，他二话不说接下了这场戏。当时距离开演只剩下一天了，崔琦却在一天内将台词背得滚瓜烂熟，还粘上棉花当胡子，穿上一件借来的破棉袄，演得特别出色，将被地主压迫的贫苦农民形象演绎得淋漓尽致，看戏的人都被感动得哭了。

在家乡赋闲了两年，崔琦的母亲见新中国政府仍然没有在当地建中学的意思，于是着急了，便决定让他外出求学。此时大姐崔颖已经在北京工作、定居，1951 年秋天，在三姐崔璐的带领下，崔琦来到了首都北京。后来在香港定居的二姐崔珂的帮助下，崔琦到了英国占领下的香港地区，进入香港的培正中学读书。

由于语言不通、生活艰难，崔琦很怀念在家中的生活，尤其想念母亲，曾经两次写信给母亲，表明自己想要回老家的心情。母亲收到儿子的信后，通过别人的帮助，给儿子写了一封回信，劝勉儿子，要他不要整天想家，好好读书才是对父母最大的安慰。受到母亲的宽慰和激励，崔琦勤奋苦学，靠全额奖学金完成了中学的学业，并在 1958 年，获得美国的全额资助，进入美国伊利诺伊州的一所教会大学读书。

1967 年，崔琦获得美国芝加哥大学的物理博士学位，此后到国际著名的贝尔实验室工作，开始了物理学的研究工作。贝尔实验室有“诺贝尔奖的摇篮”之称，足见这所实验室在国际上的地位。年纪轻轻的崔琦，当时已经享有极高的声誉了。1982年，崔琦在这里取得了他一生最为重要的成就，他和施默特共同发现了“分数量子霍尔效应”，两人因此获得1998年度的诺贝尔物理学奖。

崔琦治学十分的严谨，对自己钟爱的物理学研究事业非常投入。他喜欢做物理实验，常常全身心地投入到研究当中。有时候为了实验，崔琦常常四处奔波，为了找到强力磁场，进行他的“量子液体实验”，崔琦不惜走遍整个波士顿和佛罗里达州。

在工作时，崔琦更是心无旁骛，很少理会身边其他的事情。高度严谨、认真的研究精神，使得崔琦的研究工作十分出色、有效率。不过，要以此认为崔琦是一个沉迷于工作的“大闷棍”，那就大错特错了。相反，崔琦是一个很有幽默感、性格很随和的一个人。他视物理学的研究为游戏，对能够随心所欲地设计性模型，不用花钱买新产品，他感到满足。在科学研究陷入到困境，并且找不到突破口的时候，他就会说：“今天天气很好，到外面玩玩再回来，不要强迫自己钻牛角尖，适当地放松一下自己，将会更有利于问题的解决。”获得诺贝尔学奖后，崔琦十分谦虚地微笑说：“我没有资格去提如何应用我发现的这个新理论。”

早年的多学多才，让崔琦成为一个兴趣广泛、全面发展的人。在上学读书期间，崔琦没有因为自己是学的物理而偏科，他的数学、生物、化学成绩都很好，他喜欢打篮球、唱歌。大学毕业时，有中国同学写了一首“歪诗”评价他：“六尺身材堪谓高，天赋英聪功课好，兼长国、英、数，日常小事却糊涂，五毫当一毫。写字时笔墨飞舞，笔迹字体犹如乱草，指挥音乐，南拳北腿如比武，歌声动人，姿势美妙够风度。”

周末的时候，崔琦还会抽出几个小时的时间看报纸，不论是政治、科技、军事，还是经济文艺方面的新闻，他都不放过，养成了一个良好的习惯，多少年来从不间断。崔琦对此解释说道：“自己什么都爱看，但并非什么都能弄得懂。”正是因为这些广泛的兴趣，才造成崔琦思维活跃，他的脑海中经常涌现出新的想法，在科学研究中不断取得新的成果。

和中国的学术交流

崔琦同很多华裔科学家一样，他为促进中美两国的学术交流、扩大中国在学术界的影响做了很大的努力。

2000年6月，崔琦当选为中国科学院外籍院士，2005年，又被中科院聘为荣誉教授。2003年11月17日下午，崔琦以美国普林斯顿大学教授的身份来到中国科学院物理研究所进行学术访问。当时，中科院物理所所长王恩哥向崔琦介绍了研究所的发展历史和当前现状。在中科院的安排下，崔琦随后听取了研究所部分研究人员做的工作进展验报告。会现场氛围热烈，学术气息浓厚，崔琦对他们的工作报告显示出极大的兴趣，并不时地提出自己的看法和建议。对中国科学院物理研究所的发展，崔琦是十分关心的，在一些问题上，崔琦毫无保留地阐述了自己的意见。

在这次报告大会后，崔琦先后参观了软物质物理、表面物理、国际量子机构中心等物理试验室。在访问结束后，王恩哥所长授予崔琦为“中国科学院物理研究所讲座教授”的荣誉称号，并商讨设立“崔琦讲座”。“崔琦讲座”就是每年请崔琦教授出面，中科院每年也会邀请一名诺贝尔物理学奖的获得者，或者是世界上第一流的物理学家到物理研究所进行短期的访问和学术交流，同时对物理所的研究工作进行指导和评估。

崔琦痛快地同意了“崔琦讲座”的设想，并表示今后将会关注中科院物理研究所的发展，为培养中国青年物理学人才而努力。

在为崔琦组织的晚宴上，崔琦再一次与物理研究所的工作人员进行了深入的探讨。物理学术的研究现状和一大批的年轻人员的成长让他感到高兴。

崔琦一再强调,中国科学院物理所已经具备了向更高科学研究领域进军的能力,希望研究所的年轻工作人员能够有稳定的心态,争取在未来的拼搏奋斗中,做出更大、更出色的成绩。对王恩哥准备在物理所实施的一项高水平人才培养计划,崔琦也给予了很高的评价。中科院基础局局长金铎也出席了晚宴,就“国际低温物理学”的发展的问题,同崔琦进行了广泛深入的探讨。

崔琦的妻子琳达是挪威裔的美国人,两人最早是在奥古斯塔纳学院相识。后来在芝加哥大学,两人再一次相遇,大感缘分的两个人很快在后来的相处中产生爱情的火花,不久后,两人就携手走进婚姻殿堂。他们生有两个女儿,崔琦都有教她们学习中文,向他们灌输中国的文化思想。受到父亲的影响,长女爱琳对中国文化十分喜爱,后来曾到中国的武汉大学留学。

崔琦发现的“电子量流体现象”,成为量子物理学研究领域内的重大突破,它的发现为现代很多物理学家的新理论发展,奠定了物理理论的基础。因为这项成就,崔琦还获得了美国著名的“富兰克林奖。”

近年来,崔琦主要倾向于研究金属半导体中的电子性质,他的这些研究可以用于研制功能更为全面的电子计算机和更为先进的通信设备。如今的崔琦已经步入晚年,但是他对物理的研究永远不会止步。

朱棣文

替中国人争光的海外学子

——谁不属于自己的祖国，他就不属于人类

姓　　名	朱棣文
籍　　贯	美国密苏里州圣路易斯
出生日期	1948 年 2 月 28 日
人物评价	享誉全球的著名物理学家，全球著名的环保专家。

在诺贝尔获得者中，有 7 个华人曾经摘取过这个奖项，其中有五人是在物理上大有成就，朱棣文便是这五人之一。朱棣文祖籍在江苏太仓，出生于美国密苏里州圣路易斯。在奥巴马当选美国的总统之后，朱棣文被奥巴马提名为美国能源部部长。这些年一直致力于中美两国物理学和环保交流之中。

一家子文人

1948 年 2 月 28 日，朱棣文出生于美国密苏里州圣路易斯，他祖籍在中国江苏省太仓市。当时，朱家在太仓一带可是有名的书香世家，受到当地人的尊敬，朱家并不是中国传统的封建的教育世家，朱家人都是受过西方自由民主教育过的学生。

朱棣文的祖父原是旧时代的读书人，所以对后代的培养十分地重视。朱棣文的祖父生下的几个儿女都大有成就。朱棣文的大姑妈朱汝昭受祖父的影响，思想先进，早年就留学日本，是当地有名的才女。二姑妈朱汝华，曾留学美国，并且担任美国芝加哥大学的化学工程教授，是中国最早的一代化学家；三姑妈朱汝溶，曾留学美国攻读化学，也是一位化学教授。朱棣文父亲朱汝瑾更是厉害，他毕业于清华大学的化工系，1943 年又去美国麻省理工学院攻读化学，1946 年获得该学院的化工博士，先后担任美国圣路易、纽约以及新泽西等 3 所大学的大学教授。母亲家也算是名门望族，外祖父李书田，1923 年公费留美，回国后投身于中华民国时期的教育事业。母亲李静贞在抗战胜利后，前往美国攻读工商管理专业。

据统计，在朱棣文父兄长辈之中，至少有 12 位拥有大学教授和博士学位的。生长在这样一个一门多杰的环境中，这对朱棣文的成长和后来的成就提供了优越的条件。

朱棣文的父母在美国相遇，并在美国结婚，朱棣文是他们的第二个儿子。如今的朱棣文是朱家三兄弟中成就最高的一个。但是，儿时的朱棣文，学习成绩在朱家的三个兄弟当中，并不是出类拔萃，常常落在哥哥弟弟后面，这种情况直到大学才有所改变。朱棣文是一支潜力股，算是后来者居上。

他的哥哥朱筑文是麻省理工学院的博士，弟弟 21 岁便取得了政治学博士学位。朱棣文说："生活在这样一个一门多杰的环境之中，你会常常觉得自己是一个笨蛋。"当时的朱棣文，总是在无形中觉得自己比自己的兄弟差得很多，所以朱棣文常常拼命地学习，拼命地进行物理学研究。如果在两三个月之内，他的研究没有任何进展，朱棣文就会感到自己比兄弟们矮上了一大截。无形的压力让朱棣文时常感到不安。

朱棣文生活在中西文化交融的地界，因而从他身上可以看出，他既有西方人的率真幽默和绅士风度，也有东方人的含蓄、谦虚的谦谦君子之风。作为美籍华人，朱棣文中文并不是很好。现在回想起儿时不肯学习中文的事情，朱棣文常常引为憾事。他回忆说，在他七八岁的时候，父母本来想送他去中文补习班，但是朱棣文因为不愿意失去宝贵的周末，他坚决地反抗，父母也没有强迫他。

朱棣文父母教育民主宽松，在对孩子的管教上十分开明。在上了中学以后，父母实际上就已经不再过问三个儿子的学习了，只是跟他们说，以后的发展，要完全地服从于自己的个人兴趣爱好，而且选定的目标要能够持之以恒。在高中毕业时，朱棣文选择了物理专业，他的父亲表示不太赞成，因为物理学界名家太多，功成名就的机会十分渺茫，而且如果每天泡在物理实验室中，那么生活就会过于枯燥。他希望儿子去学习建筑绘画，因为他发现儿子的绘画功底很好。

可是朱棣文却对物理表现出极大的兴趣，父亲最终没有干涉儿子的选择，朱棣文得以顺利地选择物理学。

淡定的获奖者

1970 年，朱棣文从罗切斯特大学毕业，荣获数学和物理学的双科学士学位，1976 年，获得了加利福尼亚大学伯克利分校物理学博士学位，之后的两年中，朱棣文留在该校做博士后的研究工作。1978 年，朱棣文被分配到贝尔电话实验室工作，五年后担任该实验室量子电子学研究部主任。也就在这时候，朱棣文开始从事原子冷却技术的应用研究，并在 1985 年发表了第一篇实验论文。

1987 年，朱棣文担任斯坦福大学物理学教授，成为该校首任华裔教授。此后，五年的研究让他达到了人生的制高点。1993 年，朱棣文进入美国国家科学院。他当时从事的是关于原子冷却技术的应用，朱棣文研究的就是世界上最尖端的激光制冷捕捉技术。在现实当中，这项技术有着广泛的应用，对人类了解放射线物质间的相互作用有着深远的意义。

在原子与分子的物理学研究中，原子低温冷却技术的研究十分困难。因为，即使在恒温状态之下，原子也仍然会以每秒上百公里的速度移动，然后向周围扩散，要想有效地俘获原子，唯有冷却。这项技术研究起来很难，但要形容起来确实很简单。打个比方，一个漂亮的小球被喷泉喷到半空，再用某些特定技术让那小球悬浮在空中，不让他快速地落下，好让游人观赏个够。这项技术的关键，就是怎样让高速移动的原子球停留下来。

一般的冷却技术，只会让气体变成液体，甚至是直接地凝华，让人类捕捉到气体中的原子十分地不易。朱棣文等 3 位学者，他们利用激光冷却技术，达到了让气体冷却又不会液化成液体的效果。也就是利用激光束，使室温达到万分之一的绝对温度，这时的温度非常接近零下两百七十三摄氏度。一旦达到这个温度，原子移动速度就会非常地慢，极易被人类俘获。有个这项技术，科学家们可以用来制造精密的电子元件，也可以用来测量万有引力，可以应用于太空宇航系统中，进行卫星定位。

总之，朱棣文的这项研究成果为人类带来很大的便利，所有的科学家都对朱棣文的这一研究成果竖起了大拇指。因为这项技术，朱棣文和美国科学家威廉·菲利普斯，法国科学家科昂·塔努吉，一同被授予 1997 年的诺贝尔物理学奖。据说，当朱棣文知道自己获得了诺贝尔奖时，朱棣文表现得很平静，仍安安心心地去上课。他说："自己能够获得诺贝尔物理学奖，并没有什么惊喜，只是觉得自己运气比较好，还有很多比他优秀的科学家没能获得这个奖项。"

他的父母得知儿子获得了诺贝尔物理学奖的时候，他们认为是一件很开心的事情，但更开心的是，儿子为中国人争了光。朱棣文的父母说，自己的儿子为人诚朴，对获奖等名利很淡泊，每一次获奖，儿子都不会用炫耀的语气说给自己听。每一次的获奖情况，都是他父母的好朋友从报纸上剪辑下来给他们看，他们才知道的。

从2004年起，朱棣文掌握了美国劳伦斯·伯克利实验室，实验室下科研工作人员达4000余人，预计每年在工作室中投入6.5亿美元。2008年12月15日，美国总统奥巴马上台后，他提名朱棣文成为美国能源部的部长。第二年1月20日，美国联邦参议员无异议通过奥巴马关于朱棣文担任美国能源部部长的提名。

致力于环保

在对物理学研究的同时，朱棣文还实施不忘对人类环保的研究。在掌握了劳伦斯·伯克利实验室之后，朱棣文将工作的重点转移到能源的问题上，他将为人类寻找新型的生化能源，将太阳能能源在内的“绿色工程”作为工作的中心。在开发新能源的同时，朱棣文还大力倡导政府改进排能措施，减少排放温室气体。

据悉，在这之前，朱棣文提出倡导寻找解决气候变化大的科学方法和解决更新能源研究上的问题，这些使他逐渐成为能源利用和环境保护上的领袖人物。2009年1月底，朱棣文击败美国前环境保护署署长卡罗尔·布朗纳尔，成为美国能源部部长。朱棣文在成为美国的能源部长之后，必须要和美国白宫理事会通力合作，才能在联邦机构中制定出能源利用和应对气候变化的政策。朱棣文还将负责美利坚联邦政府能源政策的制定，能源行业的管理，能源技术的研究和开发，甚至包括防止武器扩散和研制等方面的重要职责。

但是，对于将环保理念引进不同家庭，朱棣文表现出有些烦恼，因为大部分的美国人还是宁愿将钱花在生活质量上，不多愿意花一千美元提升能源的效益。

2011年夏天，朱棣文在美国拉斯维加斯举行的全国能源清洁会议上表示，除非是使用能源的个体化主动承担能源的节省工作，否则，任何关于提升能源利用效率、降低能源使用成本的说法，都是一纸空文。

在全球气候变暖问题上，朱棣文也颇有研究，并和中国政府有所交流。在2009年访华过程中，也曾经和中国的清华大学、天津大学，共同研讨能源、环境问题。特别是7月15日在清华大学的演讲，呼吁中国和美国应当联手应对全球气候变暖的问题。两日后，又和中国清华大学一些教授、教师讨论能源问题。

心系祖国，落叶归根

在朱棣文祖籍江苏太仓县，为了纪念朱棣文的光辉事迹，当地建有"朱棣文小学"。1998年，在访华期间，曾经访问过该学校一次。当时朱棣文的到来，让小学校着实沸腾了一回。前来迎接是全校师生，老师和孩子们对这位蜚声中外的物理学大师十分敬仰，朱棣文平易近人、温文尔雅的性格给学校师生留下了深刻的印象。

朱棣文曾经多次访问中国。他和很多留学海外的炎黄子孙想法相同，为中国人争光是朱棣文不断向前学习进步的动力，也是他夜以继日的科学研究的鞭挞。从他身上体现出我们中华民族生生不息、艰苦奋斗、奋发向上的民族精神，昭示着炎黄子孙的智慧无边无尽。

1997年11月2日，中共中央总书记、中华人民共和国主席江泽民访问美国期间，曾经在美国的洛杉矶亲切地接见了朱棣文，江泽民跟朱棣文说，要他多回祖国看看，不管怎么说，中国是他的根，是他的老家，没事常回老家看看。朱棣文则向江主席表示，在这之前他已经两次访问中国了，并表示愿意为促进中美两国科学技术的交流作出努力。

两日后，中国科学家协会书记处总书记徐善衍在美国福斯坦大学会见了朱棣文，朱棣文也十分热情地接待了徐书记和他率领的中国科协代表团。并对中国科学技术的向前发展提供了宝贵的建议。他建议中国应当多培育高学历人才，同时对科技研究中有重大成就的人才给予一定的奖励，以激发他们对科学技术向前发展的热情。

1998 年 6 月，第三次访问中国的朱棣文当选为中国科学院外籍院士，并在当年首次访问了老家太仓。2009 年 7 月，奥巴马政府携美国商务部长骆家辉和美国能源部部长朱棣文联袂访问中国，主要目的是促成中美关于能源效率利用上的通力协作和环保方面问题的共识，特别是全球气候变暖、温室气体的排放等环境问题。同时，这也是奥巴马政府首次携两位华人部长访问中国。7 月 15 日，朱棣文在清华大学发表演讲，呼吁中国和美国应当联手应对全球气候变暖的环境问题。两日后，朱棣文又访问中国天津大学，和中国一些教授、教师讨论能源问题，并举办了一次《能源与气候：共同的挑战，共同的机遇》的科研讲座，共同探讨世界能源的可持续发展的趋势。

如今的朱棣文正美国加州大学伯里克分校任教授，主要的研究方向是分子层面的细胞生物学。该项研究，主要是肌肤蛋白细胞的收缩，此项技术可在人体细胞不被破坏的情形下操控细胞内的物质。我们希望朱棣文先生能够继续努力，为国人争光。

邓中翰

“中国芯之父”

——为国创业，走出国门。科技创新，科技救国

姓　　名	邓中翰
籍　　贯	江苏南京
出生日期	1968 年
人物评价	中国著名科学家，企业家，中国十大青年，全国劳动模范。

邓中翰是一位杰出的科学家，是 2009 年中国工程院的当选院士，也是最为年轻的中国工程院院士，有着“中国芯之父”的称号；邓中翰也是一位杰出的企业家，他是中星微电子有限公司的董事长；邓中翰还是一位杰出的爱国者，为中国人设计出属于中国人自己的计算机芯片，打破了“中国无芯”的历史。

求学之路

少年时代的邓中翰跟普通孩子没有什么不同。高考之后，邓中翰凭着自己优异的成绩被中国科技大学录取，并在地球与空间这个专业中度过了 4 年的学习时光。邓中翰是幸运的，他在中科大教授黄培华的指导下，为自己日后成为一名科学家,成为中国工程院最年轻的院士打下了坚实的基础。

从中科大毕业之后,邓中翰陆续发表了三篇文章,这三篇文章的技术含量很高,分别被国际应用核物理学杂志和中国科学通报刊登。邓中翰的才华一点点地显露了出来。1992 年,邓中翰被美国加州大学伯利克分校录取,他在这所大学完成了自己的硕士和博士学业,拿到了物理学硕士学位、电子工程学博士、经济管理学硕士。不得不说邓中翰是一个天才,他的三个学位创造了历史,他是加州大学伯克利分校建校 130 年以来,第一个同时拿到理、工、商三个学科硕士学位的人。

完成学业后,邓中翰加入了美国 IBM 公司,在这家跨国公司中做起了高级研究员。他在公司内主要负责超大规模 CMOS 集成电路的设计和研究工作。邓中翰在职期间先后发表了 25 篇学术论文,这些论文使他获得了国外多项发明专利,并且获得了"IBM 发明创造奖"。

在 IBM 公司待了一年后,邓中翰便转入美国硅谷 SunMicrosystem 公司,主要参与研究计算机中央处理器的项目, 他所在的团队成功研发了世界上最快的中央处理器 V1traSPARC I 第一代 CPU。

此时的邓中翰虽然还很年轻,但却已经是一位相当著名的计算机科学家了。离开硅谷公司之后,邓中翰又回到 IBM 公司,这一次,他的工作是研发世界上最先进的量子计算机。

邓中翰绝不是一个甘心永远寄人篱下的人。很快,他在硅谷创建了半导体公司 Pixim,自己任首任董事长,领导研制高端数码成像半导体传感器,用于监控、卫星、外太空探测等高尖端应用。

在 1999 年的时候,邓中翰出于对祖国的热爱,回到了这片生他养他的热土。这些年在国外的研究和奋斗,为他积累了极其丰富的经验。回国之后,邓中翰创建了自己的电子公司,公司是与北京中关村共同创建的,名字叫做"中星微电子有限公司",邓中翰自任公司的董事长和研究部门的总指挥。在科学之路上走得一帆风顺的邓中翰终于走上了创业之路，他要靠自己的双手把自己在科学上的成就转化为真正的生产力，为国家的现代化建设贡献自己的力量。

创业路上举步维艰

创业是一条艰辛的道路，在“中星微电子有限公司”刚刚创立时，办公地址位于北京海淀区北土城西路的103号。实际上，那里根本不是一个适合办公的地方，因为那只是一间100多平方米的空旷的废旧仓库罢了。

邓中翰的公司已经成立了，那么中星微电子有限公司该如何发展呢？身为科学家的邓中翰能够成功地转型成企业家吗？

其实，在邓中翰的心中早有一幅蓝图。他向国家信息产业部的副部长曲维枝提出了自己的想法，就连具体的细节也都一一列举。关于中国计算机空间储存芯片的技术，邓中翰研究出一套核心方案，首先抓住当前的国内市场，为中国的芯片技术做一个开端。邓中翰认为，技术是随着市场发展的，只要中星微电子有限公司能找出国内市场的准确定位，那么以后中国的芯片技术绝对会突飞猛进。邓中翰秉持这样的信念，为他的创业路程做好了铺垫。

20世纪末，邓中翰为中国计算机芯片技术的研究踏出了第一步。他认为在数字多媒体的领域，芯片市场在以后会有很高的地位，但是，数字多媒体是一种新兴产业，很多大企业都不够重视。因为在当时，很多的企业都是子承父业，或者是大力度地经营衣、食、住、行等方面的行业，没有人愿意大资金投入芯片研究领域。并且，那个时候中国的芯片设计都是采用以英特尔为代表的传统冯·诺依曼运算方式，这样的芯片有很多的弊端，它处理数据时间慢，消耗的资源也很大，根本不适合在要求高的媒体领域中使用。

中国无芯像是砧板上铁的事实，国人在芯片制造技术上一片空白。而且那个时候没人注意数字多媒体以后的发展前景，自然就没有过多的专业人士去研究。中国该怎么去填补这项技术的空白呢？

邓中翰若是以一个人的力量，想要让国人接受中国芯片制造这一理念，恐怕比登天还难。好在有国家信息部门的支持，才让邓中翰没有陷入孤军奋战的境地。他首先选择了芯片制造中一个相对容易的程序进行研究，接着又引进美国的一个芯片商业模式。芯片的商业模式在美国有几十年的发展历史，相对于中国实在成熟太多。邓中翰选择这个简单芯片制造程序，一方面是因为这是一个经过了千锤百炼的成熟体系，另一方面是国内没有先进的芯片制造商，所以没有竞争的压力。

因此，中星微电子纯粹做设计，然后将设计出来的芯片委托代工厂流片、测试和封装，最后制成正式产品。2001 年 3 月 11 日，中星微电子“星光一号”芯片研发成功。“星光一号”汇集了高性能、低消耗、传输数据快的优点。这是中国首枚具有自主知识产权，百万门级超大规模的数字多媒体芯片，同时结束了“中国硅谷”中关村无硅的历史。

与“中国芯”的不解之缘

邓中翰在研究“星光一号”的时候，他和研究团队经历了一系列的困难，但功夫不负有心人，他们最终还是成功了。2001 年 5 月，“星光一号”实现了产业化。在这年夏天，邓中翰带着精心研发的芯片去了日本。他走进了日本索尼公司的会客室，接待他的是一位比较有实权的主管。之后，“星光一号”被三星、飞利浦等国际大品牌采用。2005 年 11 月 15 日，中星微电子有限公司在纳斯达克上市，中国芯片走向了国际市场。

邓中翰为中国人在计算机芯片制造的领域上出了一口气，但是邓中翰并不满意自己的成绩，真正让他欣慰的是，在 2005 年，日本索尼公司新一代笔记本电脑上的摄像头，里面运行的就是中星微电子有限公司研制的“星光5号”。

中星微电子有限公司在邓中翰的带领下成为一家纯粹的技术性概念公司。它在多媒体芯片领域突破8大核心技术，单单专利技术申请就有上千项。中星微电子有限公司是国内第一家在纳斯达克上市芯片的设计企业，它拥有着完整的核心技术和知识产权。这样的成果怎么不让国人自豪呢？

邓中翰在中国芯片技术上取得了重大成就，他成为中国IT精英们心中的偶像。自中星微电子有限公司成立后，他不断地改进芯片的技术与设计，将其打入了国际市场，并且在芯片领域中取得了不可动摇的地位。

邓中翰回国创业、报效祖国的举动，让中国在外求学的学子们纷纷回国效力。邓中翰为中国培养了数百名的集成电路设计工程师，为祖国建立了一支顶级的芯片设计队伍。在2003年，邓中翰做出了一个重要的举动，他发起了“数字中国”的计划，希望推动中国走向数字化进程，让中国成为发达的数字化国家。

通过对数码芯片的投资，邓中翰要实现他“使中星微电子有限公司成为数字影像领域的领头企业，将中国的数字影像技术产业作为一个整体带向世界数字化前沿”的目标。邓中翰确定了瞄向了电脑摄像头市场，虽然这个市场值不大，但是能为中国制作出自己的优秀品牌也是值得的。

2012年，邓中翰在中国芯片工程上实现了八大核心技术，国内专利过千。“星光”系列的芯片被三星、索尼、戴尔、惠普、联想等一系列国内外知名品牌的计算机和笔记本电脑引用。“星光” 占领了全球计算机图像输入芯片60%以上的市场份额，这样的一个数据无疑是成功的体现。

现在，邓中翰是中国旅美科协常任理事，硅谷分会会长，还是清华大学的客座教授。他被业界称为“中国芯之父”，人们相信，在邓中翰的带领下，中国数字化将会更加迅速地发展起来。